新潮文庫

レインボー・シックス

3

トム・クランシー
村上博基訳

新潮社版

6389

レインボー・シックス

3

主要登場人物

ジョン・クラーク	レインボー長官。元ＣＩＡ工作官
アリステア・スタンリー	〃　副官。元ＳＡＳ少佐
ピーター・コヴィントン	レインボー・チーム１隊長
ドミンゴ・シャベス	〃　２隊長
フリオ・ベガ ホーマー・ジョンストン マイク・ピアス ハンク・パターソン ジョージ・トムリンソン	レインボー隊員。デルタ・フォース出身
エディ・プライス スティーヴ・リンカーン パディ・コノリー スコッティ・マックタイラー	レインボー隊員。ＳＡＳ出身
ルイ・ロワゼル	レインボー隊員。ＤＧＳＥ出身
ディーター・ウェバー	〃　ＧＳＧ９出身
ビル・トウニー	レインボー情報担当。ＭＩ６出身
ティム・ヌーナン	〃　技術担当。ＦＢＩ出身
ポール・ベロウ	〃　専属の心理学者
ダニエル・マロイ	ヘリ操縦士。海兵隊出身
エド・フォーリー	ＣＩＡ長官
ダン・マレー	ＦＢＩ長官
キャロル・ブライトリング	科学担当大統領補佐官
ジョン・ブライトリング	ホライゾン社代表。分子生物学者
ビル・ヘンリクスン	グローバル・セキュリティ社社長
ジョン・キルゴア	疫学者。医師
ドミトリ・Ａ・ポポフ	元ＫＧＢ情報将校

第20章

コンタクト

彼女は自分が病んでいるのを知っていた。どのていどかはわからないが、ふつうではないのをメアリー・バニスターは知っていた。麻薬の淀(よど)みの底から意識の一部がうかびあがって、これは重病なのかもしれないと不安がった。以前足首をくじいて、父親が骨折だといけないからと心配し、地元の救急病院に運ばれたとき以外、病院にはついぞ縁がなかったが、いま寝ているのは病院風のベッドで、そばには点滴のスタンドが置かれて、透明のビニール・チューブが右腕につながり、そこから薬が体内にはいるのだとはわかっていても、見ているとこわかった。いったいなんの薬だろう。たしかドクター・キルゴアは、水分補給その他だといわなかっただろうか。なんとか頭のなかの蜘蛛(くも)の巣を払って思いだそうと、首をふってみた。そうだ、自分で調べればいいんだ。彼女はベッドの右側へ両足を出して、ふらふら揺れて立つと、背をかがめ、点滴スタンドにさがっているものに目を近づけた。その目の焦点が定まらなくて、もっと近づけると、表示テープに書かれているのは符号みたいなもので、彼女にはなんのことかわからなかった。

被験者4番は背をのばし、思いどおりにいかないときの渋面をつくってみようとしたが、それさえもうまくいかなかった。彼女は処置室のなかを見まわした。高さが五フィートもある煉瓦（れんが）の仕切りみたいなもののむこうに、もうひとつベッドがあったが、そこは無人だった。むこうの壁に、いまはなにも映っていないテレビがある。床はタイル張りで、足の裏にひんやり冷たい。ドアは木製で、丸型ノブではなくて棒型ハンドルがついていた。病院のドアにはそれがふつうだが、彼女は知るはずもなかった。電話がどこにもない。病院は部屋に電話を置かないのだろうか。ほんとにここは病院なんだろうか。見たところはそうだけど、彼女は自分の頭のはたらきがふだんより鈍いのを、なぜ知っているのかわからないが、知っていた。飲みすぎたときみたい。気分が悪いほかに、自分で自分のことがままならぬ心細さがあった。なにかしなくてはと思うのだが、なにかとなるとわからない。ちょっとその場に立って考えてから、右手で点滴スタンドをつかんで、ドアに向かって歩きだした。さいわいクリスマス・ツリー形の電子制御装置はバッテリ電源で、壁コンセントにはつながっていなかったから、ゴムのキャスターがついたそれはなめらかに進んだ。

　ドアはロックされていなかった。手前に引いてあけ、ドア柱の外に首を出して廊下をうかがった。だれもいない。点滴スタンドを引っ張ったまま部屋を出た。どちらの端にもナース・ステーションなんて見えなかったが、べつにおかしいとも思わなかった。被験者4番は廊下を右へ、点滴スタンドを今度は前に押して進んだ。なにかをさがしてだが、なにをさがしているのか自分でもよくわからなかった。眉間にしわを寄せて、ほかの部屋を順にのぞいて見た。ドアはあくのだが、なかは真っ暗で、たいていどの部屋も消毒剤のにおいがした。最後の部屋まできた。そのドアにはＴ9の表示があって、ドアの奥はほかとはちがっていた。ベッドはなく、机があってコンピュータがのっていた。画面が明るいから、立ち上げてあるということだ。なかにはいって、机に上体を寄せた。ＩＢＭコンパティブル。これなら使いかたを知っている。見ればモデムもついていた。よし、これを使って――なにをすればいいんだろう。

決まるのに一分かかった。これで父に通信できるはず。

五十フィートはなれたべつの階で、ベン・ファーマーは、いそいでトイレに行ってから、マグにコーヒーをついで回転椅子にもどった。読みかけの『バイオ‐ウォッチ』を手に取る。午前三時、建物のこちら側はしずかだった。

ダディ、どこにあたしいるのかわからない。なんだか医学実験だか新薬テストだかって書類承諾にサインしたとかってだけど、すごく気持ち悪くって、なんでか知らないあたし。医療器械につながれて、腕にチューブが刺さってて、すごく気持ち悪くて、あたし――

ファーマーは地球温暖化の記事を読みおえて、テレビ画面に目を上げた。作動中のカメラをコンピュータがつぎつぎに切り替えて、どのベッドにも患者がちゃんと寝ていることをしめし――

――ひとつだけ、からっぽのベッド。はてな。からのベッドのコード・ナンバーを見逃したので、もう一度いまのカメラに戻るのを待った。一分ぐらいかかった。くそっ、4番がいない。あのベッドは、たしか女だ。被験者4番、メアリーなんとか。ええくそ、どこへ行ったんだ。彼はカメラを手動に切り替えて、廊下を見た。廊下にもだれもいない。建物のどちら側からも外へ出ようとした者はいない。どちらのドアもロックされ、警報装置がついている。ドクはどこにいる。当直は女医だ。ラニなんとかいう名で、横柄（おうへい）でいやな女だから、スタッフ全員にきらわれている。キルゴアも好きでないらしく、彼女はいつも夜勤だ。思いだした、ラスト・ネームはパラチェクだ。出身国はどこだろうなどと思いながら、ファーマーは構内放送のマイクをつかんだ。

「ドクター・パラチェク、ドクター・パラチェク、保安部に電話してください」スピーカーが声を流した。三分ほどで電話が鳴った。

「パラチェクだけど、どうしたの」

「4番が抜け出しました。監視カメラではみつかりません」

「いま行くわ。ドクター・キルゴアを呼びなさい」

「はい」ファーマーはそらんじている番号にかけた。

「はい」きき慣れた声が応答した。

「ベン・ファーマーです。4番が部屋からいなくなりました。いまさがしてますが」

「みつかったら知らせろ」とだけいって、電話は切れた。べつにうろたえる様子もない。少々徘徊（はいかい）するぐらいはできても、だれにも見られずに建物は出られないからだろう。


ロンドンはまだラッシュ・アワーだった。イワン・ペトローヴィッチ・キリレンコのアパートは大使館のすぐ近くだから、歩いて出勤できる。歩道は職場へいそぐ人で混雑していた。イギリス人は穏やかな国民だが、ロンドンっ子はとかく気ぜわしい。彼は取り決めた場所に八時二十分ちょうどに着いた。保守系日刊紙『デイリー・テレグラフ』を左手に持って、交差点で立ちどまり、信号が変わるのを待った。

受け渡しはプロの手ぎわでおこなわれた。言葉は交わされず、ただ肘（ひじ）に肘が二度ぶつかったのが手のにぎりをゆるめろという合図で、『テレグラフ』と『テレグラフ』が交換された。腰から下の位置でおこなわれたから、周囲の人間の視野にははいらず、繁華な交差点のビルの屋上からカメラがねらっていたとしても、群衆に隠れて見えなかった。

駐在官はほくそえみをこらえるのが容易でなかった。現場工作員のテクニックは、いつ使ってもたのしい。高い地位にのぼったいまでも、諜報活動の日常業務を実地にやってみて、まだまだ若い者には負けないことを自分で納得できるのはいい気分だった。数秒後に信号が変わって、彼の横から薄茶のコートの男がななめにはなれて行った。朝刊を手に、きびきびした足どりで遠ざかって行く。そこから二ブロックで大使館だった。鉄のゲートをくぐり、建物にはいり、守衛室の前を通って、自室のある二階に上がった。ドアのフックにコートをかけると、すぐ席について、机上に新聞を広げた。

よし、ドミトリ・アルカデエーヴィッチは約束を守ったようだ。無罫(むけい)の白い用紙二枚が、手書きの文字で埋まっていた。CIAの工作指揮官ジョン・クラークは、現在イギリスのヘリフォードにいて、新設の多国籍対テロ組織〝レインボー〟の総指揮を執っている。これは英米と、おそらくほかにも何か国かから選抜された、十人から二十人の隊員で構成され、少数の高位の者だけが知る秘密オペレーションである。彼の妻は看護婦で、地元公立病院に勤務している。チームはSAS基地で働く地元民間人のあいだでも評判がいい。レインボーはこれまでに三回、ベルン、ウィーン、ワールドパークに出動し、現地国警察という偽装のもと、いずれの事件でもテロリスト――ポポフは〝進歩的分子〟という旧専門用語の使用を避けていた――を、迅速かつ効果的にかたづけている。レインボーが米軍装備にアクセスを持ち、それがスペインで使われたことは、事件を報じたテレビ画面に明らかである。彼は大使館にもそのビデオテープの入手をすすめていた。国防武官を通じての入手がいちばんいいのではないか、とポポフは付記していた。総じて、有用、簡潔、しかも情報量の多い報告書だと駐在官は思った。路上で交換したものとじゅうぶん引き合う。

「どうだ、今朝はなにか見かけたか」シリル・ホルトは監視班のチーフにきいた。

「いいえ」5課の男はこたえた。「いつもの新聞をいつもの手に持ってましたが、なにぶん歩道は込み合っていました。受け渡しはあったかもしれませんが、目にはとまりませんでした。相手もプロですから」監視班チーフは国内保安部（セキュリティ・サービス）副部長にひとこと断った。

ヘリフォードへもどる電車に乗ったポポフは、茶の鍔広（つばびろ）の帽子を膝（ひざ）において、はた目には新聞を読んでいるようで、じつはモスクワからきたシングル・スペースのコピー文書に目を通していた。キリレンコが約束をたがえていないのを知って、ドミトリ・アルカデエーヴィッチは安堵（あんど）した。さすが優秀な駐在官。おかげで彼はいまこうして、パディントン発インター・シティのファースト・クラスにひとりすわって、ジョン・クラークという男の経歴に詳しく接し、つくづく感じ入っていた。モスクワの彼の旧所属先機関は、この男に並々ならぬ注意を払っていた。写真は三枚あって、なかの一枚は、モスクワのSVR長官室で撮影されたかと思われる鮮明なものだった。家族のことまで調べてあった。子どもは娘がふたりで、ひとりはまだ本国で大学に学び、もうひとりは内科医で、ドミンゴ・シャベスという男と結婚しているが、これがまたCIA工作指揮官（！）で、としは三十代なかば。このドミンゴ・エステバノヴィッチも、ゴロフコと会っていて、義父である指揮官とはコンビのような仲であるらしい。ふたりとも準軍事（パラミリタリー）オフィサーで……このシャベスというのもイギリスにいるのだろうか。内科医——これは簡単に調べがつく。クラークと小男のパートナーは、その正式書類にも経験豊かな恐るべき工作指揮官と形容され、どちらも折り目正しいロシア語をしゃべるという——カリフォルニア州モンテレーにある軍の語学校を出ているにちがいない。報告書はさらに、シャベスがワシントン郊外のジョージ・メイスン大にまだ在籍し、マスター位を持つことを教えていた。それもまたCIAが学費を負担しているに相違ない。要するに、ふたりともただのタフガイではない。教養もあるのだ。若いほうは医師と結婚しているという。

ふたりのこれまでに知られ確認されている作戦行動たるや、おどろくべきものだった。ロシア側の支援で遂行した二度の大仕事に加えて、十年前にはゲラシーモフの妻と娘を国外へ脱出させ、それ以外にも推測だけで確認はされていないものが三つ四つ……〈恐るべき〉とは、まさにこのふたりのためにある言葉だった。自身二十年以上工作指揮官をやっただけに、どんなことには感嘆していいか、よくわかっていた。クラークがラングレーの花形的存在であることは間違いなく、どうやらシャベスはその彼に目をかけられて、彼が……義父がつけた広く深い道筋をしっかりたどっているようだ。これは興味深いことではないか。


三時四十分、彼女はまだコンピュータの前にすわって、キイをぽつんぽつんと、間違えながらたたいているところを発見された。ドアをあけたベン・ファーマーの目に、最初にとびこんだのは点滴スタンドで、ついで病院着の背中が見えた。

「ハロー」保安員は愛想のいい声をかけた。「散歩かい」

「ここにいることをダディに知らせようと思って」メアリー・バニスターはいった。

「ほう。Eメールで？」

「そう」うれしげにこたえた。

「そろそろ部屋へもどろうじゃないか」

「そうね」疲れた声で承知した。ファーマーは手をかして立たせると、彼女の腰に優しく腕をまわして廊下へ出た。みじかい距離を歩いて、第4処置室のドアをあけ、彼女をベッドに寝かせると、毛布を首まで引き上げた。照明を落として部屋を出たとき、ドクター・パラチェクが廊下をやってくるのに会った。

「ドク、ちょっとまずいことが」

ラニ・パラチェクは気安く〈ドク〉と呼ばれるのをきらったが、いまはそれを問題にしなかった。「どうしたの」

「4番をT9でみつけました。父親にEメールを出したというんです」

「なんですって！」女医の目がまんまるになるのをファーマーは見た。

「そういってます」

大変だ、と医師は思った。「彼女、どこまで知ってる」

「なにも知らないと思いますよ。ここがどこかはだれも知りません」窓から外を見ても、なにもわかりはしない。目にはいるのは山林ばかりで、駐車場も見えないから、ナンバー・プレートが手がかりになることもない。そういうことは入念に考えられてあった。

「送信したメールを回収することはできないの」

「パスワードと、ログインしたサーバーがわかれば、たぶんできます」ファーマーはこたえた。彼はコンピュータには詳しい。「あとで彼女を起こしたときに、きいてみましょう——四時間ほどのちですが」

「送信をとめることは？」

ファーマーはかぶりをふった。「だめでしょう。そういうふうにはできていないのが大半ですから。ここのソフトはユードラだけで、アメリカ・オンラインはないから、〈即時送信〉を押したら、すぐ出て行ってしまいます。それがネットにはいり、いったんはいったら——もうだめです」

「キルゴアが怒るわ」

「でしょうね」と、元海兵隊員はいった。「やはりコンピュータは、コードワード・アクセス式にしないとだめですね」ちょっとモニターから目をはなしたときがあったこと、したがって自分の責任であることはいわなかった。こういう事態についての説明は受けなかったし、だいたい人を入れたくない部屋をどうしてロックしておかないのだ。あるいは、被験者の部屋をロックすればいいのだ。最初の被験者グループがアル中だったので、気がゆるんだんだ。あのホームレスたちは、コンピュータなんか使えるはずもなく、飲む以外になにをする気もなかったものだから、今度のグループがそうではないかもしれぬとは、だれも考えなかったのだ。ええくそ。しかし、取り返しのつかぬほどのことではない。だれも自分たちのいる場所を知りようがなく、施設を所有する会社の名前もわかりはしない。そういうことがなにもわからないのでは、4番はだれになにを知らせようがあろう。重大なことはなにもない、とファーマーは確信した。しかし、ひとつだけ女医のいったことはたしかだ。ドクター・ジョン・キルゴアは、色をなして怒るだろう。

プラウマンズ・ランチ（訳注 パブの定番ランチ）は、イギリスの伝統である。パン、チーズ、レタス、トマト、チャツネ、肉――このばあい七面鳥――そして、もちろんビール。ポポフははじめてイギリスへきたときから、パブのランチが気に入った。今日は労働者をよそおうために、ネクタイをはずし、カジュアルなものに着替えてきた。

「ハロー」配管工が声をかけて、腰をおろした。彼の名はフランク・マイルズといった。長身、頑丈なからだつき、片腕に刺青（いれずみ）――イギリス人、とくに兵隊が好むのをポポフは知っていた。「先にはじめてたかい」

「どうだった、朝の仕事は」

「いつもとおなじだよ。今日は湯沸かし器の修理だった。これがフランス人でね、あたらしいチームの隊員だ。奥さんがすげえいい女だった」マイルズは報告した。「旦那（だんな）のほうは写真だけ。フランス陸軍の軍曹みたいだ」

「ほんとか」ポポフはオープン・サンドイッチにかぶりついた。

「うん、また昼から行って仕上げだ。そのあとは司令部の湯沸かし器。おんぼろばかりで、五十年前のものじゃねえかな。修理に必要な部品を自分でつくらなきゃならないかもしれん。もうどこさがしたってないんだ。メーカーなんか、とうにつぶれちまってるしな」マイルズも自分のランチにとりかかり、慣れた手つきで具を分けて、焼きたてのパンの上にのせた。

「おおやけの施設はどこもおなじだよ」ポポフはいった。

「それ、いえてる」マイルズも同感だった。「そこへもってきて、助手が病気で休むときた。なにが病気だよ。横着者が」

「その分はわたしの工具で埋め合わせてもらおう」ポポフはいってやった。そのあとは食事のおわりまでスポーツの話になり、食べおわると立って、マイルズの車へ行った。小型のブルーのヴァンで、官用車ナンバーをつけていた。ロシア人は工具をひとそろい後部に積んだ。配管工はエンジンをかけて、車を車道に出し、ヘリフォード基地の正面ゲートへ向かった。ゲートの哨兵(しょうへい)はろくに見もしないで、手で通れと合図した。

「な？　知った顔さえいりゃ通れるんだ」マイルズは基地の保安をあっさりくぐったことをおかしそうに笑った。表示によれば、いまは黒状況(ブラック・ステイタス)――最小警戒態勢だった。

「IRAはだいぶおとなしくなったみたいだけど、うっかりこんなところを襲って、あの男たちを敵にまわしたら、ライオンの鼻をつまむようなものだったろうな。ただですむもんか」

「だろうね。わたしはSASなんて、テレビで見ただけだが、いかにも恐ろしげな男たちだ」

「恐ろしいのなんの」マイルズは請け合った。「ひと目見りゃわかる――歩きかたからしてちがうもんな。あれはきっと自分らでもライオンだと思ってるんだ。それにあのあたらしい連中、あれがまたSASそっくりで、いや、SAS以上だというやつもいる。これまで三回出動して、いや、おれたちはそう思ってるけど、毎度テレビでやったよな。ワールドパークでは、あの犯人グループを鮮やかにやっちまったじゃないか」

基地営繕課は、その種の施設の典型で、旧ソ連のそれともほとんど変わらなかった。塗料は剝げて、駐車場の舗装は割れ目とこぶだらけだった。入口の両びらきドアに錠前はあるものの、ポポフの目には、子どもがヘアピンででもあけられそうな代物に見えた。しかし、そこに置いてあるいちばん危険な武器といえば、ドライバーだろう。マイルズは車をとめて、ポポフについてくるよう手でしめした。内部もまた予想どおりだった。配管工が書類仕事をするための安物の机、ビニール張りのシートが割れて詰め物が見えているおんぼろ回転椅子、ペグボードに掛けられた工具類は、塗り部分の傷みからして、五年以内に購入されたものはなさそうだった。

「新品なんか買ってもらえるのかね」ポポフは偽装を維持するための質問をした。

「申請書を出すんだよ、理由を書いて、営繕主任に。だいたいあっさり認めてくれるよ。おれも要らないものは申請しないからな」マイルズは机に貼ってあったポスト・イットをはがした。「湯沸かし器を今日じゅうに修理しろだってよ。コカコーラでも飲んどきゃいいのに。どうする、いっしょに行くかい」

「もちろん行く」ポポフは立って、あとについて外へ出た。五分後、彼は後悔した。司令部入口には武装した衛兵が立っていて、さてはここがレインボーの司令部だったかと遅ればせに気づいた。なかにはイワン・ティモフェーヴィッチ・クラーク本人がいるにちがいない。

マイルズは車をとめて降りると、後部ドアへ行ってあけ、工具箱を引き出した。

「小さ目のパイプ・レンチが必要になりそうだ」マイルズにいわれ、ポポフは持参のキャンバス・バッグの口をあけて、新品のリジッドの一二インチ・レンチを取り出した。

「これでどうだ」

「ぴったりだよ」マイルズはいって、いっしょにこいと手で合図した。「こんちは、伍長(ごちょう)」衛兵に声をかけると、相手はちゃんとうなずいたが、なにもいわなかった。

ポポフはあっけにとられた。これがロシアなら、保安の厳しさはくらべものにならないだろう。だが、ここはイギリスで、配管工は衛兵に顔を知られているようだ。そう思ったときには、もうなかにはいっていて、彼はあまりきょろきょろせぬようにし、不安を表に出さぬように、ありったけのセルフ・コントロールをはたらかせた。マイルズはすぐさま仕事にとりかかり、前面のパネルをはずしてわきへ置くと、湯沸かし器の内部をのぞきこんだ。そして、ポポフのほうへ手を出したので、ポポフは小さいレンチを渡してやった。

「調節部の感じはいい……まあ新品だから当然だけどな」彼はレンチでパイプをはさんで、ぐいとまわした。「それっ……よし、取れた」はずれたパイプを明かりにかざした。「ははあ、これなら直る。奇跡的だよ」ひとことつけそえた。彼は膝でいざって下がり、工具箱のなかを見た。「なかが詰まってるだけだ。見てみろ、三十年分ぐらいの滓だ」彼はパイプをさしだした。

　ポポフはパイプのなかをのぞく格好をしたが、なにも見えなかった。なかはびっしりふさがって、これがマイルズのいう滓だなと思った。配管工はまた受け取って、小さなドライバーを端から突っ込んで、洗い矢でマスケット銃の銃身掃除をするみたいに何度も動かし、ついで反対側からもおなじようにした。

「これでもうコーヒーをきれいな水で淹れられるのかな」声がした。

「と思います」

　顔を上げたポポフは、心臓がとまりそうになるのをからくもこらえた。クラークだった。ＫＧＢのファイルにあった、イワン・ティモフェーヴィッチ・クラークその人である。長身、五十なかば、ふたりの職人を笑顔で見おろしていた。スーツとネクタイという服装は、なんとなく窮屈そうだった。ポポフは儀礼的にうなずいてから、手元の工具に目をもどし、胸の内では〈あっちへ行ってくれ！〉と叫んでいた。

「よし、これで大丈夫」マイルズはいって、パイプをまたなかにもどし、ポポフからレンチを受け取って締めつけた。すぐに立ちあがって、プラスチックのハンドルをひねった。汚れた水が出てきた。「五、六分出しっぱなしにしておけば、滓がぜんぶ出てきれいになります」

「わかった。ご苦労さん」アメリカ人はいって、歩き去った。

「お安い御用で」マイルズは遠ざかる背中にいった。「あれがボスだよ。ミスター・クラーク」

「あれが？　ずいぶん穏やかじゃないか」

「いい人だよ」マイルズはプラスチックの温度調節弁を動かした。蛇口から出る湯は最初濁っていたが、すこしたつと完全に透明になった。「よし、一丁あがり。いいレンチだ」マイルズはいって返した。「これ、いくらするんだ」

「いいよ。取っといてくれ」

「ほんとか。いやあ、そいつはどうも」マイルズは笑顔で外に出て、イギリス陸軍憲兵の前を通った。

ついで基地内を車で走った。ポポフがクラークはどこに住んでいるのかときくと、マイルズはわざわざ左へ折れて、上級士官宿舎のほうへ行った。

「いい家だろう」

「住みやすそうだ」褐色煉瓦（れんが）造り、スレートらしい屋根、百平方メートルほどの建物に裏庭がついていた。

「この家の配管はおれがやったんだ」マイルズが教えた。「改築したときに。あ、奥さんみたいだ」

看護婦の制服を着た女が出てきて、車へ行って乗り込んだ。ポポフはじっと見て、頭にイメージを刻んだ。

「娘がいて、そちらは医者で、母親とおなじ病院に勤めてる。いまおなかが大きいんだ。だれか隊員と結婚してるみたいだ。母親によく似て、背が高くて、ブロンドの美人で——すげえいい女だよ」

「娘夫婦はどこに」

「えーと、あの辺かな」マイルズは西のほうをおおざっぱにさした。「ここおなじ官舎だけど、ここほど大きくはない」

「で、売り物はなんだ」警視正はたずねた。

ビル・ヘンリクスンはオーストラリア人が好きだった。彼らのいいのは、すぐ本題にはいるところだ。ここはオーストラリアの首都キャンベラ、この国の警察のトップと、他に軍服の何人かがいっしょだった。

「まずその前に、わたしの経歴はご存じですね」自分のＦＢＩでの実績と、会社の評判がよく知られるよう、布石は打っておいた。「わたしはいまもFBIと、ときにはフォート・ブラッグのデルタ・フォースとも、いっしょに仕事をします。したがって、いろいろコンタクトが、なかなかいいコンタクトがあります。ある面では、あなたがた以上ではないかと思います」思い切って小さな自慢を入れてみた。

「わが国のSASも優秀だ」警視正はいった。

「知っています」ビルは笑顔とうなずきでこたえた。「HRTにいたころ、何度か共同訓練をしました。パースで二度、クウォンティコウとフォート・ブラッグでそれぞれ一度。フィリップ・ストーカー准将（じゅんしょう）が指揮官だったころです。それはそうと、あの人はいまどうしてますか」

「三年前に退役になった」

「そうですか。フィリップもわたしを知っているはずです。いい人です、じつにすぐれた人でした」ヘンリクスンは強調した。「さて、売り物はなにかといわれましたね。わたしはあらゆるハードウェア・メーカーと取引があります。H&K社の新型MP10を購入するなら、仲介ができます。現場が好む銃で、九ミリでは威力不足だということから、FBI用に開発されたものです。スミス&ウェッソンの一〇ミリ・カートリッジが使えるようになって、H&Kの銃は一変しました。しかし、銃器の仲介なら、だれにでもできます。わたしはさらに、E‐システムズ、コリンズ、フレデリックス‐アンダース、マイクロ－システムズ、ハリデイなど、多数エレクトロニクス会社とも取引があります。したがって、通信・監視設備の最新の動向にも通じています。わたしのコンタクトによると、どうもこちらのＳＡＳはその方面には弱いようです。そこで、その改善をお手伝いでき、必要装備の適正価格を取り決めることもできます。さらにわが社は、新装備の習熟訓練にスタッフを派遣することが可能です。わが社のチームには、元デルタとＨＲＴの隊員がそろっています。大半が下士官で、そのなかには、フォート・ブラッグの特殊作戦訓練センターの連隊最先任上級曹長だった、ディック・ヴォスもいます。じつに優秀な男で、いまはわたしのところで働いてくれています」

「あの男なら知っている」オーストラリアＳＡＳの少佐がいった。「うん、たしかに優秀だった」

「そこでわたしの仕事ですが」ヘンリクスンはつづけた。「知ってのとおり、このところヨーロッパでテロ事件が多発しており、オリンピックを控えた国としては、真剣に取り組まなくてはならぬ脅威だと思います。こちらのＳＡＳは、むろん戦術面に関しては、わたしからもだれからもアドバイスを必要としませんが、わが社は監視と通信のための最新エレクトロニクス装置をお世話できます。われわれの現場が使う装置を特注で製造するメーカーをわたしはのこらず知っていますが、こちらでもきっとそういう製品が入用になるでしょう。いや、ならなくては嘘（うそ）です。必要なものをそっくり調達するお手伝いをした上で、それを使っての訓練も引き受けます。世界広しといえども、それだけの専門ノウハウを持つ業者はほかにいません」

返事は沈黙だった。だが、ヘンリクスンには彼らの考えていることが読めた。彼らも当然テレビでテロ事件を見て、大いに注意を喚起されている。されないはずがない。こういうことを職業にしている連中は、心配するのが仕事であり、現実の脅威、想像上の脅威、つねに脅威をさがしている。オリンピックは大いなる国威高揚の場だが、テロリストが名を上げるにも、これほど絶好の標的はない。それは一九七二年にミュンヘンで、ドイツ警察が骨身にしみて知った。あのパレスチナ人の襲撃が、なにかときっかけになって、世界的なテロリスト・ゲームがはじまった。あれ以来イスラエル選手団は、他の国よりいささか厳重な警備を受けるのが恒例になり、イスラエルはかならず自国のコマンド隊員をレスリング選手のなかにまぎれこませるようになった。通常それは、主催国の保安関係者の了解の上でだった。どこの国もミュンヘンの二の舞いはごめんだった。

このところヨーロッパで頻発するテロ事件は、全世界の警戒心を高めていたが、犯罪にことのほか神経をとがらせるオーストラリアでは、その真剣味は他国の比でなかった。精神異常者が幼児を含む罪のない人多数を射殺する事件があり、その結果、この首都で、全国銃砲所持禁止法が国会を通ったのは、そう昔のことではない。

「きみは最近のヨーロッパの事件のことをどこまで知っている」オーストラリアSAS

の将校がたずねた。

ヘンリクスンはむずかしい表情をよそおった。「わたしが知っている事柄の多くは、じつはオフレコでして」

「われわれは全員、保安資格所持者だ」警視正がいった。

「それはいいんですが、わたし自身はこの件には保安資格がないので、したがって——いや、まあいいでしょう。あの突入作戦をやっているのは、〝レインボー〟と呼ばれるチームです。ブラック・オペレーションで、編成は英米が主体で、ほかにNATO数か国が加わっています。基地をイギリスのヘリフォードに置いています。指揮官はアメリカのCIAからきている、ジョン・クラークという男です。なかなかの傑物で、隊員がまた並みの男たちじゃありません。ヘリコプターなどは米軍装備にアクセスを持ち、ヨーロッパ全域、事件当事国から要請があれば出動できるよう、外交協定ができているようです。こちらの政府からも話はありましたか」

「あった」警視正はこたえた。「いまきみのいったことは、すべて正確だ。じつをいえば、わたしは指揮官の名前までは知らなかった。その男について、なにかほかに知っていることはあるか」

「わたしは面識はなく、ただ評判を知るだけです。工作指揮官としては最古参で、CIA長官とも近しく、大統領も彼を個人的に知っているようです。したがって、情報スタッフにはすぐれた人材をそろえていると思われ、実戦メンバーの能力のほどは、はっきりしめされたんじゃないでしょうか」

「そのとおりだ」少佐が同意した。「ワールドパークの作戦は、わたしがこれまでに知る最高のものだ。いつかのロンドンのイラン大使館事件をしのぐ」

「あなたがたでも、きっとおなじようにやったでしょう」ヘンリクスンはいってやったが、お世辞ではなかった。オーストラリア特殊空挺部隊はイギリスのそれをモデルにつくられたが、FBI在職中に共同訓練した経験は、彼らの能力をいささかも疑わせなかった。「少佐のスコードロンは？」

「第一セイバーだ」まだ若い少佐はこたえた。

「だったら、ボブ・フレモント少佐の――」

「いまは大佐になって司令官だ」

「ほんとですか。どうも疎くなってしまって。あの人はすごい。ガス・ワーナーともよく気が合っていました」そこまでいって、ヘンリクスンはひと呼吸おいた。「ともあれ、以上がわたしの売り物です。われわれは全員息の合った仲です。作戦面でも装備調達面でも、すべて必要なコンタクトを持っています。最新のハードウェアにものこらずアクセスできます。ひと声かけてもらえば、三日ないし四日で訓練のお手伝いにやってきます」

ほかに質問はなかった。警察のトップはじゅうぶん心動かされたようで、オーストラリアSAS少佐はそれ以上だった。

「わざわざ出向いてもらってご苦労だった」警視正がいって、椅子を立った。オーストラリア人に好感を持たずにいることはむずかしく、それにこの国は、いまだに原初の状態を多分にのこしている。国土の大半が苛酷な砂漠で、アラビア砂漠以外に駱駝を入れて唯一成功したところである。どこかで読んだが、アメリカ南西部で駱駝を育てようとしたのは、かのジェファソン・デイヴィス（訳注　南北戦争時の南部連合大統領）だが、最初の導入頭数がすくなすぎて生きのこれず、うまくいかなかったのだという。それがよかったのか悪かったのか、彼には判じかねた。駱駝はどちらの国にも本来自生の動物ではなく、人間が大自然の計画に干渉するのは、たいていのばあい悪いことである。一方、馬や驢馬も自生動物ではなく、彼は野生馬を想像してみるのが好きだった。ただし、肉食動物によってその数は適正にコントロールされなくてはならない。

待てよ。オーストラリアもじつは原初の自然ではないのではないか。内陸部の野生犬も、よそから連れてこられ、それが原住種だった有袋類を殺したり駆逐したりしたのだ。そんなことを思うと、そこはかとなく悲しくなる。この国の人口は比較的すくないが、その少数でさえ生態系を破壊したのだ。人間はどこに置いても、たとえ広大な大陸にほんの少数であっても、信頼してはならないのだ。だから、ここにも《プロジェクト》は必要なのだ。
余分な時間のないのが残念だった。時間があれば、グレート・バリア・リーフをぜひ見たい。熱心なスキンダイバーである彼が、まだここではウェットスーツとフリッパーをつけて、自然美の最も壮麗な見本といわれるものを見ていないのだ。なに、いつかそのうち、もう数年もすれば、もっとたやすいことになる。そう思いながら、ビルはテーブルのむこうのホストたちを見やった。この男たちを人間同胞と考えることはないのだ。彼らは地球の所有権をめぐる競争者なのだ。だが、彼とちがって、地球の面倒を見ようとはしない。いや、皆が皆そうではないかもしれない。なかには彼とおなじほど自然を愛する者もいるのだろう。だが、生憎(あいにく)もうその見きわめをつけている時間はないから、十把ひとからげに敵とみなさねばならず、敵には代償を払ってもらわねばならぬ。お気の毒さま。

スキップ・バニスターはこのところずっと心配していたのだ。そもそも娘には、ニューヨークへ出て行ってもらいたくなかった。インディアナ州ゲアリーからはずいぶん遠い。新聞はたしかに、ハドソン河畔のあの恐ろしい都会の犯罪率は減ったというが、それでもあんなにばかでかい、あんなにつかみどころのない都会は、まともな人間の住むところではない。まして独身女性の住むところではない。彼にとってメアリーは、いつまでも小さな女の子であり、どこまでも記憶にのこるのは、母親のおなかから出てきて、この腕に抱かれた、ピンク色した、べっとり濡れた、よく泣く、あのちっちゃなものである。生んだ母親は六年後に世を去り、のこされた娘は大きくなり、ドール・ハウスをほしがると父はこしらえてやり、自転車をつぎつぎに組み立ててやり、服を買ってやり、教育を受けさせ、そのあげくが、父親をいたくうろたえさせたことに、いつのまにか羽根を成長させていて、ある日巣立って行った——いやな人間、よからぬ人間のひしめく、あのいやな都会、ニューヨークへ。だが、うろたえても反対はしなかった。メアリーがあまり感じのよくない男の子とデートをしても、決して反対しなかったように。その年頃の娘のつねで、メアリーも意志は強固だった。お金を稼ぐため、いい人と出会うため——そんなことだったんだろう。

それがふっつり消息を断ってしまい、スキップ・バニスターはどうしたらいいのかわからなかった。五日も電話のない日がつづいたのがはじまりだった。だからニューヨークの住まいに電話をかけて、数分間ベルを鳴らしつづけた。デートにでも出たのか、それとも残業でもしているのかもしれない。勤務先に電話しようにも、番号をどうしても教えてくれなかったのだ。妻に死なれた男親のつねで、今日まで甘やかしてしまった。いまになれば、それがいけなかったのかとも思うが、わからない。

だが、その娘がいなくなってしまった。夜昼時間をえらばず電話をかけつづけたが、呼び出し音がきこえるだけで、それが一週間つづいては心配になった。さらに二、三日たつと、もうじっとしておれず、失踪人届けを出そうと思って警察に電話した。それにはずいぶんいやな思いをさせられた。ようやく電話に出た係官は、娘のこれまでの行状を根掘り葉掘りたずね、二十分話をきいてから、今度は説得をはじめた。若い女性にはそれが多いんですよ。たいていどこかで無事みつかります。まあそれも成長の一過程でして、自分が独立人であることを、そうやって納得したいんですな。とどのつまりはニューヨークのどこかに、文書かコンピュータで、〈バニスター、メアリー・アイリーン。女性。失踪〉のデータが作成され、作成はされてもニューヨーク市警がそれを重大視するはずもないから、アッパー・ウェストサイドのアパートへ係官をやって調べはしない。だからスキップ・バニスターは、自分で調べるしかないと思い、車を運転して行ったが、管理人に娘さんの荷物を取りにきたのかときかれた。だいぶ前から見かけないし、そろそろ部屋代も切れることだから……。

ここにおいて、スキップ——ジェイムズ・トーマス——バニスターは動転し、近くの分署へ自分で失踪人届けを出して、しっかり捜索活動をしてもらおうと思って出向いたが、むだ足だったと知った。失踪人届けは受け付けるといわれたが、出てきたのは五十がらみの刑事で、電話できかされたのとまったくおなじことをきかされた。まだほんの二、三週間じゃないですか。娘さんと特徴の一致する死体も出ていませんし、きっとどこかで元気にやってるんですよ。こういうケースの九十九パーセントは、自分の羽根を広げて飛んでみたかったというだけです。

うちの子にかぎってそれはない――と、ジェイムズ・T・〝スキップ〟・バニスターは、穏やかなだけで人の話をきこうとしない相手にいった。みんなそういうんですよ。百中九十九は、いや、じっさいはもっとでしょう、いまいった結果になるんでして、悪いけどそれをぜんぶ調べるだけの人手はありません。そういうことです、せっかくですが。ここはもううちへ帰って、電話が鳴るのを待ってはどうですか。

帰るしかないから帰った。動転を怒りに変えながら車を運転し、ようやくゲアリーに帰り着くと、留守番電話にメッセージが六件はいっていたから、いそいで再生した。もしやそのなかに――。だが、行方不明の娘からのものはなかった。

アメリカ人はたいていそうだが、ジェイムズ・トーマス・バニスターもパソコンを持っていた。買いはしたが、あまり使うこともなく、ただ今日もいつものように立ち上げて、インターネットにログオンし、Eメールがはいっていないか見た。そしたら今朝は、めずらしくINボックスにメールがはいっていて、それが娘からだった。マウスを動かし、メールにクリックすると、RGB画面にぱっと出て――。

もう本物のパニック状態になった。

どこにいるのかわからない？　医学実験？　なによりもふつうでないのは、手紙の文章のまずさだった。メアリーは昔から学校の勉強はよくできた。いつも字はきれいで、読みやすかった。彼女がくれる手紙は朝刊の記事を読むようで、もちろん優しさがあって、その上に簡潔明瞭で読みやすい文面だった。それがこのメールは、まるで三歳の子が書いたみたいだ。そうスキップ・バニスターは思った。字も間違っている。タイプの打ちかたなんか間違えたことのない子で、いつも〝A〟をもらっていた。

どうすればいいんだ。可愛い娘が行方知れずで……そのうえ、なんだか危険にさらされているみたいだ。みずおちのあたりがきゅっと縮まり、心臓の動悸が激しくなった。顔に汗が吹き出す。彼は目を閉じて、一生懸命考えた。それから電話帳を取った。最初のページに緊急番号が出ていて、そのなかからひとつをえらんでダイアルした。

「ＦＢＩです」女の声が応答した。「どうしました」

第21章　段階

アル中の最後のひとりは、あらゆる予想よりも長く生きたが、それも不可避のことを先にのばしただけだった。その男は名をヘンリーといい、四十六歳の黒人だが、どう見てもそれより二十は老(ふ)けて見えた。退役軍人であることを、きいてくれるだれかれにきかせ、かなりの脱水状態なのに、さほどひどい肝機能障害を起こしていないのは奇跡だった。彼の免疫(めんえき)系は〈シバ〉にたいして、果敢な戦いぶりを見せた。ここまで頑張れたのは、彼は遺伝子プールの深いところから出てきたのだろうとドクター・キルゴアは推測した。こういう相手からは病歴などをききだし、両親がどれぐらい生きたかを知れば、役に立つこともあったのだが、そこに気づいたときには、すでにどうしようもないところまで進んでいた。もう血液検査の結果は、間違いなく死を迎えたことを教えた。肝臓はついに〈シバ〉ウィルスに屈し、血液組成は重要なすべての項目で標準値とかけはなれていた。残念な気もした。キルゴアのなかにもまだ医師は生きていて、患者を死なせたくない気持ちがどこかにあった。スポーツマンシップみたいなものかな、と思いながら、患者の部屋へ向かった。

「どうだね、ヘンリー」医師は呼びかけた。

「だめだよ、ドク。どうしようもねえや。腹が割れて裏返しになるような感じだ」

「感じるのか」思わずききかえした。これにはおどろいた。もうモルヒネを一日に十二ミリ近くあたえているのだ。健康人なら致死量だが、重病人が摂取できる麻薬量は、どういうわけかはるかに多いのだ。

「多少はね」ヘンリーはにたっと笑ってこたえた。

「では、それを治そう」医師はポケットから五十CC静脈針と、ディローディッドの小瓶を取り出した。ふつうなら二ミリから四ミリでも強力である。彼は念のため四十ミリにした。ヘンリーはもうこれ以上苦しまなくていい。注射筒に薬液を入れ、小さな気泡を爪ではじいてなくすと、点滴チューブに針を刺して、プランジャーをすばやく押し込んだ。

「ああ」めくるめく感覚のおとずれに、ヘンリーはそれだけいった。たちまち顔筋が弛緩し、目がかっとみひらかれ、二度と覚えることのない快感のうちに瞳孔が拡大した。十秒後、キルゴアは頸動脈に手を触れた。そこに動くものはなく、それより先にヘンリーの呼吸は停止していた。念には念を入れ、ポケットから聴診器を出して胸にあてた。大丈夫、心臓もとまっていた。

「よく頑張ったな」医師は遺体にいってやった。それからチューブをはずし、電子投薬装置のスイッチを切って、死顔にシートをかぶせた。これでアル中はぜんぶおわった。皆さっさとかたづいて、ヘンリーだけがのこっていたのだ。あらゆる予想を裏切って、最後まで頑張った。キルゴアは思う。もしかしてこの男には、どちらかのワクチンを使うことになったんじゃないか。〝B〟なら確実に助かっただろうが、しかし、そのときは元気なアル中をひとりかかえこむだけで、その種の人間を救うことは《プロジェクト》の趣旨ではない。こんな男になにがつとまる。せいぜい酒屋の主人ぐらいだろう。

キルゴアは部屋を出て、病棟員を手まねきした。十五分後には、ヘンリーは灰になって空中に舞い上がり、その化学成分は地上にもどって草木の肥料の足しになるだろう。あの手合いが役に立つのは、それぐらいのものだ。

つぎはF４のメアリーを部屋へ見に行った。

「どうだね、気分は」と、きいてみた。

「いいわ」眠そうな声がこたえた。本当なら感じるはずの不快は、モルヒネの底に沈んでしまっていた。

「ゆうべは散歩をしたそうだね」キルゴアは脈を取りながらきいた。九十二。まだしっかりして規則正しい。本格的な発症にいたっていないからで、ひとたび発症すれば、ヘンリーほど持ちはしない。

「ダディに無事なことを知らせようと思って」彼女は説明した。

「心配していると思うのかね」

「ここへきてから連絡していないし、だからあたし……」そこまでいって、また眠りに落ちた。

「そうだろう、そうだろう」意識のない人体に向かって、ドクター・キルゴアは語りかけた。「二度とゆうべのようなことのないようにしようね」点滴装置の設定を変えて、モルヒネ投与量を五割増にした。これでもうベッドを抜け出すことはない。

十分後、彼は外に出て、北に向かって歩いていた。えーと……うん、あそこだ。ベン・ファーマーのピックアップ・トラックが、いつもの場所にとめてあるのが見えた。その建物は外見は馬小屋だが、なかにはいると、当然のことに鳥のにおいがした。ドアはすべて格子(こうし)入りで、なかに手を突っ込むことも、なかから鳥が出ることもできなかった。そんなドアのならぶ廊下を行くと、ようやくファーマーが、気に入りの一羽といっしょにいるところをみつけた。

「残業かね」キルゴアはきいた。

「すこしだけ」保安員はこたえた。「フェスタス、こい」その掛け声で梟(ふくろう)は、怒ったようにに羽ばたいてから、六フィートの距離を飛んで、ファーマーの長手袋をはめた腕にとまった。「すっかり治ったようだな」

「あまり愛想のいい顔じゃないな」医師はいった。

「梟はただでさえ慣らすのがむずかしいのに、このフェスタスは気むずかしいんです」元海兵隊員はいい、梟を止まり木に連れてもどってとまらせた。それからドアをそっとあけて出てきた。「あまり利口な猛禽じゃないんです、梟ってのは。容易になつかないんです。あいつはとてもだめです」

「放してやるのか」

「ええ。今週のおわりごろに」ファーマーはうなずいた。「二か月かかったけど、もう翼もすっかり治ったから。そろそろ外へ出て、鼠のたくさんいる納屋を自分でみつけられるでしょう」

「あれか、車にぶつかったのは」

「いや、それはニッコロです。ミミズクですよ。フェスタスは電線に触れたんだと思います。よそ見していたんでしょう。目は両方ともよく見えるようだけど、鳥も人間とおなじで、ドジをやるんですね。でもまあ、翼はちゃんと治してやりました——自分でいうのもなんだけど、見事に」といって、ファーマーは会心の笑みをうかべた。「けど、フェスタスのやつ、あんまり感謝もしないんです」

「ベン、きみは獣医になるといい。ほんとにいい腕だ。海兵隊では衛生兵だったのか」

「ただの歩兵ですよ。海兵隊の衛生兵は海軍から呼ぶんです」ファーマーは革の長手袋を脱いで、指を屈伸させてから、またはめた。「メアリーのことできたんですか」

「どういうことだったんだ」

「じつをいうと、おれがトイレに立って、帰ってきて、また椅子にすわって雑誌を読んでいて、ひょいと目を上げたら、メアリーがいないんです。すぐ知らせたけど、あの分では、そう、十分も出歩いていたでしょうね。おれのミスです、ほんとのところ」彼は正直にいった。

「取り返しのつかぬことになったわけじゃなさそうだ」

「ええまあ。あのコンピュータ、鍵のかかる部屋へ移しましょうか」彼は部屋の奥へ行って、もうひとつのドアをひらいた。「おい、バロン」声をかけると、すぐに一羽の鷹が、さしだされた革の腕に飛び移った。「よし、いい子だ。おまえもそろそろ外へ帰るか。太った野鼠を自分でみつけるか」

　おなじ猛禽でも鷹には風格があるな、とキルゴアは思う。目は澄んで鋭く、力強い動きはいかにも目的ある印象で、その目的は獲物にとっては残酷かもしれないが、それが自然の仕組みというものだろう。この肉食の鳥は、鈍重なもの、傷ついたもの、頭の悪いものを摘み取って、生物界のバランスを保っているが、そんなことよりも、天高く舞い上がって、眼下の世界を眺めおろし、なにを生かし、なにを殺すかを決める、彼ら猛禽には、凛然たる気迫がある。やっていることは、自分と仲間もおなじだな、とキルゴアは思う。だが、人間の目にはその鋭い眼光はない。彼はバロンにほほえみかけずにいられなかった。もうすぐ野に放たれ、もうすぐ上昇気流に乗って、キャンザスの天空高く飛翔(ひしょう)し……。

「《プロジェクト》の世界になっても、こういうことはできますか」ファーマーがバロンを止まり木にもどしながらたずねた。

「どういう意味だね」

「いや、そういう世界では、もう鳥なんか飼えないぞという人がいるんです――自然にたいする干渉になるからって。おれ、鳥の世話をするのは得意なんですよ。猛禽なんか、野生の暮らしをするより二、三倍長生きします。それがなにかをちょっぴり狂わせるのは知ってるけど、でも――」

「ベン、それはそんなに心配しなくていい。わたしはきみにも鷹にも理解はあるつもりだ。鷹はわたしも好きだよ」

「自然界のスマート爆弾ですよ。見ているだけでわくわくします。傷ついたときは、おれは治してやれます」

「いかにも名医だよ。きみの鳥は皆健康そうだ」

「そりゃそうですよ。いいものを食わせてます。餌(えさ)用の鼠は生け捕りにするんです。こいつらは温かい肉が好きなんですよ」彼は作業台にもどり、革の長手袋を脱いでフックに掛けた。「これで朝の仕事はおわりです」

「そうか、もう帰ってくれ。ベン、コンピュータの部屋には鍵がかかるようにする。それにしても、もう被験者にはやたらに散歩されないようにしよう」

「ええ。ヘンリーはどうしてます」ファーマーはポケットの車のキイをさぐりながらきいた。

「ヘンリーは死んだ」

「もう長くはないと思ってました。これでもうアル中はいませんよね」キルゴアの首の動きがこたえた。「かわいそうに。タフなやつでしたね」

「まったくだ。が、致し方もない」

「そうですよ。死体をノスリに食わせてやれないのが残念です。ノスリだって食っていかなきゃ。でも、あいつらがつつくところって、あんまり気持ちのいい見ものじゃないんです」彼はドアをあけた。「じゃ、また晩に」

キルゴアも電灯を消して、あとから出た。そうだ、ベン・ファーマーに鳥を飼うことを禁じてはいけない。鷹狩りは王侯の遊びであり、そこから鳥について学べることは多い。猛禽がどうやって獲物を取り、どうやって生きているのかもわかる。そういうことなら、自然の大いなる計画にもぴったりおさまる。問題は、《プロジェクト》には超過激派がいることで、なにしろ彼らは、医者は自然に干渉するからと、医者を計画に加えることにさえ反対なのだ。人の病気を治すことは干渉であり、人口増加を助けて、ふたたびバランスをくずすというのだ。それはまあそうだ。いまから百年後、いや、おそらく二百年後には、キャンザスの人口は完全に元にもどるだろう。しかし、全員がキャンザスにとどまるわけでもあるまい。その前に彼らは、山岳地へ、湿地帯へ、熱帯雨林へ、アフリカのサバンナへと、広く散って行くだろう。やがて彼らはキャンザスへ帰ってきて、自分たちが調べてきたことを報告し、自然の営みを撮ってきたビデオテープを見せるだろう。キルゴアはその日がたのしみだった。《プロジェクト》のメンバーは皆そうだが、彼もケーブル・テレビのディスカバリー・チャンネルを熱心に見た。学ぶことはあまりに多く、理解すべきことはあまりに多かった。というのも、彼もまた一切すべてを知りたい、自然の全体を理解したいと思うひとりなのだ。むろん無理な注文であり、非現実的な望みではあるが、彼にできなければ、彼の子どもがやるだろう。あるいは、子どもの子どもがやるだろう。彼らは自然のすばらしさがわかるように教えられて育つ。彼らは皆、フィールド・サイエンティストとして、広く旅してまわる。死に絶えた都市を訪れた者は、いったいどう思うだろう。それをさせるのは、いいことかもしれない。人間がどれほどたくさんの過ち(あやま)をおかしたかを、それによって理解し、過ちをくりかえさぬことを学ぶのではないか。そんな現地踏査を自分が主宰してもいい。さしずめニューヨークなんか一番で、このまねをしてはいけないという最高の教訓になる。ビル群が構造鉄材の腐食とメインテナンスの欠如で崩壊するには、千年、もっとかかるかもしれない。石造部分はいつまでもなくならないが、十年もすればセントラル・パークに鹿が帰ってくるだろう。

猛禽類はしばらく苦労することはないだろう。餌になる死体に事欠かず……いや、それはわからない。最初のうちこそ死体は文明社会のならわしに従って埋葬されても、数週間でそんなやりかたでは追いつかなくなる。人は自宅のベッドで死ぬようになり、そうなると……鼠だ。つづく年は、鼠にとってわが世の春である。ただし、鼠は人間がいてこそ栄える。彼らは生ごみなど文明社会の産物を糧に生きる、かなり専門化した寄生動物であり、きたるべき年には世界じゅうで飽食のかぎりを尽くし、そのあと——そのあとはどうなる。鼠の固体数はどういうことになるのだろう。おそらく犬や猫に食われて、しだいにある種のバランスに達しても、その後は、鼠の餌の生ごみをこしらえる何億という人間がいないのでは、むこう五年から十年のあいだに減少の一途をたどるだろう。鼠の固体数はどれほどの速さで、どこまで減少するのか。専門のフィールド・チームひとつをあてて調査するに足る興味深い事柄である。

《プロジェクト》のなかで、大型動物の心配をする人間はいくらもいる。狼やクーガーには、だれもが心を寄せる。家畜を襲うからと、人間の手で容赦なく殺された、風格豊かな美しい動物である。罠や毒餌が仕掛けられなければ、彼らはふたたび繁栄するだろう。だが、小型捕食動物はどうでもいいのか。鼠はいいのか。だれも彼らの心配はしないようだが、彼らもまた全体の一部なのだ。自然研究に美学を適用するわけでもあるまい。適用するなら、被験者F4のメアリー・バニスターを殺す理由は成り立たないのではないか。彼女は魅力的で、聡明で、感じのいい女性であり、チェスターやピート、ヘンリーみたいな、見ていても厭わしい連中とはちがう……が、ちがわないのは、自然を理解しないこと、自然の美しさを見ず、生命という大きな体系における自然を見ないことであり、したがってやはり参加する資格はない。気の毒ではある。被験者は全員気の毒だが、地球は滅びようとしているから救わねばならず、救済方法はただひとつしかない。あまりに大勢の人間の、生命体系への理解のないことときたら、体系の一部をなす、なにもわからぬ下等動物とすこしも変わらない。大いなるバランスを理解する望みがあるのは、それでも人間だけである。そのバランスを維持する責任は人間だけのものであり、その責任を果たすために自分たちの固体数を減らさねばならぬとしたら、それも致し方ない。何事にも代償はつきものである。最大の皮肉は、それには厖大な犠牲を要すること、その犠牲が人間の科学の進歩からくることである。地球を滅ぼす恐れのある文明の利便がなければ、地球を救う能力もまたありえない。そういう皮肉から現実は成り立っているのだ、と疫学者は自分にいってきかせた。

《プロジェクト》は自然を救済するが、その《プロジェクト》は比較的小人数で構成される。千人足らずのメンバーと、生きのこって事業を継続するために選抜された人がそれに加わる。彼らは自分らのためになされる犯罪行為に命を奪われることのない、なにも知らぬ人々である。大半の者は、自分が生きのこった理由を理解することはないだろう。彼らは《プロジェクト》メンバーの妻子または近親者であり、旅客機パイロット、機械工、農夫、通信技術者など、《プロジェクト》が必要とする技術の所有者である。彼らもいつかは真相を知るだろう。避けられぬことである。しゃべる者もいれば、きく者もいる。きいて察しをつけた者はきっと戦慄(せんりつ)するが、もはやなにをするにもおそすぎる。避けようがないというのはいいことだ。むろん彼とても、いくつか懐(なつ)かしむものはあるだろう。たとえば、ニューヨークの観劇、うまいレストランなどだが、しかし、《プロジェクト》にも腕ききのコックはいるだろうし、彼らが取り組む、すばらしい生の素材は、いくらもあるにちがいない。キャンザスの《プロジェクト》の施設では、必要な穀物はなんでもつくるし、バッファローが広く分布するまでは家畜も飼う。《プロジェクト》は、食肉のほとんどを狩猟でまかなって栄養源にする。むろんそれにも、一部メンバーから反対があった。彼らはなにを殺すことも認めないのだ。だが、その問題には、冷静な知恵を持つ者がけりをつけた。人間は捕食者であると同時に道具製作者でもあるから、銃をつくる。銃は獲物を慈悲的に殺す手段であり、人間も食っていかなくてはならない。だから数年後には、男たちは馬に鞍(くら)をつけて出かけ、バッファロー数頭をしとめて解体し、ヘルシーな低脂肪肉を持ち帰るだろう。鹿、プロングホーン、ヘラジカも悪くない。

穀物と野菜は農夫がつくる。だれも食生活に不自由せず、自然と調和して生き——銃なんて弓矢から大して進歩してはいない——比較的平穏に自然界を観察研究することができる。

思うだに待ち遠しい、すばらしい未来である。ただし、当初四か月から八か月は、かなりおぞましい世界だろう。テレビ、ラジオ、新聞があるあいだ、報じられる事柄は酸鼻をきわめるだろうが、やはり何事にも代償があるのはしかたがない。地球の支配者としての人類は死んで、自然そのものにとって代わられねばならないのだ。そして、必要最小限の人間がのこって、自然のなんたるかを観察し、自然のなすことを理解するのだ。

「ドクター・シャベスをお願いします」ポポフは病院の交換手にいった。

「お待ちを」女の声がこたえた。それから七十秒かかった。

「ドクター・シャベスです」べつの女の声。

「あ、失礼、間違えました」ポポフはいって、受話器を置いた。上等。クラークの妻と娘が、地元病院に勤務している。知らされたとおりだ。これでドミンゴ・シャベスもヘリフォードにいることがはっきりした。よし、レインボーの指揮官と、その上席隊員のひとりがわかった。シャベスはおそらく上位のひとりだ。もしかしたら情報責任者では？　いや、それはない、とポポフは思った。それには若すぎる。それはイギリス人だ。だれかMI6の古参、ヨーロッパ各国の情報機関にも知られた男。シャベスは義父同様、準軍事（パラミリタリー）オフィサーだろう。とすると、おそらく兵士タイプ、もしや実行部隊の隊長では？　推測でしかないが、あたっていそうな推測だ。人物ファイルによれば、肉体的に鍛練された若いオフィサーだという。となると、ほかのことには若すぎる。うん、隊長ならわかる。

　ポポフはマイルズの車から基地の地図を失敬して、それにクラークの自宅の位置を書き入れておいた。そこから細君の病院までの通勤ルートは、容易に推定できた。勤務時間を調べることも、さほど困難ではないだろう。情報将校には上々の一週間だった。そろそろ引け時だ。彼は着替えを詰めて、借りたレンタカーへ行き、車を玄関へまわしてチェックアウトした。ヒースロウ空港には、ニューヨークのJFK国際空港へもどる747の航空券が待っていた。時間があるので、英国航空のファースト・クラスのラウンジで休んだ。ワインばかりか、シャンパンのボトルまでならんで、いつもながらに快適なところだった。一杯ついで、快適なカウチにすわり、備えつけの新聞を手に取ったが、読むのではなく、これまでに判明したことを頭のなかで反芻（はんすう）し、それを雇用主がどう利用するのか考えた。即断はできないが、ポポフの勘は、彼が持っているアイルランドのいくつかの電話番号へ想念を誘った。

「はい、ヘンリクスンです」彼はホテルの電話に出た。

「ボブ・オークランドだ」声はいった。その名を忘れてはいない。今回会った警察のトップだ。「いい知らせだ」

「ほう。なんでしょう」

「ボブでいい」〝サー〟をつけたら、そういった。「大臣に話したところ、オリンピックのコンサルタント契約をグローバル・セキュリティと結ぶことになった」

「それはどうも」

「ついては明朝、細目を話し合いたいので、出向いてもらえまいか」

「うかがいます。施設はいつ見せてもらえますか」

「あすの午後、いっしょに行こう」

「承知しました。理解してくださって、ありがとうございます。SASの人たちは？」

「彼らも競技場へくる」

「そうですか。いっしょに仕事をするのがたのしみです」ヘンリクスンはいった。

「きみの話に出た新型通信装置をはやく見たいそうだ」

「あれはE－システムズが、デルタ・フォース向けに製造を開始したところです。一個の重量が六オンス、リアルタイム一二八ビット暗号化、Xバンド周波数、側波帯、バースト通信。傍聴はほとんど不可能、信頼性は抜群です」

「どうしてわれわれがその栄に浴するんだ、エド」クラークはきいた。

「ホワイトハウスに、きみたちのことを思うゴッドマザーがいるのさ。最初の三十セットはきみらのところへ行く。あと二日で用意できる」CIA長官はレインボー・シックスにつげた。

「ホワイトハウスのだれだ」

「キャロル・ブライトリングだよ、科学担当大統領補佐官の。その暗号通信装置をよく知っていて、ワールドパークの仕事のあとでわたしに電話をかけてきて、新兵器はきみたちのところへ行くべきだというんだ」

「彼女はわれわれのことに関しては、機密関与資格がないはずだが」クラークは思いだしていった。「すくなくともわたしは、リストに彼女の名を見た覚えがない」

「だれかが彼女になにかを教えたんだろう。電話をかけてきたとき、コードネームも承知していたし、たいていのことには機密関与資格を持っているんだよ。核兵器にも、あらゆる通信装備にも」

「大統領はあまり彼女を快く思っていない――すくなくとも人のうわさでは」

「うん、自然保護運動のかなり過激派だからな。しかし、なかなか切れる人だし、こいつをまずきみらにまわせとは、いいところあるじゃないか。蛇食い軍団（スネーク・イーターズ）司令部でサム・ウィルソンと会ったら、あそこも大乗り気で決めたようだ。妨害不能、暗号化システム、デジタル式感明度、「超軽量」それはそうだ、一個七千ドルもするのではな。もっとも、それには研究開発費がはいっている。フォーリーは自分で自分を得心させた。自分のところの工作指揮官も、そんなものがあれば、隠密作戦には重宝するんじゃなかろうかと思った。

「二日といったかな」

「ああ。ドーヴァーからミルデンホールの英空軍基地まで定期輸送機で、そこから先はトラックだろう。あ、それからもうひとつ」

「なんだ」

「ヌーナンにいってやってくれ。例の人間発見装置に関する彼の手紙が、結果を生んだんだ。メーカーが新品を、それも四台、彼に送るから、使ってみてくれとさ。アンテナもGPS探知機も改良ずみだ。いったいどういう代物（しろもの）なんだ」

「わたしも一度しか見ていないが、心臓の鼓動をとらえて人間を追尾するらしい」

「どうしてそんなことができるんだ」フォーリーがきいた。

「わたしが知るわけないだろう。しかし、たしかに壁のむこうの人間を追尾するのをこの目で見た。ヌーナンがとびあがってよろこぶ。改良が必要だとはいっていた」

「ＤＫＬ——というのがメーカーだが、彼の意見を入れたんだな。その四台もおなじ便で送る。改良型についての評価依頼書付きだ」

「わかった。ティムに伝える」

「スペインのテロリストについては、その後なにかわかったか」

「あとからファックスで送るが、いまのところ六人まで特定できたようだ。スペイン当局の予想どおり、ほとんどがバスク人容疑者だった。フランスのほうはさっぱりで、それらしいのがふたりだけ——ひとりはかなりたしかだそうだ。ああいうやつらを引っ張り出しているのが何者かは、いぜん手がかりもない」

「ロシア人だよ」フォーリーは断定した。「ＫＧＢの解任組だ」

「それに反対はしない——例のやつが、どうやらロンドンにあらわれたことでもあるしな。しかし、５課もそれ以上のことはつかんでいない」

「５課の担当はだれだ」

「ホルトだ。シリル・ホルト」クラークはこたえた。

「ほう、シリルか、知っている。できるやつだ。あの男のいうことは信じていい」

「そうか。しかし、いまはそのシリルがなにもわからんというのだから、それを信じよう。わたしはセルゲイ・ニコラーエヴィッチに電話をかけて、少々相談にのってもらおうかとも思っている」

「それは感心しないぞ、ジョン。それをやるときはわたしを通してもらう。わたしもセルゲイは好きだが、これについては待て。不確定要素が多すぎる」

「それではこちらは手も足も出ない。わたしの名前と現任務を知るロシア人が、うろうろしているというのは面白くないんだ」

　これにはフォーリーもうなずかざるをえなかった。どんな相手だろうと、人に知られてよろこぶ工作指揮官はいない。ましてクラークは、現任地に妻子がいっしょなのだから、心配して当然だ。現役中、任務の偽装のために妻を現地に伴う男もいるが、彼は一度もそれをやったことはない。それで妻を失った者はいないが、手ひどい目にあった者が出てから、いままではそれはＣＩＡの方針に反する。それにジョンは今日までずっと、影の人間としてやってきた。だれの目にも触れぬ、だれもそれとわからぬ幽霊、知っているのは味方だけだった。彼がそれを変える気がないのは、性転換をする気がないのとおなじだが、いまその匿名性(とくめいせい)を勝手に変えられて、それが彼を怒らせるのだった。しかし、ロシアは彼を知り、彼の経歴を知っていて、それは本人の日本とイランでの行動のせいだった。自分の行動がなんらかの結果を生むだろうことは、彼も知らなかったはずはない。

「ジョン、ロシアはきみを知っている。ましてゴロフコが個人的に知っているとなれば、彼らがきみに関心を持って不思議はあるまい」

「それはわかってるが――くそっ」

「ジョン、その気持ちはわかるが、もうきみは注意を引く存在であって、それはどうしようもないんだ。だから、きみはじっくり構えて自分の仕事をしろ。あちこちつついて状況をさぐるのは、われわれにまかせておけ」

「そうするしかないだろう」ようやくあきらめの返事が出た。

「なにかわかったら、すぐ知らせる」

「アイ・アイ、サー」その昔、自分の生活の一部だった海軍用語を使ってこたえた。いまではそれを使うのは、よくよく面白くないときだけである。


インディアナ州ゲアリーのFBI支局長代理特別捜査官は、チャック・アセリーという、いかにも敏腕そうな黒人だった。四十四歳、この事務所には赴任してまもないが、入局して十七年、それ以前はシカゴで警察官をやっていた。スキップ・バニスターの電話は、ただちに彼のデスクにまわされ、五分とたたず彼は電話の相手にすぐ事務所へくるようつげた。二十五分後、男はやってきた。身長五フィート十一というところか、ずんぐりした体躯(たいく)、としは五十五歳前後、ひどくおびえていることはひと目見てわかった。まず椅子(いす)にすわらせてから、コーヒーをすすめたが辞退した。質問がはじまり、最初はきまりきった内容だった。ついではっきり方向づけられた質問に変わった。

「ミスター・バニスター、そのEメールを持ってきましたか」

ジェイムズ・バニスターは、プリントアウトをポケットから出して渡した。

パラグラフが三つ、文脈の乱れ、文法的間違いが、アセリーの注意を引いた。書き手の混乱。一読した印象からすると……。

「ミスター・バニスター、娘さんがこれまでに、なんらかの麻薬をやったことがあるとは考えられませんか」

「とんでもない」というのが、即座の返事だった。「ありえない。ビールやワインはやるけど、あの子が麻薬だなんて、そんなことはとても」

アセリーは両手を出して立てた。「いや、お気持ちはよくわかります。わたしも誘拐事件ははじめてではないから――」

「誘拐だというんですか」いちばん恐れていたことを突きつけられて、スキップ・バニスターはききかえした。わが子が麻薬常用者であるとの示唆よりも、まだよくないことだった。

「この手紙からすると、可能性はありますし、これは誘拐事件として捜査を進めます」

アセリーは受話器を取って、「パット・オコナーを呼んでくれないか」と秘書につげた。

特別捜査官パトリック・D・オコナー主任は、ゲアリー支局の班長のひとりだった。

三十八歳、赤毛、白い肌、鍛え抜かれたからだつき、オコナーは支局誘拐班を率いる。

「なにか」はいってきていった。

「こちらはミスター・ジェイムズ・バニスター。娘さんが行方不明だ。年齢二十一歳、一か月ほど前にニューヨークで消息を断った。きのうこのEメールがはいった」アセリーは手渡した。

オコナーはさっと目を通して、うなずいた。「なるほど」

「きみの仕事だ。頼んだぞ」

「わかった。ミスター・バニスター、こちらへきてください」

「こういう事件はパットの仕事です」アセリーが説明した。「彼が担当し、毎日わたしに報告します。ミスター・バニスター、FBIは誘拐を重犯罪として扱います。解決するまでは最優先で捜査します。十人でいいか、パット」

「そうだな、とりあえず。ニューヨークでも何人か投入すると思う」彼はこたえて、来客のほうを向いた。「われわれも皆、子持ちです。気持ちはわかります。娘さんの居所を突きとめる手だてがあれば、かならず突きとめます。では、捜査にとりかかれるよう、いろいろ質問させてもらいます。いいですね」

「ええ」父親は立って、オコナーについて捜査課の部屋へ行った。そこで彼は三時間、自分の娘とニューヨークでの生活について、知るかぎりのことを一切すべて、班長以下の捜査官に話すことになる。まず娘の近影が出された。よく撮れた写真だった。オコナーは見入った。あとで事件ファイルに保存される。オコナーの班はこの数年、誘拐事件を一件も手がけていなかった。誘拐は、すくなくとも営利誘拐は、合衆国ではＦＢＩが事実上撲滅した犯罪だった。とても引き合わないのだ。ＦＢＩはかならず解決し、犯人には天罰のように襲いかかる。昨今の誘拐はおおむね子どもが相手で、片親による拉致を除けば、かならずといっていいほど、変質者によるもので、彼らはしばしば子どもを自分の欲望充足の道具にし、事後に殺害することもしばしばである。それはＦＢＩ捜査官の怒りをいっそう激しいものにする。バニスター事件——と、すでに呼ばれていた——は、かかわりを持つすべての支局で、人員・装備とも最優先扱いになる。組織犯罪にたいする継続捜査も、しばしば棚上げされる。そこにまたＦＢＩという組織の精神があった。

スキップ・バニスターがゲアリー支局にあらわれた四時間後、ジェイコブ・ジャヴィッツ連邦ビルにあるニューヨーク支局捜査課から、ふたりの捜査官がメアリー・バニスターのアパートをおとずれた。管理人はキイを渡して、部屋を教えた。ふたりは部屋にはいって捜索にかかった。まずメモ類、写真、郵便物、その他手がかりになりそうなものをさがした。一時間ほどたったとき、支局の要請を受けて、ニューヨーク市警の刑事がひとりあらわれた。市警には三万人の警察官がいて、誘拐事件にはだれでも連絡ひとつで捜査と聞き込みの協力が要請される。

「写真は」刑事がきいた。

「これだ」上席の捜査官が、ゲアリーから電送されてきた写真を出した。

「じつは二、三週間前、ディモインズの住人から電話を受けた。やはり娘で、名前は……プレットロウといったかな。うん、アン・プレットロウだ。二十代なかば、法律事務所の秘書。アパートはここからほんの数ブロックだ。突然いなくなった。事務所に出勤せず――忽然と消えてしまった。性別もおなじ、年齢もほぼおなじ」刑事は指摘した。

「なにかつながりがあるだろうか」

「身元不明者をあたってみただろうな」年上の捜査官がきいた。その先はいうまでもなかった。たがいの頭に真っ先にうかんだことはおなじだった。〈ニューヨーク市内に連続殺人犯があらわれたのか〉である。そういう犯罪者は、かならずといっていいほど、十八から三十歳までの女性をねらう。自然界にこれほど相手をえらぶ捕食動物もいない。

「もちろん調べたが、プレットロウにも、そういえばこの女性にも、人相特徴の一致するものはない」刑事はこたえて、写真を返した。「これは厄介だ。なにかみつかったか」

「まだだ」上席の捜査官がこたえた。「日記帳があったが、参考になる記載はない。男の写真もない。衣類、化粧品など、このとしの女性にふつうのものばかりだ」

「指紋は」

うなずき。「つぎはそれだ。いま鑑識がこちらに向かっている」だが、一か月無人だったアパートでは、それがあまり期待できないことは、三人ともわかっていた。指紋をつくる脂肪は、時間がたてば蒸発してしまう。それでも空調の効いた、密閉された部屋だから、まだいくらかの望みはあった。

「容易な事件ではなさそうだ」ニューヨーク市警の刑事はいった。

「容易な事件なんて、あったためしがない」FBIの上席捜査官はこたえた。

「このふたりだけではないかもしれない」もうひとりのFBIがいった。

「この都会で行方不明になる人間は多い」と、刑事。「しかし、コンピュータ・チェックをしてみよう」


被験者5番は、キルゴアが見てもセクシーな女だった。彼女もチップが気に入った。それはチップ・スミットンにとっては迷惑なことだった。彼は〈シバ〉の注射、ワクチン・テスト、噴霧装置、なにひとつ受けていなかった。彼が受けたのは性的接触だけで、もう彼の血中にも抗体があらわれていた。ということは、そういう伝染手段も効果があるということで、さらにこれによって、男性から女性にだけでなく、女性から男性にも感染することがわかった。〈シバ〉は一から十まで、彼らの望むとおりのものだった。

他人の性行為を見るのは下劣なことである。のぞきのまねをしても、彼はちっとも欲情をそそられることはない。F5、アン・プレットロウは、血液検査の結果からすると、いまから二日のうちに発症するが、いま眼前の白黒テレビの画面で見る彼女は、よく食べ、よく飲み、いたってほがらかだった。それにしても、トランキライザーはどんな被験者の性的放恣（ほうし）にたいする抵抗も弱めてしまうから、彼女のばあい、たしかにテクニックはじゅうぶん心得ているものの、実生活ではどんななのか知りようもない。

不思議にキルゴアは、動物実験ではそういうことには注意を向けなかった。鼠（ねずみ）は発情するものであり、発情すると、雄の鼠と雌の鼠が交尾をするのだろう。そう思うだけで、なぜか一度も気がついたことはなかった。鼠を生命体として尊重はしても、彼らの性行為なんかちっとも面白いと思わないが、いまここでは、数秒おきに目が画面へいってしまうのは、自分でも認めなくてはならなかった。被験者F5、プレットロウは、たしかにグループのなかでいちばん可愛（かわい）く、もしも自分でもシングル・バーで出会ったら、ひと声かけて、酒の一杯もおごり、そして……成り行きにまかせるかもしれない。だが、その彼女も、もう運命は決まっている。あの白い、実験用に育てられたマウス同様である。ピンクの目をした、あの可愛い動物は、世界じゅうで使われている。彼らは遺伝子的にまったく同一であるため、ある国での実験結果は、世界の他のどの国で出た結果とも比較できるからである。彼らには野生の世界に生きのこる力はおそらくないから、そう思うとかわいそうだ。しかし、白い体色は不利なのだ。犬や猫が容易にみつけるから、野生世界ではいいものではない。だいいち彼らは人工の種（しゅ）である。自然の大計のなかにはなく、人間のこしらえものであり、したがって存続する資格はない。なまじ可愛いだけに不憫（ふびん）だが、しかし、それは主観的観察であって客観的観察ではない。キルゴアは両者を区別することを、とうに学んでいた。Ｆ５、プレットロウも可愛く、彼女にたいする不憫の念は、まだ以前の心情が抜け切らないからで、《プロジェクト》のメンバーにはあるまじきことである。だが、チップ・スミットンがアン・プレットロウを組み伏せているのを見ていると、考えてしまうのだ。これはヒトラーがユダヤ人にたいしてやったことと、あまり変わらないのではないか。少数者を実験動物として生かし、たとえば自動車安全テストの衝突用人形にするのと変わらないのでは……。すると自分はナチなのか。自分たちはＦ５やＭ７をそういうことに使って……しかし、ちがう、自分たちは人種や信条や性で差別しないではないか。そこには政治の要素はない。まあ政治という言葉の定義にもよるが、自分の定義ではそれはない。これは科学である。《プロジェクト》が問題にするのは、科学であり、自然愛である。《プロジェクト》のメンバーには、あらゆる人種、あらゆるカテゴリーの人間がいるが、宗教的要素はほとんどない。もっとも自然愛を宗教とみなすならべつで……まあ、ある意味ではそうだな、と医師は自分にいってきかせた。うん、たしかにそうだ。

いまテレビの画面でふたりがやっていることは自然であり、いや、おおむね抗不安薬の力を借りたもので、自然とはいいきれないが、しかし肉体の動きは間違いなく自然だ。彼らの本能も自然で、男は自分の種をできるだけ遠くへ広げようとし、女はそれを受けとめようとしている。ひきかえ自分の本能は――と、キルゴアの思考は先へ進んだ――捕食者たらんとすることで、種(しゅ)のどのメンバーを生かし、どのメンバーを生かさないかを、それによって決めることである。

このふたりは、魅力的ではあっても、生きるなかにははいらない――白いきれいな体毛、ピンクの可愛い目、ふるえるひげを持つ実験用マウスとおなじように。なに、どうせだれも、もうあまり長くはないのだ。美的観念からは抵抗もあるが、先のことをしっかり見すえれば、選択に迷いはない。

第22章 対抗措置

「そうか、わがロシアの友は、その後なにも披露してはくれないのか」ビル・トウニーがいった。

「なにひとつ」シリル・ホルトはきっぱりいった。「キリレンコのビデオテープを見ると、毎日市中の混雑するおなじ時間に、おなじ道を通って出勤し、週に四日ないし五日は行きつけのパブで一杯やり、ありとあらゆる人に路上でぶつかっている。しかし、われわれを出し抜こうと思ったら、わずかな偽装の試みと、すこしばかりの専門技術の知識があればいい。こちらが監視を本格的に強化すればべつだが、そうするとイワン・ペトローヴィッチが感づいて、秘密保持を一段グレードアップする恐れが多分にある。その危険はおかしたくない」

「それはそうだ」トウニーはがっかりしたが、同意せざるをえなかった。「われわれの情報源からはなにもないか」

〈われわれの情報源〉とは、国内保安部（セキュリティ・サービス）が、ロシア大使館内に持っているかもしれない協力者のことだった。だれかいることはほぼ確実だが、電話が暗号化されていようといまいと、ホルトはそれを電話で話題にするはずもない。この業界でこれだけは守らねばならぬというものがあるとすれば、それは情報源の身元である。守ってやらなければ、殺されることもある。

「ないんだ、ビル、なにひとつ。ワーニャはあれ以来、この件ではモスクワとも電話で話していない。秘話装置のかかったファックスも使っていない。この出来事からどんな進展があったにせよ、こちらは確認できた顔ひとつないんだ。パブのあの男だけだが、それだってなんの意味もなかったのかもしれん。三か月前、わたしが部下のひとりをパブで彼に近づかせたら、話はサッカーのことになった。彼は熱心なファンで、サッカーのことをよく知っていて、出身国のことなんかぜんぜん明かさなかった。英語も完璧(かんぺき)だ。だからあの写真の男も、べつにどうという相手ではなく、ただの行きずりの男だったのかもしれない。キリレンコはプロフェッショナルだよ、ビル。容易にミスをおかしはしない。このことからどんな情報が得られたにせよ、それは間違いなく文書にされて、伝書使(クーリエ)で本国に送られている」

「すると、ＫＧＢを解任になった男がまだロンドンにいて、モスクワからのミスター・クラークの情報を持って、なにかをやっているが、それがなんなのか、われわれにはわからない、と」

「そういうことだ」ホルトは認めた。「わたしだって気に入らないが、現状はそういうことだ」

「KGB-PIRAの接触については、なにかわかったか」

「すこしだけ。これは別人だが、八年前にダブリンで接触したときの写真が一枚と、他のコンタクト何人かについての口頭報告と、身体特徴の資料がある。そのなかのひとりが、あの写真の男かもしれないが、なにぶん文字で書かれた身体特徴なんて、全男性の三分の一に合致するからな。といって、まだやたらに写真を見せてまわるのは考えものだ」理由はいわれなくても、トウニーにはわかった。ホルトの情報提供者のなかに、ダブル・エージェントがいる可能性はじゅうぶんにあるから、パブの男の写真を見せてまわっては、調査対象者に、自分の正体を嗅ぎつけた者がいると気づかせかねない。そうなると用心深くなり、変装することもあるから、その結果、事はいい方向よりも悪い方向へ向いてしまう。これはゲームのなかでも最も複雑なゲームなのだ、とトウニーは自分にいいきかせた。しかも、すべてはロシア側のたんなる好奇心でしかなくて、相手側のすでにわかっている情報工作官の近況を追っているだけかもしれないのだ。だれだってそれはやる。この世界ではごくあたりまえのことである。

　要するに、こちらはなにがわかっていないかがわかっている。いや、そうじゃない、とトウニーは思った。わからないことがあるということはわかっているのだが、なにを知りたいかさえもわかっていないのだ。レーダー・スコープにあらわれたこの一片の情報には、いったいどういう意味があるのか。

「これはなんですか」ヘンリクスンはとぼけてきいた。

「噴霧冷房装置だ。きみらのところから仕入れたんだ」オークランドがいった。

「は？　といいますと」アメリカ人はもう一度きいた。

「うちの技術の者がみつけたんだ——アリゾナでだったかな。非常に細かい霧を散布するんだ。その微細噴霧が熱エネルギーを吸収して、大気中に蒸発させ、エアコンとおなじ効果を生むんだが、エネルギー消費量は格段にすくない」

「ほう」ビル・ヘンリクスンは感じ入って見せた。「この装置の設置範囲は」

「地下道とコンコースだけだ。設計者は競技場全体につけたかったんだが、カメラにさしさわるなどで反対が出た」オークランドはこたえた。「あまりに本物の霧に似ているんでね」

「なるほど。それは見せてもらう必要がありますね」

「どうして」

「化学物質を散布するにはもってこいの手段じゃないですか」これには警察官僚ははっとなった。

「うん……そうか、そうだな」

「大丈夫です。会社にいい男がいます。アメリカ陸軍化学部隊出身で、MITの学位を持ち、この種のことが専門です。すぐ調べにこさせましょう」

「それはいい考えだ。ぜひ頼もう」オークランドはこたえ、そこまで考えなかった自分の迂闊を責めた。まあいい、それだから専門家のノウハウを買うんだ。このヤンキーはまさしく専門家という気がする。

「ここはそんなに暑くなるんですか」

「ああ、猛暑だ。気温は九十度台になると予想される——華氏だぞ。このごろは摂氏を使うらしいが、どうも慣れなくてな」

「わたしもです」ヘンリクスンはいった。

「でまあ、設計者としては、観客席を冷やすにはこれが安上がりだから、ぜひ設置したいということだったんだ。霧は消火スプリンクラーを使って散布される。水の消費量も大したことではないらしい。設置して一年以上になる。定期的にテストしている。アメリカのメーカーだ——いま名前が思い出せないが」

アリゾナ州フェニックスのクール‐スプレー社。ヘンリクスンは声には出さずにこたえた。この装置の設計図は、自室のファイル・キャビネットにはいっている。《プロジェクト》の計画に重大な役割を果たすはずであり、最初からこれこそうってつけだと思っていたのだ。これで所は決まった。時はもうすぐおとずれる。

「イギリスからは、その後なにかいってきましたか」

「照会はしているんだが、まだ回答がない」と、オークランド。「よほど秘密のことのようだ」

ヘンリクスンはうなずいた。「政治ですよ。なんでも政治に阻まれるんです」うまく阻まれつづけてもらいたいものだ。

「そうだな」オークランドも同感のうなずきを見せた。

マリオ・ダレッサンドロ警部補はコンピュータのキイをたたいて、ニューヨーク市警の中央データ・ファイルにアクセスした。当然メアリー・バニスター、アン・プレットロウは登録されていた。ついで検索操作にかかり、性別を女性、年齢をとりあえず十八から三十歳までにしぼり、マウスで実行アイコンをえらんだ。ぜんぶで四十六人の氏名があらわれ、それを彼は専用に用意したファイルに保存した。写真はシステムに組み込まれていなかったから、そちらはペーパー・ファイルをあたらなくてはならない。クウィーンズ、リッチモンド両地区の氏名はひとまずはずし、マンハッタンの女性失踪者だけをのこした。それで二十一人になった。つぎにアフロ-アメリカンの女をはずした。もしも連続殺人犯だとすると、その種の犯罪者がえらぶ犠牲者は皆そっくりなのがふつうだからである。いちばん有名なのがシオドー・バンディで、彼は頭髪をまんなかで分けている女ばかりえらんだ。バニスターとプレットロウは、どちらも白人で独身、容姿は魅力的といってよく、年齢は二十一と二十四、髪は濃色。十八から三十というのはいい年齢幅だと思い、それに適合しない女性もはずした。

つぎに彼は、市警の身元不明者ファイルにアクセスして、殺人被害者でまだ身元が確認されていない女を見た。どの事件も定常任務でのかかわりから、彼はすでに知っていた。そのなかに探索条件を満たすのがふたりいたが、どちらもバニスターでもプレットロウでもなかった。となると、さしあたり死亡の線は消える。これはよくもあり、悪くもあった。失踪したふたりの死が確認されていないのはいいことだ。だが、死体がうまく始末されたのかもしれない。ジャージーの湿地帯は遠くなく、あそこは今世紀のはじめから死体遺棄には絶好の場所である。

最後に、のこる失踪者のリストをプリントした。写真も含むすべてのペーパー・ファイルを、ふたりのFBI捜査官と検討することになるだろう。プレットロウもバニスターも、髪は濃褐色で、長さはほぼおなじ。連続殺人犯にとっては、それだけでも共通要素としてじゅうぶんなのでは……いや、バニスターはまだ生きている。すくなくとも、あのEメールは生存を示唆（しさ）する。ただし、連続殺人犯が、被害者の家族をいじめたがる病質者なら、事情はちがってくる。ダレッサンドロ自身はまだそういうやつに出くわしたことはないが、連続殺人犯は救いがたく病んでいるやつらだから、人知れぬたのしみのためになにをしでかすか、なかなか予測できるものではない。もしもそんなやつがニューヨーク市内を歩いているなら、とっつかまえたいと思うのはFBIだけではないのだ。ニューヨーク州がついに死刑を法で定めたのは、いいことだ。

「ええ、本人をこの目で見ました」ポポフはボスにつげた。

「ほんとか」ジョン・ブライトリングはききかえした。「近くでか」

「これぐらいの距離でした」ロシア人はこたえた。「意図してではなく、偶然でした。大柄な、逞(たくま)しい男です。妻は地元の公立病院の看護婦、娘は隊員のひとりと結婚して、おなじ病院に勤める医師です。ドクター・パトリシア・シャベス。夫はドミンゴ・シャベス――やはりCIAの情報工作官で、いまはレインボー部隊に加わって、どうやらチーム・リーダーのようです。クラークもシャベスもCIAですね。クラークは何年か前に、前KGB長官の妻と娘のソ連邦からの救出をやってのけました。最近その記事が新聞に出たのをご存じでしょう。日本との紛争、イランのマフムード・ハジ・ダリアイの死にもかかわりました。彼も娘婿(むすめむこ)も経験豊富な、非常に優秀な情報工作官です。どちらも甘く見ては、すこぶる危険です」ポポフはしめくくった。

「で、つまるところは」

「つまるところ、レインボーは想像どおりの多国籍対テロ組織で、その活動はヨーロッパ各国におよびます。スペインはNATO加盟国ですが、オーストリアとスイスはちがいます。ヨーロッパ以外の国にも行動範囲を拡大できるか。できます、間違いなく。テロリストの活動にとっては、大いなる脅威です。わたしなら――」と、ポポフはつづけた。「外で相手にしたくない組織です。彼らの現実の〝戦闘〟における技量は、テレビで見たとおりです。あの背後には、技術面・情報面での優秀な支援があると思われます。どちらが欠けても成り立ちません」

「よし。われわれは彼らについて知った。彼らがわれわれについて知った可能性はあるか」ドクター・ブライトリングはたずねた。

「なくはないですが、まず大丈夫でしょう」ポポフは考えをいった。「もしも知られているなら、FBIがここへやってきて、あなたを――わたしもですが――犯罪謀議により逮捕するはずです。わたしは追われてはいません――すくなくともそのつもりです。注意の向けどころはわかっており、それらしいものはなにも見ていませんが、しかし、よくよく慎重な、すぐれたプロの技量をもってすれば、わたしに気づかせずに追尾することも、正直、不可能ではありません。こちらも逆監視の訓練はできているから、容易ではありませんが、理論的には可能です」

これには雇用主が、いささかうろたえるのがわかった。ポポフは自分のやることが完全ではないことを、いまはっきりいったのだ。以前のKGBの上司なら、それは最初から承知していて、それも諜報任務には当然のリスクとして受け入れるだろうが、この連中は逮捕されて何億という個人資産を失う心配なんて、一度もしたことがないのだ。

「具体的にはどういう危険だ」

「相手方がどういう手段を使うかという意味なら……」うなずきがあった。「電話盗聴とか――」

「わたしの電話は暗号化装置つきだ。解読はできないはずだ。それは技術コンサルタントもはっきり――」

ポポフは片手を立ててさえぎった。「この国の政府が、みずから解読できないような暗号化装置の製造を許可すると思いますか」子どもになにかを説明するようないいかただった。「フォート・ミードの国家安全保障局には、世界有数の数学者陣と、世界一強大なコンピュータがそろっており、彼らがどれほど仕事熱心かを知りたかったら、駐車場を見ればよろしい」

「駐車場？　なぜだね」

「駐車場が午後七時になってもいっぱいなら、何事かに精を出しているということです。この国ではひとりひとりが車を所有し、ふつう駐車場はあまりに大きすぎて、周囲を囲って人目をさえぎるというわけにいきません。情報官にとっては、ある政府機関がどれほど活動しているかを見るには、手軽な方法です」よくよく興味を持つなら、いくつか名前とアドレスを知れば、車の種類とナンバーもわかる。KGBはそうやって、NSAのZグループ――暗号化システムとコードの、創造と解読の両方の仕事にたずさわる人々――の責任者を、十年以上にわたり追尾した。新生SVRもおなじことをしているに相違ない。ポポフはかぶりをふった。「民間で手にはいる暗号化システムは信用できません。わたしはロシア政府が使っているシステムも疑問視します。アメリカは暗号解読ならお手のものです。もう六十年以上、第二次大戦前からそうだし、アメリカの同盟国イギリスも、その分野では伝統的にすぐれています。こういうことをだれもあなたにいわないんですか」

「いや……うん、わたしはただ、この電話は盗聴不可能だときかされた。なんでも一二八ビットの――」

「ああ、STU3基準ですね。あのシステムは、アメリカ政府はかれこれ二十年使ってきました。いまはSTU4に切り替えました。切り替えたのは、もっと予算を使いたかったからだと思いますか、ドクター・ブライトリング。それとも、ほかに理由があってのことでしょうか。わたしはKGBの工作員だったころ、〝ワン・タイム・パッド〟しか使いませんでした。これは無作為配列による、ただ一度しか使えぬ暗号システムです。解読はされませんが、そのかわり使うほうも気骨が折れます。メッセージひとつ送るのに何時間もかかるんですから。口頭通信に使うには、残念ながらむずかしすぎます。アメリカ政府には〝タップ‐ダンス〟というシステムがあって、コンセプトは似ていますが、われわれにはどうしてもコピーができませんでした」

「すると、わたしがかける電話は、つねに盗聴されているかもしれないのか」

ポポフはうなずいた。「そうです。今日まで重要な事柄はすべて直接会って話してきたのは、なんのためだと思いますか」もう完全に狼狽(ろうばい)しているのが、ドミトリ・アルカデエーヴィッチにはわかった。天才も無邪気なものだ。「わたしがこれまでに引き受けた仕事はなんのためだったのか、そろそろ教えてくれてもいいんじゃないでしょうか」

「わかりました、大臣……それでけっこうです……わざわざどうも」ボブ・オークランドは携帯電話にこたえた。彼はENDボタンを親指で押して、電話機をポケットにもどし、ビル・ヘンリクスンのほうを向いた。「いい知らせだ。レインボーもこちらへきて、警備体制の相談に乗ってくれることになった」

「ほう。いいんじゃないですか」

「いささか面白くないのでは」警察官僚はいった。

「いいえ」ヘンリクスンは偽った。「知った顔もあるでしょうし、むこうはわたしを知っていますから」

「きみの相談料を値切りはしない」オーストラリア人はいった。ふたりは車のほうへ歩きだした。そこからパブへ行って一杯ひっかけたあと、アメリカ人は空港まで送ってもらう段取りだった。

ええくそ。アメリカ人は内心ののしった。またしても〈意図せざる結果の法則〉にしてやられた。頭が一瞬過熱しかけたが、自分の仕事さえ間違いなくやればどうということはないのだと、みずからを納得させた。いや、存外役に立たないものでもないぞ。いくらか本気でそう思った。

ポポフにはいえない、とブライトリングは思った。なにかと信頼してはいるが——いまポポフが知ることだけでも、へたすればこちらは連邦刑務所行きか、ことによったら死刑だ——しかし、彼に本当のことをいえるだろうか。いやいや、その危険はおかせない。ポポフの環境や自然にたいする考えかたを知らないから、計画にロシア人がどんな反応を見せるか予測のしようがない。ポポフは彼にとって、多くの点で危険だ。こぶしを出せば乗るほどには慣れた鷹とおなじで、その本然はやはり自由なのだ。鶉や兎を取ってはきても、百パーセント飼い主のものではなく、その気になればいつでも飛び立ち、以前の自由な生活をとりもどすことができる。それをするのが自由なら、他人に情報を渡すことも自由だろう。そんな潜在する問題をビル・ヘンリクスンに処理させることを考えてみるのも、いまがはじめてではなかった。あの男なら、どうすればいいかわかる。元FBI捜査官は、殺人事件の捜査のやりかたを知っており、したがって捜査陣のだましかたもわかるから、それでこの問題はなくなる。

ついで彼はプラス面を考えた。自分の立場と《プロジェクト》をより安全確実にするには、ほかになにができるだろう。レインボーが問題であれば、それを直接たたくことはできないだろうか。破滅させられたらいちばんいいが、悪くても気をそらさせ、ほかへ注意を向けさせることはできないか。

「それにはまず考えなくてはならない」ようやくブライトリングは返事をした。

ポポフは重々しい表情でうなずいて、思案のためにおかれた十五秒のあいだに、雇用主の頭にどんな考えが去来したのだろうと思った。今度はこちらが考える番だった。彼はいま、自分にテロ事件のお膳立てをさせることにからむ作戦行動上の危険を、ジョン・ブライトリングに教えた。とりわけ通信の安全に欠陥があることをいった。それには相手はおびえた。もっとはやく警告しておくべきだったのかもしれないが、なぜかいままでその話は出なかったのだ。しかし、考えてみれば、格別自分のミスでもないとわかる。ミスにしても、おそらく大したミスではない。作戦行動上の保全は、そんなに案じたものではない。なにが起きているか知っているのは、ふたりきり……いや、あのヘンリクスンという男もだろう。しかし、ビル・ヘンリクスンは元FBIであり、もしもその彼が内通者だったなら、いまごろこちらは刑務所だろう。FBIは重罪捜査と裁判に必要な証拠をのこらず手に入れるだろうし、事をいま以上に進めさせはしない。ただし、まだなにか大がかりな犯罪計画があって、それをあばかねばならないとしたら――しかし、殺人計画以上にどれほど大がかりなものがあろう。だいいち、彼らはそんな犯罪計画があることを知っていなくてはならない。でなければ逮捕を待つ理由なんかない。大丈夫、こちらの秘密保持に抜かりはない。それに合衆国政府は、ブライトリングの盗聴不能電話なるものを解読する技術を持ってはいても、それを盗聴するためには裁判所の令状を要し、令状を取るためには証拠が必要であり、そんな証拠があれば、それだけで何人かを死刑囚監房に送り込むにじゅうぶんだろう。むろんこのおれも含めて、とポポフは自分にいいきかせた。

いったいなにがはじまっているのだ。ロシア人は無言で詰問した。なにかがあるということまでは、考えてわかった。雇用主がなにをしようとしているにせよ、それは大量殺人よりも大きなことだ。そんなものがあるのだろうか。ポポフがいちばん気がかりなのは、自分がこれまでの仕事を引き受けたのは、大金をせしめるだけがねらいだったことである。いかにもそれはうまくいった。すでにベルンの銀行口座には、百万ドル以上の金がある。母国ロシアに帰って、優雅に暮らすには、それだけあればじゅうぶんだが、本当にしたいことをするには到底不足だ。〝百万〟――マジック・ナンバーをあらわすそのマジック・ワードは、ひとたびそれを手に入れてしまえば、マジックでもなんでもなくなってしまう。気づいてみれば妙なものだ。もうそのときは、たんなるひとつの数字——ほしいものを買うつど引かれて小さくなっていく数字でしかない。百万米ドルといえども、ほしい家を買い、ほしい車を買い、食べたいものを食べ、この先終生つづけたいと思うライフスタイルを維持するには足りない。ロシアで暮らすならじゅうぶんだろうが、あいにくロシアは住み暮らしたいと思う国ではない。遊びに行くのはいい。住むのはごめんだ。こうなっては、ドミトリも追い込まれたかたちだ。

いったいなにに追い込まれたのか、それがわからない。こうして机をはさんですわったいま、向き合う相手は彼とおなじように、なんとか思案をつけようと懸命に頭をはたらかせているが、どちらもどこへ向かえばいいのか、まだわからないのだ。片方はなにが起きつつあるのか知っていて、他方は知らない。だが、他方はどうやって事を起こせばいいかを知っていて、雇用主は知らない。こうなると、面白くもあれば、見事なまでに完全な袋小路だった。

ふたりはそうやって一分ばかり、たがいの顔を見てすわっていた。なにをいえばいいのかわからないのではなく、いわねばならぬことを口にする危険をおかしたくないのだった。やっとブライトリングが沈黙を破った。

「この状況はよくよく考えなくてはならない。一両日くれないか」

「どうぞ」ポポフは立って握手をし、部屋を出た。長じてからの人生のほとんどを、ゲームのなかでもいちばん面白い、いちばん夢中にさせられるゲームのプレイヤーとして過ごしてきた彼は、自分がいま、これまでにない特性を持つ、これまでにないゲームに加わっていることを知った。自分は大金を手に入れたが、雇用主はそれをわずかなものだといいすてた。自分がかかわっているオペレーションは、大量殺人よりも大きな意味合いを持つものだ。考えてみれば、まるきりはじめてのことでもない。彼がかつて身を捧(ささ)げた国は、最終的に勝利した敵から〝悪の帝国〟と呼ばれ、あの冷戦は規模において、まさしく大量殺人を上回るものだった。しかし、ブライトリングは国民国家ではなく、いかにその資力が莫大(ばくだい)であっても、およそ先進国のそれとは到底くらべものにならない。いぜんとしてのこるのは、当初からの大いなる疑問である。いったいあの男はなにをなしとげようとしているのか。そして、その成就(じょうじゅ)のために、なぜドミトリ・アルカデエーヴィッチの働きを必要とするのか。

ヘンリクスンはカンタス航空ロスアンジェルス行きの便に乗った。これから一日の大半をファースト・クラスの座席で過ごすから、これまでにわかったことを考えるには、じゅうぶんな時間があった。

オリンピックをねらう計画は万全だった。競技場に噴霧冷房装置がついたというのは、

《プロジェクト》の目的には願ってもないことだ。部下にそのシステムを調べさせ、最終日の散布にはみずから出て行く。まるで世話はない。計画実行に必要なコンサルタント契約も取り付けた。ただ、あのレインボー部隊もやってくるという。彼らはどこまで邪魔になるだろう。だめだ、それればかりはなんともいえない。最悪のばあい、ほんのちょっとしたことで、すべてがぶちこわしにもなりかねない。よくあることだ。FBI時代にもよく経験した。徒歩あるいはパトカーによる、警察官の偶然のパトロールが、万全のはずだった強盗計画を挫折させる。あるいは捜査段階で、一通行人の思いがけぬ鮮明な記憶や、容疑者が友人になにげなく洩らしたひとことが、担当捜査官の耳にはいって、一挙に事件解決に結びつく。じつにあっけない。そういうことは何度あったかしれない。そんなひとつの破綻が、たちまち相手側の有利に転じてしまうのだ。

それを思うと、そうした偶発事の可能性は、なんとしても排除せねばならない。せっかくここまできたのだ。作戦の構想は申し分なく、それは最初から主として彼の考えだった。ジョン・ブライトリングは資金面を受け持ったにすぎない。ヨーロッパでテロリストに事件を起こさせることにより、テロの脅威にたいする国際的意識を高め、それによって彼の会社はオリンピックの治安対策を受け持つ契約を取り付けた。ところが、レインボーなどというとんでもないチームがあらわれて、三つの大きな事件——三つ目はどこの阿呆が仕掛けやがった——を、あまりに鮮やかに処理したものだから、オーストラリアはこともあろうに彼らにまで、見にきてくれと要請した。もしも彼らがきたら、滞在して監視するだろう。もしもそんなことになったら、競技場にもやってくるだろう。そして、もしも化学兵器のことなどを考えたら、そのためにうってつけの伝播(でんぱ)装置に気づくかもしれず、そうなったら——。

〈もしも〉が多すぎる、と〈ヘンリクスンは自分にいってきかせた。〈もしも〉ばかりだ。《プロジェクト》が挫折するためには、それだけたくさんの間違いが起きなくてはならないということだ。そう思うと、気がらくになる。もしかしたら、あえてレインボーの男たちに会って、彼らをうまく脅威から遠ざけることもできるのではないか。なんといっても、こちらには化学兵器の専門家がいて、むこうにはおそらくいまいから、それだけでも有利なのではないか。すこし小器用にやれば、こちらの男は彼らの目の前で仕事をしながら、気取(けど)られずにおわることさえありうる。そのための事前の計画ではないか。

リラックスしろ、と自分にいいきかせたところへ、スチュワーデスが飲み物を持ってまわってきたから、ワインをもう一杯もらった。リラックスしろ。だが、だめだ、できない。長年の捜査官の経験が邪魔して、偶発事の可能性をたんなる可能性として受け入れることができず、ついありうべき結果を考えてしまう。万一こちらの男が、偶然にもせよ阻止されたら、《プロジェクト》全体が明るみに出ることもありうる。そのときは、たんなる挫折ではすまない。よくて終身刑であり、そんな運命を受け入れる覚悟なんかできてはいない。彼が《プロジェクト》に賭けた理由は、ひとつではないのだ。ひとつはなによりもまず世界を救うことだが、いまひとつは、自分が一役買って救済したものを、じっくりたのしむことである。

したがって、どんな種類、どんな度合いであれ、危険を受け入れるわけにはいかない。なんとか危険を排除する策を講じなくてはならない。それにはあのロシア人、ポポフが鍵になる。あの諜報屋、ヨーロッパへ飛んで、なにをつかんだだろう。たしかな情報さえ手にはいれば、レインボーを直接相手取る方策も立たないではない。これは面白いんじゃないか。彼はシートに背をもたせ、画面に映画を出して、うわべをつくろうために、さも見ているような格好をした。よし、と十分後に腹は決まった。人と装備さえそろえば、いける。

ポポフはマンハッタン南端の小汚いレストランで夕食を取っていた。料理はうまいという話だが、夜のうちに鼠が床掃除をするんじゃないかと思うような店だった。だが、ウォトカは申し分なく、例によってその二、三杯が、論理的思考を助けた。

自分はジョン・ブライトリングのことをどれだけ知っているだろう。彼は学者としては偉材で、ビジネスの才覚にも並みはずれたものがある。何年か前まで、これまた才媛で、いまは科学担当大統領補佐官をしている女と結婚していたが、うまくいかなくて別れ、いまでは夜ごとベッドを変える、全米一もてる独身者であり、財務諸表もそれを物語る。社交欄をしばしば賑わす写真は、別れた妻にはいささか面白くないものにちがいない。

国家機密関与資格を持つ人々にも顔がきく。レインボー・グループは明らかに秘密であるのに、彼はそのコードネームと指揮官名を一日で突きとめた。たった一日で、とポポフは頭のなかで念を押した。あれには、おどろかされるどころではない。唖然とさせられる。どうしてあんなことができるのか。

そして、彼が着手している工作は、無差別殺人以上の由々しい意味合いを持つ。そこまでくると、また思考はストップしてしまうのだ。繁華な通りを歩いてきて、突如のっぺりした壁に行きあたるようなものだ。一実業家にできることで、それ以上に由々しいことなんて、なにがあるだろう。自由を失う危険にまさり、死刑にさえまさる、いったいなにがある。無差別殺人を上回るとしたら、その計画はもっと大量の殺人をねらっているのか。しかし、いったいなんのために。戦争を引き起こす気かもしれないが、彼は国家元首ではない。したがって戦争を引き起こすなんて、できるはずもない。もしやブライトリングはスパイで、国家機密級の重大な情報を外国政府に流しているのでは——だが、なにと引き換えにだ。政府であれなんであれ、億万長者を買収することなんてできるだろうか。ちがう、金ではない。では、なんだ。

売国の動機をならべて、その頭文字をつづった古典的な語がある。ＭＩＣＥだ。マネー、イデオロギー、コンシェンス（道義心）、エゴ。金は除外していい。金ならブライトリングはうなるほど持っている。イデオロギーは売国奴やスパイにとって、昔からいちばん立派な動機である。人はおのれの強固な信念には、汚い金よりも、はるかに易々と命をかける。しかし、あの男になんのイデオロギーがある。ポポフにはわからない。つぎに道義心。だが、なににたいしての道義心か。あの男がどんな悪を正そうとしているのか。そんな悪があるとは、ほとんど考えられもしない。のこるはエゴだ。ブライトリングは大いなるエゴの持ち主だが、エゴが動機だとすると、彼に害をなした、彼より強大な個人ないし組織への復讐が考えられる。ジョン・ブライトリングに害をなし、その物質的成功をもってしても癒せぬほどの傷をあたえることのできる者が、果たしているのか。ポポフはウェイターに手を上げて、ウォトカのおかわりを頼んだ。今夜はタクシーで帰ろう。

　金ではない。エゴでもない。やはりイデオロギーと道義心だ。どんな信念が、あるいはどんな不正義が、ひとりの男を大規模殺人に駆り立てる動機になりうるか。前者を考えるとき、ブライトリングはどんな宗教の狂信者でもない。後者のばあい、彼は自分の国になんら表立った不満を持ってはいない。金とエゴは容易に除外でき、イデオロギーと道義心も可能性の低さではほとんど変わらないのだが、ポポフがそれを除外しないのは、ただ——ただ、なんだ。自問してみる。動機づけとして考えられるのが、その四つしかないからだ。ブライトリングがまったくの狂人でもあればべつだが、まさかそんなことはないんじゃないか。

それはない、とポポフは断定した。彼の雇用主は精神に異常をきたしてはいない。行動のいちいちは思慮に裏打ちされ、たしかにものの見かた、ことに金銭にたいしては、彼自身のそれとは大きく異なるが——まあ、あれだけ持っていれば、そんなちがいがあっても不思議ではない。要するに尺度のちがいにすぎず、あの男の百万ドルは、ドミトリ・アルカデエーヴィッチのポケットの小銭とおなじなのだ。やはり一種の異常人格なんだろうか。たとえば、国家元首きどりの、サダム・フセインもどき、アドルフ・ヒトラーもどき、あるいはヨシフ・ヴィサリオノヴィッチ・スターリンもどきの——いやいや、国家元首などとはまるでちがい、そんな大望も持ってはいない。ああいう男たちでなくては、あの種の狂気を持つことはできない。

KGBの現役時代、ポポフはありとあらゆる型破りを相手にした。世界でもトップ・クラスの対戦者とゲームをたたかわせ、一度も敗れたことはなく、一度も任務をしくじったことはない。だから自分でも頭は切れると思っている。それだけに、いまのこの袋小路には、よけい歯ぎしりさせられるのだ。ベルンの銀行には百万ドル以上の預金がある。いずれもっとはいると予想していい。これまでに自分が段取りした二度のテロリスト・ミッションは、目的を果たした――果たしたのだろうか。雇用主はそう思っているようだ――どちらも作戦的には無残な失敗だったにもかかわらず。だが、自分はだんだんわからなくなってくる、とドミトリ・アルカデエーヴィッチは思う。詮索すればするほどわからなくなり、わからなくなればなるほど、不満がつのる。雇用主には自分がやっていることの理由を一度ならずきいたのに、ブライトリングはいおうとしない。なにかよほど破天荒なことにちがいなく……いったいなんなのだ。

夫婦で呼吸練習をした。ディングは面白がってやったが、それが必要なのだともいわれた。パッツィーは長身で痩型だが、チーム2を率いる夫のような運動選手タイプではないから、子どもがらくに出てくるよう呼吸の練習をしなくてはならず、たしかに〝習うより慣れろ〟だった。だからふたりで自宅の床にべったりすわって両足をひらき、荒い鼻息で子豚の家をこわす狼よろしく（訳注　童話『狼と三匹の子豚』より）、フースカ、フースカやるのだが、彼は笑いをこらえるのに苦労した。

「深呼吸は体内の血をきれいにする」ドミンゴは子宮収縮に調子を合わせる練習をしてからいった。それから腕をのばして妻の手を取り、背を前に倒してその手にキスをした。

「どんなだ、パッツ」

「もういつでもどうぞって感じ。はやくはじまって、はやくおわってほしいわ」

「心配かい」

「そうね」医師パッツィー・クラーク・シャベスはいった。「多少痛むのは知ってるから、だったらはやくおわったほうがいいわ」

「うん」ディングはうなずいた。〝案ずるよりは産むがやすし〟は、すくなくとも肉体面では真理である。彼は経験で知っているが、彼女はまだ知らない。初産（ういざん）より二度目が、かならずといっていいほどらくなのは、そのためなのだ。なにを予期すればいいか知っており、らくではなくても乗り切ることができること、最後にはベビーが授かることを知っている。父親になる！ドミンゴにとっても、すべての鍵（かぎ）はそこにある。子どもを授かって、人生最大の冒険にとりかかり、あたらしい生命を育て、やれるかぎりのことをやり、ときに間違いもしでかし、だがそこからつねに教訓を学び取り、やがてひとりのあたらしい、責任能力ある市民を社会に送り出す。それが男の仕事だ。そう彼は確信していた。むろん銃をにぎって任務を遂行することも大事だ。ましていまや、彼は社会の番人であり、悪の是正者であり、罪なき人々の守護者であり、文明がよって立つところの治安を守る一兵士である。だが、これはこれで文明の本然に、個人的に寄与するチャンスである。子どもをしっかり育て、教育を受けさせ、たとえ午前三時、半分眠っていようと、やるべきことをやってのける人間に鍛えあげる。子どもは父親の跡を継いで、諜報員／兵士になるかもしれない。あるいは父親を超えて、パッツのような医師になるかもしれない。が、社会の良き一員、重要な一員として、他人に尽くすことに変わりはない。ただし、それは自分とパッツが、間違いのない子育てをしてはじめて実現することであり、その責任は、およそ人間が負うことのできる最大のものである。ドミンゴはその日がくるのを心待ちにし、いまはもう一日もはやく、わが子をこの腕に抱き、キスをし、頬ずりをし、お尻を拭いて、おむつを代えてやりたい。すでにベビーベッドの組み立てをおえ、育児室の壁にピンクとブルーのウサちゃんを飾り、小さい暴君をあやすおもちゃも買い込んだ。そうしたことは、彼の日々の暮らしとは一見そぐわないが、レインボーの男たちは皆、決して矛盾しないことを知っている。全員が子持ちで、文明社会との契約はだれにとってもまったくおなじなのだ。エディ・プライスには十四歳になる男の子がいて、多少反抗的で、どうしようもなく強情で——おそらくかつての父親そっくりなのだろう——だが、頭はいいから、どんな疑問にも自分で答えをさがし、ちゃんとさがしあてる。そんなところもまた父親ゆずりだ。ディングの目にも、いまからすでに〈兵士〉の札をつけているように見えるが、できればその前に学校へ行って、将校になってほしい。プライスにもその道をえらばせたかったし、アメリカならえらべただろう。だが、こちらは制度がちがうから、彼はならぶ者のない部隊最先任上級曹長になり、ディングの最も信頼する部下になり、つねに自分の意見を出し、命令は完璧に遂行する。うん、なにもかもがたのしみだ。ディングはまだパッツィーの手をにぎったまま、そう思った。

「こわいかい」

「こわくはないけど、ちょっぴり不安」パッツィーは正直にいった。

「しかし、そんなにつらいものなら、なんで世の中にこんなに人間がいるんだ」

「それは男のいうこと」ドクター・パトリシア・シャベスは切り返した。「口でいってる分にはいいわ。なにもしなくていいんだもの」

「おれはかならず手伝いに行く」彼は約束した。

「ぜったいよ」

第23章　監視

ＪＦＫ国際空港に着いたとき、ヘンリクスンの五体はまるでシュレッダーにかけられて、細片にされ、切り刻まれて、あとは屑かごに放り込まれるだけという状態だったが、無理もなかった。地球の文字どおり半周をほぼ一日で飛び、体内時計は狂って怒りだし、仕返しにかかっていた。このあと一週間かそこらは、妙な時間に寝たり覚めたりするだろうが、まあそれはいい。休養の必要なときは、常用の錠剤と二、三杯の酒に助けをかりれば、ちゃんと休める。ボーディング・ブリッジを出ると、社員が迎えにきていて、なにもいわずにバッグを受け取り、さっさと手荷物引き渡し場へ向かった。さいわい彼のスーツケースは、ターンテーブルに乗って出てきた荷物の五番目だったから、すぐにターミナルを出て、ニューヨーク市内へ行くハイウェイに乗ることができた。

「どうでした」

「契約が取れた」ヘンリクスンは《プロジェクト》に加わっていない社員につげた。

「よかったですね」男はいったが、どれほどいいことなのか、自分にとってどれほどどよくないことなのか、知るはずもなかった。ヘンリクスンはシート・ベルトを締めて座席にもたれ、ひと眠りの態勢になって会話を打ち切った。

「なにかわかったか」FBI捜査官はきいた。

「まだなにも」ダレッサンドロはこたえた。「ほかにもうひとり若い女で、アパートのある地区もおなじ、容姿、年齢その他、失踪した時期もミス・バニスターとほぼおなじというのがいる。名前はアン・プレットロウ、法律事務所勤務。ある日忽然と消えてしまったらしい」

「身元不明者のなかには」もうひとりのFBIがたずねた。

「該当者はいない。これは同一地域内の連続殺人犯の可能性を考えないといけないんじゃや――」

「しかし、それならあのEメールはどういうことだ」

「あの一通は、ミス・バニスターが父親によこしたほかのEメールとくらべてどうだ」ニューヨーク市警の刑事は逆にきいた。

「だいぶちがうんだ」年上のFBIは認めていった。「父親がゲアリー支局に持ってきたメールはまるで、なんというか――わたしには麻薬のにおいがする」

「同感だ」と、ダレッサンドロ。「ほかのもあるか」

「これだ」捜査官はプリントアウトを六枚さしだした。ニューヨーク支局にファックスで送られてきたものだった。刑事はさっと目を通した。文法や綴りのミスもなく、どれもしっかりした文章だった。

「本人が出したんじゃないかもしれない。だれか他人が出したのかも」

「連続殺人犯がか」年下のＦＢＩ捜査官が、口に出してから考えた。考えたことが顔に出た。「だとすると、よくよく病的なやつだぞ、マリオ」

「連続殺人犯にあまり健全なやつはいないだろう」

「家族を苦しませるためか。いままでにそんな例はあったかな」年上の男が疑問を口にした。

「わたしの知るかぎりではないが、こちらのいうように……」

「畜生」年上のトム・サリヴァンがののしった。

「行動科学班に連絡しようか」年下のフランク・チャタムがきいた。

サリヴァンはうなずいて、「うん、そうしてくれ。ゲアリー支局のパット・オコナーにもいっておこう。こちらでつぎにやることは、メアリー・バニスターの写真入りチラシを刷って、ウェストサイドで配布することだな。マリオ、配布をきみのところで手伝ってもらえるか」

「もちろん」ダレッサンドロはこたえた。「これが想像どおりのやつだとしたら、なにかとんでもない記録に挑んだりしないうちに取り押さえたい。わたしのいる町でそんなことをさせてたまるか」刑事はそういってしめくくった。

「またインターロイキンを試すの」バーバラ・アーチャーがきいた。

「うん」キルゴアはうなずいた。「インターロイキン３ａは免疫系を強化するとされるが、どうしてかは明らかでない。わたしも知らないが、なんらかの効果を持つものなら、知っておく必要がある」

「肺に障害が出るんじゃなかった？」インターロイキンの問題のひとつに、やはり理由は不明だが、肺組織侵襲があり、喫煙者や呼吸器障害を持つ者には危険とされていた。

ふたたびうなずき。「そう、それはインターロイキン２とおなじだ。しかし、Ｆ２は喫煙者じゃないし、わたしとしては３ａに、〈シバ〉をおびやかす作用がまったくないことを確認しておきたいんだ。危険はおかせない」

「それはそうね」ドクター・アーチャーも同意した。彼女もキルゴア同様、その新型インターロイキンにいささかも効果があるとは思わないが、やはり確認しなくてはならなかった。「インターフェロンはどう」

「フランスが五年前から出血熱に試みているが、ぜんぜん結果は出ていない。それもやってみてもいいが、まず効果はないね」

「一応Ｆ４には試してみない」彼女は提案した。

「そうだな」キルゴアはデータ表に記して、部屋を出た。すぐに彼の姿はモニター・テレビの画面にあらわれた。

「ハーイ、メアリー、今日はどうだね。すこしは気分はよくなったかね」

「ううん」首がふられた。「まだおなかが、だいぶ痛い」

「え、ほんと？　よし、なんとかしよう」この患者は進行が速い。上部消化管に遺伝子異常があるのだろうか。消化性潰瘍にたいし脆弱性があるとか……。もしもそうなら、〈シバ〉は彼女の肉体を急速に破壊するだろう。彼はベッドのわきの装置のモルヒネ投与量をふやした。「あたらしい薬を加えることにした。二、三日で効き目が出るはずだ」

「あたしがサインした薬って、それなの」Ｆ４は弱々しい声でたずねた。

「そうだよ」キルゴアはこたえて、インターフェロンとインターロイキン３ａを投与装置に吊るした。「これで気分はうんとよくなるからね」笑顔で請け合った。実験用の鼠と話をするのは、ひどく妙なものだ。すでに何度も自分にいいきかせたとおり、鼠は豚とおなじ、豚は犬とおなじ、犬は……若い女（このばあい）とおなじだ。大してちがいがあるわけじゃないだろう。あるものか、と今日は付け加えた。モルヒネの増量で彼女の全身が弛緩し、目が焦点を失った。いや、ひとつだけ、これがちがう。鼠には鎮静剤や麻薬をあたえて、苦痛をやわらげるということはしない。したくないのではなく、鼠の痛みを取ってやる実際的な方法がないのだ。ピンクの愛らしい目が、輝きを消してかげり、苦痛をあらわすさまは、いつ見てもうれしいものではない。すくなくともこのばあいは、瞳(ひとみ)のかげりは苦痛からの解放をあらわす。

非常に興味深い情報だ、とヘンリクスンは思った。このロシア人の情報収集能力は、どうしてなかなかのものだ。対外防諜部にはいれば、優秀な工作員になっていたのでは……いや、じっさいそうだが、ただ敵方のそれだったのだ。その情報をきくと同時に、彼はカンタス航空の機内で得たアイデアを想起した。

「ドミトリ」ビルはたずねた。「きみはアイルランドにコンタクトはあるかね」

ポポフはうなずいて、「ええ、何人か」

ヘンリクスンはドクター・ブライトリングのほうを見て了承をもとめ、同意のうなずきを得た。

「彼らはSASに仕返しをしたいという気にならないだろうか」

「それは何度も検討されましたが、現実的じゃないんです。銀行強盗を警備厳重な銀行へ送り込むようなもので――いや、そうじゃない。政府の紙幣を印刷する施設へやるようなものです。保安設備が整いすぎていて、そういうミッションは非現実的です」

「しかし、直接ヘリフォード基地に侵入するのでなかったらどうだ。外へ引っ張り出して、そこにちょっとした奇襲作戦を用意して……」ヘンリクスンは説明をつづけた。

面白いアイデアだ、とポポフは思った。しかし——「それでも非常に危険なミッションですね」

「そうか。IRAの現況はどんなだ」

ポポフは椅子(いす)の背にもたれた。「分裂状態です。現在数派に分かれています。和平を望む派と、紛争の継続を望む派があります。理由はイデオロギー上のものと、派閥メンバーの個人的なものと、両方あります。イギリスの北アイルランド統治と、ダブリンの共和国政府を覆(くつがえ)して、〝進歩的社会主義〟政府を樹立することを真に信じている点では、イデオロギーを失ってはいません。目標としては遠大すぎて、現実世界には向きませんが、それでも彼らは信じて、あくまでも追求する決意です。彼らは強固なマルクス主義者で——というより毛沢東主義者ですが、それはここでは重要じゃありません」

「個人的理由というのは」ブライトリングがきいた。

「人が革命家であるとき、それはたんに主義主張の問題ではなく、大衆の目にどう映るかも問題です。世間大方の者にとって、革命家とはロマンチックな存在で、理想の未来図を信じ、そのためには命も惜しまぬ人間です。そこから彼の社会的地位は生まれます。世人はそういう人間を知ると、とかく彼らを尊敬します。したがって、その地位を失うことは、元革命家にとってはつらいことです。一転、生活のために働かなくてはなりません。トラックの運転手をしたり、やれることならなんでもやって――」

「KGBを解任されたきみのように――ともいえるかな」ヘンリクスンがいった。

これにはポポフはうなずかざるをえなかった。「そうもいえます。国家保安委員会の工作員だったわたしは、ソ連ではあまり類のない地位と重みを持っていましたから、それを失うことは、わたしにはささやかな俸給を失う以上につらいことでした。アイルランドのマルクス主義者にとっても、きっとそうでしょう。そういうわけで、彼らが紛争をおわらせたくない理由はふたつ――思想的・政治的信念と、ふつうの市民労働者以上のものに見られたいという個人的願望です」

「きみはそういう人間を知っているかね」ヘンリクスンがずばりきいた。

「それと特定できそうなのが、何人かいます。彼らがレバノンのベカー高原にきて、ほかの〝進歩的分子〟と訓練していたころ、大勢と知り合いました。わたしはアイルランドには、通信文を届けたり、彼らの活動を助ける資金を運んだりで、ちょくちょく行きました。彼らのああいう活動は、イギリス陸軍の機能を大いに阻害したので、ソ連にとっては、敵であるNATOの大国の注意をそちらに向けさせるから、じゅうぶん支援するに値したんです」ポポフは講釈をおえて、ふたりの男の顔を見た。「彼らになにをさせたいんですか」

「なによりは、いかにの問題だな」ビルはロシア人にいった。「わたしがＦＢＩにいたころ、ＩＲＡは世界でいちばん優秀なテロリストをそろえているという定評があった。熱烈で、巧妙で、非情で」

「その評価には同意できます。じつによく組織化されて、思想的にも一途(いちず)で、確実に政治的インパクトをあたえられることなら、何事も辞さないという連中でした」

「このミッションを彼らはどう見るだろう」

「このミッションといいますと」ドミトリが疑問を返し、ビルがミッションの基本概念を説明した。ロシア人は口をはさまずに、考える様子できき終えると、こたえた。「彼らにアピールはするでしょうが、作戦規模と危険がずいぶん大きいですね」

「協力するためにはなにを要求するだろう」

「資金その他の支援、銃器、爆発物など、彼らの活動維持に必要なものでしょう。現在の派閥抗争は、おそらく後方支援組織を崩壊させていると思われます。和平派が紛争継続派をコントロールする手段は、間違いなくそれです。武器へのアクセスを断てばいいんです。武器がなくては物理的行動が取れず、したがって威信を高めることができません。だから、オペレーション実行のための手段を提供するとあれば、彼らはその計画に真剣に耳をかすでしょう」

「金だな」

「金があれば、物が買えます。われわれが交渉相手にする派は、おそらく現在、それまでの恒常的資金源を断たれています」

「恒常的資金源とは」ブライトリングがきいた。

「社交クラブや、こちらでいう――〝用心棒稼業〟ですか」

「そうだ」ヘンリクスンがうなずいていった。「彼らはそうやって資金を得ており、その資金源はおそらく和平派がしっかりにぎっている」

「で、金額にしてどれぐらいだ、ドミトリ」ジョン・ブライトリングがたずねた。

「数百万ドルでしょうね、すくなくとも」

「ロンダリングをよくよく慎重にやらないといけないな」ビルがボスにひとこといった。

「わたしも手伝うが」

「五百万でどうだ」

「それなら不足はないでしょう」ポポフは一瞬考えてこたえた。「加えて、ライオンの巣の間近で事を起こす心理的満足感もあります。ただし、わたしはなにも約束できません。彼らは自分の決断を自分の理由で下す連中ですから」

「先方とはすぐにも会えるか」

「アイルランド入りして二日か三日後には」と、ポポフはこたえた。

「航空券の手配をしろ」ブライトリングはきっぱり命じた。

「犯人のひとりが、出発前に口をすべらせたようです」トウニーがいった。「ルネというやつです。スペインへ発つ前にガールフレンドにしゃべったんです。ガールフレンドは急に良心の呵責に駆られて、自分から出頭してきました。フランス当局がきのう事情を聴取しました」

「で？」クラークはうながした。

「で、襲撃の目的はカルロスの釈放だったが、その行動をだれかに命じられたようなことは、ガールフレンドにはいわなかったそうです。というより、ほかにはほとんどなにもいってません。ただ事情聴取の結果、あとひとりだけ襲撃参加者の名前が判明しました。すくなくとも当局はそう考えており、いまその名前を手がかりに調査中です。その女ですが——ふたりはだいぶ前からの友人、というか、いい仲で、それだけに男は女に気を許していたんでしょう。女はオランダ人少女の死に心を痛めて、自分から警察に出頭してきました。パリの新聞がことさら大きく取り上げたことが、彼女の良心を疼かせたようです。彼女は男に思い直すよう説得し——とは警察での供述ですが、信じていいかどうかはわかりません——男も考えてみるとこたえたそうです。結局考えを変えなかったわけですが、当局はだれか脱落者がいたかもしれないとの考えから、目下疑わしい人物を片っ端から引っ張って調べています。なにか出るかもしれません」トウニーは最後を希望的観測で結んだ。

「それだけか」クラークがきいた。

「それだけでも収穫です」ピーター・コヴィントンがいった。「われわれのきのうまでの情報量よりふえた上に、フランス当局はそれでべつの手がかりを得て追及できるんですから」

「それはそうだが」と、シャベス。「しかし、なぜ彼らはいまになって出てきたんだ。だれがやつらをつぎつぎに放っているんだ」

「他のふたつの事件についてはどうだ」クラークがきいた。

「なにも出てきません」トウニーはこたえた。「ドイツ当局は、つつける藪（やぶ）はのこらずつつきました。フュルヒトナーとドルトムントの住んでいた家には、しばしば車の出入りがあったようですが、彼女はアーチストだったから、作品を買いにきた画商だったのかもしれません。いずれにせよ、車のナンバーはもとより、車種もわかっていません。そちらは絶望的です——だれかが警察に出頭して供述でもしないかぎり」

「身元の知れている仲間もいただろう」コヴィントンが意見を出した。

「全員ＢＫＡの尋問を受けたが、なにも結果は出なかった。ハンスもペトラも、あまりしゃべるやつらではなかったらしい。それはモーデルとグッテナッハもおなじだ」トウニーは両手を広げて、どうしようもないという仕草をした。

「きっと手がかりはある」シャベスがいった。「あるのがありありと感じられる」

「同感」コヴィントンがうなずいた。「問題はどうやってそれをつかむかだ」

クラークは眉間(みけん)にきつくしわを寄せたが、現場の経験から彼にもよくわかっていた。情報の進展を望んでも、こちらが望むだけではだめなのだ。そういうことは、むこうが動こうと思ったときに動きだすのだ。それほどわかりきった、それほどいらだたしいものもない。どこかにあるとわかっていて、それが必要だとわかっているのだから、なおさらだ。ほんの一片の情報で、レインボーはどこかの国の警察力を動かして、これはというやつを引っ張り、じっくり締め上げてやれば、必要なものはきっと手にはいる。それにはフランスかドイツがいい。どちらも英米が自国警察に課しているような法的制限を持たないからである。が、そんな人頼みの考えをしなくても、ＦＢＩはたいていの人間の口を割らせる――あらゆる犯罪者を慎重に扱いながらも、それだけはやる。テロリストといえども、ひとたび捕まったら、たいていは知っていることをしゃべる。ただし、アイルランド人だけはべつで、それはジョンも忘れていない。あいつらのなかには、うんともすんともいわないのがいる。自分の名もいわない。が、なに、そういう強情にはまた、それに応じたやりかたがある。警察の視野から一歩外へ出て話しかければいいだけで、神への恐れ、苦痛への恐れをたたきこんでやる。それでたいていうまくいく。ジョン・クラークの経験では、かならずうまくいった。

ＣＩＡの工作指揮官だったころ、彼は任務で、遠い、油断ならぬ地へ行ったはいいが、どうしても必要な一片の情報を欠いたばっかりに、任務中止、あるいは挫折感に変わりはないが、任務延期のやむなきにいたったことが、何度あったかしれない。おなじ理由で、三人の男とひとりの女を死なせた。それぞれ四つのちがう場所、どれも鉄のカーテンのむこう側だった。いずれも彼が顔を知っている男女四人が、それぞれの母国の手で合法的に殺された。彼らの専制政治にたいする戦いは、最後には勝利したが、彼らは生きてその日を見ることはなく、自分たちの勇気の結実を味わうこともなかった。クラークがそのひとりひとりを決して忘れずにいるのは、良心のどこかが疼くからだった。以来彼は、こちらが必要とする情報を持っていながら、間に合ううちに出てこられなかった者を憎むようになった。そして、いま。ディングのいうとおりだ。だれかが、あの獣たちを巣穴からつぎつぎに呼び出しているのだ。捕まえたいのは、そのだれかだ。そいつから、あるかぎりの人名と電話番号とアドレスをききだして、ヨーロッパの警察に渡してやれば、警察が一網打尽にするだろう。そうすれば、まだヨーロッパ全土を暗雲のように覆っているテロリズムは、その大半が終焉を見るだろう。それは彼の部隊が、装塡した銃を持って出動するより、どれほどいいことかしれない。

ポポフは旅行支度をした。すっかり手慣れてきたな、とロシア人は思う。バッグから出したときしわにならないシャツの詰めかたも、KGBのころはだめだったが、こちらでは覚えた。シャツもいまは高価なものを着るから、大事に扱うようになったということもあるだろう。しかし、スーツケースは以前の職業の名残をとどめて、特製のポケットやコンパートメントがついており、それに〝代替〟パスポートを入れるようになっている。もうそれらはいつでも持ち歩いていた。計画が自身の重みでつぶれでもしたときは、痕跡ひとつのこさず失踪できるようにしたいので、それには三種類の未使用のパスポートが役立つはずだった。そんな最悪の事態が出来したときは、ベルンの銀行から預金を引き出して、ロシアへ雲隠れすればいい。その前に、将来の計画はほかにあって——。

だが、欲が判断力をくもらせてはいないかと、それが心配だった。五百万ドル。そいつを自分のものにできたら、どこでも好きなところをえらんで、賢く投資したら、一生安楽に暮らしていける。しかし、IRAに支払われる金をどうやって巻き上げるか。なに、そのときになれば容易に考えつくだろう。それよりも、目を閉じて、欲について自問した。本当に欲は、作戦上の判断力をくもらせてはいないだろうか。その巨額の金がほしいばっかりに、余計な危険をおかしてはいまいか。自分の動機づけを客観的に眺めるのは、なかなかむずかしい。国家保安委員会の何千人という情報工作員のひとりだったころは、使った金は一ドル、一ポンド、一ルーブルたりとも、ジェルジンスキー広場二番地の、およそユーモアなき組織のうちでも格別にユーモアのない、会計課員に使途を説明できなくてはならなかったが、こうして晴れて自由人になると、それはそれでまたむずかしい。

欲、か。気がかりではあるが、その問題はひとまずおくしかない。いまはただ、昔から変わらぬプロフェッショナルとして前進し、いっときも油断せず、曲がり目ごとに細心の注意を払わなくてはならない。でないと、敵の諜報機関に捕まったり、いまから交渉に行く相手にもやられかねない。PIRAことアイルランド共和国軍暫定派は、世界一非情なテロ組織である。個々のメンバーは、酒を酌み交わせば愉快な男たちで、そういうときはロシア人とすこぶる似ているが、組織の外であれ内であれ敵を殺すときは、医学実験者がマウスを殺すのに感じるほどの憐憫も感じはしない。だが、忠誠を尽くすとなれば、どこまでも尽くす。その点では予測のきかぬ相手ではないから、ポポフにとってはやりやすい。彼はまた、彼らの扱いかたも心得ていた。かつてアイルランドとベカー高原で、何度も彼らを動かしている。ただ彼らに渡すべき金に、自分が目をつけていることだけは、断じて悟られてはならない。

支度ができると、ポポフはバッグをエレベーターへ運んで下に降り、降りるとアパートのドアマンがタクシーをとめてくれた。ラガーディア空港へ行って、シャトル便でボストンのローガン国際空港まで行き、そこからアイルランド航空の飛行機でダブリンへ飛ぶ。ブライトリングの仕事をするようになって、上得意の飛行距離（マイレージ）に達したが、利用する航空会社がさまざまなので、なんの特典もなかった。だが、毎度ファースト・クラスと決まっていて、それはＫＧＢではただの一度もなかった。思い返してドミトリ・アルカデエーヴィッチは、タクシーの座席でにんまりしかかるのをこらえた。ＰＩＲＡには駆け引きせずに持ちかければいいんだぞ、と彼は自分にいいきかせた。彼らの金を失敬するチャンスがきたら、逃さなければいいのだ。だが、すでにわかっていることがひとつあった。彼らはこのオペレーションの提案にきっととびつく。見送るには惜しい話であり、ＰＩＲＡにはなにがなくても情熱がある。

特別捜査官パトリック・オコナーは、ニューヨークからファックスで送られてきた情報に目を通した。誘拐事件捜査でむずかしいのは時間である。迅速に進む捜査などというものはないが、なにより誘拐事件は気があせる。生身の人間がどこかにいて、その人の命は、こちらが情報を入手して、手遅れにならぬうちに行動できるかどうかにかかっている。遅れたら、犯人は非道なゲームをおわりにして、いま拘束している人質を殺し、つぎの獲物をねらうだろう。つぎの獲物？　このばあい、おそらくそうだ。なぜなら、身代金（みのしろきん）の要求がなかったということは、メアリー・バニスターを市中から拉致（らち）した犯人は、彼女を金と引き換えに返す気がないということだからだ。彼女をただもてあそび、それは性的満足のためにまず間違いなく、そのうち飽きたら、おそらく殺すだろう。オコナーは自分が、レースをしているさまを思いえがく。ただし、目に見えぬトラックを走り、ストップウォッチは対戦者の手中に隠されている。彼はミズ・バニスターの、こちらでの友人知人のリストをこしらえて、男女捜査官に聞き込みにあたらせた。それで出てくるひとつの名前、ひとつの電話番号が、捜査のつぎの段階へ進む足がかりになって……いや、たぶんだめだろう。この事件は、すべてニューヨークでの出来事なのだ。この若い女も、他の大勢にならって、華やかな都会の光輝のなかへ、幸運をもとめて出かけて行ったのだ。むろん望むものを見いだす女もすくなくはない。だから皆行くのだ。だが、この子はインディアナ州ゲアリーの郊外から、大都会がどんなところかも知らずに出て行ったのだ。八百万都市に住むに必要な自衛のすべも身につけぬまま。

もう生きていないのではないか。オコナーは自分の胸の内でだけつぶやく。彼女を路上から拉致した獣に殺されて。それならもう自分にできることはなにひとつない。あとはただその外道を突きとめ、逮捕し、有罪判決にみちびくだけで、それは他の何人かを救いはしても、いま自分の机上の事件ファイルのタイトル名になっている、この被害者には、なんの意味もない。警察官であることのむずかしさがある。だれもかれもを救うことはできない。ただ、全員のかたきを取る努力はでき、それは決して意味のないことではない。捜査官はそう自分にいいきかせて、椅子(いす)を立ち、コートをつかんで帰宅の用意をした。

シャベスはギネスをひとくちやって、クラブのなかを見まわした。軍団(レギオン)の鷲(わし)はカウンターと反対側の壁に飾られ、すでに人は敬意を表してそこへ行き、鷲をとまらせた木製の杖(つえ)にさわるようになっていた。彼のチーム2のメンバーふたりが、ピーター・コヴィントンのチームのふたりと、おなじテーブルでビールを飲みながら、なにか話し合っていた。テレビでは——スヌーカー（訳注　十五球を使う撞球の一種）選手権？　そんなものがナショナル・イベントなんだろうか。画面はニュースと天気予報に変わった。

またエルニーニョか。ディングは鼻で笑った。昔はただ〈天気〉だったのが、どこかの海洋学者かなんかが、南米沖の温／冷水塊が数年ごとに変化することを発見し、それが起きると世界の気象がそこここですこしずつ変わるといったものだから、メディアがえたりととびついて、教養不足で理解できない事柄に、目あたらしいラベルを貼(は)りつけたのだ。そこでテレビでは、〈エルニーニョ現象〉は現在、オーストラリアの異常猛暑となってあらわれているなどといっていた。

「ミスターC、あなたのとしなら覚えているでしょう。こういうばかげたいいかたの前は、なんといってましたか」

「例年になく暑いとか寒いとか、この時季らしい天気だとかいい、あしたは暑い、寒い、晴れ、雨のどれかをいって、そのあと野球の結果と決まっていた」野球のスコアとちがい、天気予報はいまほど正確ではなかった——とは、クラークはいわなかった。「パッツィーはどんなだ」

「まだあと二週間です。すこぶる調子はいいですが、こんなにおなかは大きくなるのかと、ぼやいてばかりいます」そこで時計を見て、「あと三十分で帰ります。いま親子でおなじ勤務時間なんです」

「よく眠れてるか」ジョンはきいた。

「ちび野郎が暴れると熟睡はできないみたいだけど、必要な睡眠は取ってます。心配しないでください、わたしがついてますから。そんなにおじいちゃんになるのが待ちきれませんか」

クラークは今夜三杯目のビールを口へはこんだ。「死出の旅路の一里塚ってことになるのかな」そういって、けらけら笑った。「そうなんだ、ドミンゴ、待てないんだ」きっとちびをほうほうと甘やかし、泣きだすと親の手に返すんだろう。「父親になる準備は出来たか」

「なんとかやれますよ。そうむずかしいものでもないでしょう。あなたにだってやれたんだから」

クラークはあからさまな挑戦を無視して、「二、三週間したら、オーストラリアに一チームを派遣するぞ」

「なんでまた」

「オリンピックを控えて少々心配していたところへ、あの三度の出動でわれわれがよほど魅力的に見えたらしい。ついては現地へきて、オーストラリアＳＡＳといろいろ視察検討してほしいというんだ」

「彼らだって優秀なんでしょう」

クラークはうなずいて、「ときいているが、外部の意見をきいて損はないというところだろう」

「チームはどちらが」

「まだ決めていない。すでに専門のコンサルタント会社とは契約しているそうだ。グローバル・セキュリティといって、元ＦＢＩの男が経営する会社だ。ヌーナンが知っていた。ヘンリクスンといったかな」

「あそこではこれまでに、テロ事件なんてあったんでしょうか」ドミンゴはきいた。

「大きな事件はなかったと記憶するが、きみなんか一九七二年のミュンヘンにさえ記憶があるかな」

シャベスはかぶりをふって、「読んだだけです。ドイツ警察が大ドジを踏んだんでしょう」

「まあな。しかし、当時はだれも、あんな手合いを相手にすることを予想したやつさえいなかった。いまはだれでも知っている。あれを契機にGSG9が生まれて、いまじゃ大変なものだ」

「タイタニックの教訓ですね。タイタニックが救命ボートを欠いたから、いまではどんな船もボートをどっさり乗せるようになった」

クラークはうなずいた。「それだよ。人は厳しい教訓がないと懲りないんだ」ジョンは飲みほしたジョッキを置いた。

「だったらなぜ悪党どもは懲りないんですかね」シャベスはいって、今夜の二杯目をほした。「われわれはかなり厳しい教訓をしめしたんじゃないでしょうか。いずれにせよ、われわれがここでテントをたためますか。とんでもない、ミスターC。やつらはまだそのあたりにいて、引退なんかしやしません。懲りるやつらじゃないんです」

「わたしなら、懲り懲りだがな。きっとわれわれよりも神経が鈍いんだろう。その辺はベロウにきいてみろ」クラークはいいそえた。

「そうします」

ポポフはうつらうつらしていた。アイルランド航空747の真下の海はもう暗く、想念は飛行機のはるか先へ飛んで、過去の世界から顔と声をつぎつぎによみがえらせ、そうしながらも、もしやあのコンタクトはイギリス情報部に寝返っていて、こちらを待つのは身元暴露と逮捕の運命なのではないかとも思った。まあそれはないだろう。あいつらは大義には、見るからに忠誠そのものだった——が、断言はできない。人が裏切る理由なんて、無数にある。それはポポフも知り抜いている。現に自分も、何人もの人間にそれをやらせた。忠誠心を変えさせ、自分の国を裏切らせ、その代償が目腐れ金であることもしばしばだった。あれを思えば、怪しげな支援しかしてくれなかった、信仰なき外国人を裏切ることなんか、どんなにたやすいことだろう。もしも彼のコンタクトたちが、大義の不毛を見てしまっていたとしたら……。どんなに彼らが願っても、アイルランドはマルクス主義国家になりはしない。もうそんな国はいくつもない。世界のあちこちで、まだ学者だけが、マルクスと、エンゲルスと、レーニンの思想と言葉にしがみついているだけだ。愚かなやつら。共産主義は間違った国で試されたのだ——とまでいいだすやつがいる。あのすばらしい思想が生きるには、ロシアはあまりに後進国だったのだと。

そこまで思うと、口元に皮肉な笑みがきて、かぶりがふられた。自分もまた〝党の剣と盾〟といわれた組織の一員だったのだ。専門学校で学んで、政治学の講座をぜんぶきき、試験にかならず出る問題の正解を覚え込み、試験官が望むとおりのことを書き、そうやって高得点と教官の評価を得た。そんなたわごとを彼が信じないように、教官も信じてはいないのだが、だれひとり自分の真の考えを口にする勇気など持ち合わせてはいなかった。そんな嘘がおどろくほど長いことまかり通ったもので、いまでもポポフは、クレムリンのスパースカヤ塔のてっぺんから赤旗が降ろされたときのおどろきを、まざまざと思いだす。異様な思想にかぎって長命であるらしい。

第24章　税関

ヨーロッパとアメリカのちがいのひとつは、ヨーロッパ各国が外国人を文字どおり歓迎するのにひきかえ、アメリカは愛想こそいいが、入国手続きがひどく煩瑣（はんさ）なことである。アイルランドはなんのバリヤーも設けず、ポポフのパスポートはすぐにスタンプが押され、手荷物の〝検査〟はしごくおざなりで、きっと検査官は荷物の主が男か女かも気にとめなかっただろう。ドミトリ・アルカデエーヴィッチは外に出て、タクシーでホテルに向かった。予約した部屋はワン・ベッドルームのスイートで、大通りに面していた。彼は最初の電話をかける前に、二、三時間眠っておこうと、すぐに服を脱いだ。この晴天の朝、目がふさがる前の最後の思いは、コンタクトの電話番号が変更されていたり、当局の監視下に置かれていたりしなければいいがということだった。万一後者だったら、現地警察になにか説明が必要になるが、いざというときの筋書きは考えてあった。完璧（かんぺき）なものではないが、アイルランド共和国での犯罪歴のない者を守ることはできるはずだった。

「空挺（エアボーン）、空挺（エアボーン）、きいたかい」最後の一マイルにはいると、ベガが歌いだした。「おれたち巨鳥から飛び降りる」

フリオ・ベガ上級曹長が、その巨体でもランニングであごを出さないのが、シャベスには不思議だった。チーム2のだれよりも、優に三十ポンド上回る。それ以上胸囲がふえたら、戦闘服のシャツを別誂（べつあつら）えしなくてはならないだろう。だが、その体軀（たいく）を運ぶのに、まだ足も肺もへばったことがないのだ。今日は彼に番がまわってきて、早朝ランニングのリーダーをつとめていた。あと四分で停止線が見えてくるはずで、だれも口に出してはいわないが、それを心待ちにしていた。

「速歩――はじめ！」黄色い停止線を越えたベガが号令を発し、全員一分間百二十歩にスピードを落とした。「レフト、レフト、ユア・レフト、ユア・ライト、ユア・レフト！」そして三十秒後――「全隊――とまれ！」全員とまった。前夜一、二杯飲みすぎた二、三人が噎（む）せたが、ただそれだけだった。

シャベスが二列縦隊の先頭に出た。「解散」の隊長号令で、一日の開始に筋肉をほぐしたチーム2の男たちは、シャワーを浴びに営舎のほうへぞろぞろ歩きだした。今日はあとで、また実弾使用のシューティング・ハウス突入演習がある。すでに人質と犯人のほとんどあらゆる配置と組み合わせを試みているので、状況としてはスリルを欠くものになるだろう。隊員の射撃技術は完璧に近い。体調は完璧で、士気も高まるだけ高まると、なんだか退屈しているようにも見える。全員が自己の能力に絶大の自信を持っている。なにぶん生身の標的に実弾をぶちこんで、実戦技能をあれだけの説得力をもって世界に知らせたのだ。第七軽歩兵師団のころでさえ、シャベスは部下の兵にこれほどの自信を持ったことはなかった。長い誇らかな歴史を持つイギリスSASの隊員たちは、当初レインボーを大いに懐疑的に眺めていたが、そのSASが、いまでは彼らをクラブで歓迎し、彼らからも学ぶべきことはあると認めるまでになっていた。特殊作戦部隊として押しも押されもせぬ世界一のSASにそういわせたのだから、お世辞半分でも大変なものだった。

何分かののち、シャワーを浴びて着替えたシャベスが隊員室にはいると、皆自分の机で、ビル・トウニーの情報班からきた情報資料を読み、写真に見入っていた。写真のなかには、撮影されたときからの年齢進行が、コンピュータ処理されたものもすくなくなかった。ソフトウェアの開発とともに、コンピュータも日進月歩のようだ。ななめから写した写真が、いまではコンピュータ操作によって正面向きになる。男たちはそれらを、まるでわが子の写真を見るようにじっとみつめ、付されてあるかぎりの資料をあたっていた。資料といっても、だれがどこにいると思われ、既知の、あるいは推測される範囲での、どういう仲間との接触が考えられるかといったことである。シャベスにはむだなことにも思えるのだが、しかし一日じゅう走ったり撃ったりばかりもしておれず、それに顔を知っておくことはあながちむだでもない。ウィーン事件のときに、フュルヒトナーとドルトムントを特定できたのは、顔を見知っていたためではなかったか。

プライス最先任上級曹長は予算関係の事務処理をやっていた。あとでディングの机に持ってくるはずだ。隊長が目を通して、出費を承認し、なにかあたらしいアイデアがあれば、訓練のための追加予算を申請する。ティム・ヌーナンは、あたらしい電子玩具をいじるのに夢中で、クラークは例によって、CIAほか本国の各種政府機関との〝マネー・バトル〟に懸命のようだった。それこそシャベスには、労力の浪費という気がした。レインボーはそもそもの最初から、予算に関してはだれも文句をいわず――大統領の支持も効いた――じっさいの任務行動がまた、予算を動かす信頼性をいよいよ高めた。いまから二時間後、隊員たちは射場へ行って、ピストルとサブマシンガン弾の一日規定数、各自百発を撃ち、そのあと実弾演習をする。いつもとおなじ一日である。〝いつもとおなじ〟を、ディングはしばしば〝退屈〟の同義語にするが、それは致し方もなく、CIAの任務行動にくらべれば、よほど退屈ではなかった。あのころの任務といえば、人と会うのをただじっとすわって待ったり、現場の作戦行動の報告書類を書いたり、あるいはその両方に、もっぱら時間を費やした。ラングレーの官僚は、現場での一部始終をかならず文書で報告させる。なぜなら、それが慣例だからである。慣例とは、よくて現場経験のある、ただし一世代前に経験し、いまでもすべてを心得ているつもりの人々が定めたものであり、最悪のばあいは、まるでなにもわからず、わからないからいっそう要求する人々が強いるものである。しかし、一日に何十億ドルも湯水のように使う政府が、千ドルやそこらの金にじつにけちなことをいうのだ。そればかりはシャベスがどうしたところで、変えられるものではない。

マロイ中佐は、レインボーの航空隊指揮官という身分が正式に決まり、司令部の建物に自分の部屋をあてがわれた。アメリカ海兵隊の幕僚級将校である彼は、そういうナンセンスには慣れっこだったから、壁にダートボードでもかけて、仕事がないときの娯楽にしようかと思っていた。彼にとって仕事とはヘリコプターの操縦で、いまはそのヘリコプターが、整備に出ていて自分のところにはないことを、あらためて想起した。なにやら部品を、改良された新型と交換するとかで、それは彼の、なんの能力かまだよくわからないのだが、とにかく能力を、一段と引き出すというのだ。きっと、その改良型部品を考案し、設計し、製作した民間業者にとっては、大事なことなのだろう。

そう悪い暮らしでもなかった。妻子はこちらが気に入り、マロイも気に入っていた。危険な仕事というよりは特殊技能職で、特殊作戦部隊といっても、ヘリコプター・パイロットにはとくに危険らしい危険もない。唯一の気がかりは、レインボーは市街地への出動が主だから、うっかりすると電線にあたることで、この二十年間に全世界のヘリコプターの喪失は、およそ知られているかぎりの対空兵器によるよりも、送電線によるほうが多かった。彼のMH60Kには、ケーブル・カッターがついていないから、彼はその点を手厳しく指摘したメモを第二四特殊作戦スコードロン司令官に送った。司令官からは遺憾の意を表する返事があって、その件に関し上級部隊司令官に出したメモ六ページのコピーが同封されていた。さらに説明がつづいて、目下ペンタゴンの専門家が現用機種の改良を考慮中とあった。マロイの想像では、その件はだれか〝ベルトウェイ・バンディット〟（訳注　ワシントンで政府契約受注を助けることを商売にするコンサルタント）にとって、コンサルタント料三十万ドルほどのビジネスになり、その結論は、〈うん、それはいい考えだ〉なのだが、それがざっと四百ページのばかげた官僚語を使って表現され、だれひとり読む者もないまま、どこかの公文書保管庫にいつまでも眠りつづけるのだ。改良費そのものは、部品と手間でせいぜい三千ドルぐらいのもので、手間は空軍にフルタイム勤務する下士官の労働時間のうちであり、どうせ本当に働いているのか、隊員控室で『プレイボーイ』を読んでいるのかわかったものではない。が、どうしようもないことに、慣行は慣行なのだ。それに、いまから一年もすれば、黙っていてもナイト・ホークにケーブル・カッターがつかぬものでもない。

マロイは渋面をつくり、本当にダーツ投げでもしたいと思った。情報資料なんか見てもしかたがない。確認ずみにせよ容疑だけにせよ、テロリストの顔なんか、彼にはなんの意味もない。顔が見えるほどそばへ行きはしない。それは突入員(シューター)の仕事であり、航空隊指揮官であろうとなかろうと、彼はたんなるおかかえ操縦士にすぎない。それでも、これならいいほうだ。〝バッグ〟――飛行服――を、机を前にしても着ていられるから、それでせめて正規の航空部隊であるような気になれる。週に四日は飛ぶから、そう不満はないし、それにこの勤務がおわったら、大統領専用機ＶＭＨ１に乗って、大統領をあちこちに運ぶことになるかもしれない。仕事としては退屈だろうが、箔(はく)をつけるにはいい。旧友ハンク・グッドマン大佐のキャリアには、だんぜんプラスになったようで、彼は先ごろ将官になった。ヘリ・パイロットには異例の昇進である。海軍航空隊は大半がヘリコプター操縦士だから、ジェット・エンジンの固定翼戦闘爆撃機のパイロット集団には、容赦なく先を越される。スカーフからして粋(いき)なものだ。昼食前のひまつぶしに、マロイはＭＨ60Ｋのマニュアルを取り出して、エンジン性能の補足データを暗記しにかかった。通常は技術将校か、彼の機付長ジャック・ナンス軍曹がやることである。

　最初の会見は公園でおこなわれた。正午前、ポポフは電話帳でたしかめて、パトリック・Ｘ・マーフィー名義の番号にかけた。

「ハロー、わたしはジョゼフ・アンドリュースといいます。ミスター・イェーツをさがしていますＪそうつげた。

先方の男が暗号語の記憶をさぐるあいだ、沈黙がおかれた。古いものだったが、十秒かそこらで思いあたった。

「ああ、ミスター・アンドリュースか。久しぶりだ」

「今朝ダブリンに着いてね、きみに会うのをたのしみにしてきたんだ。いつ会える」

「今日の午後でどうだ」そのあとに細かな指示がつづいた。

それでいま、レインコートを着て、鍔広（つばびろ）の中折れ帽をかぶり、右手に『アイリッシュ・タイムズ』を持って、オークの木のそばの指定されたベンチにかけていた。待つ間を利用して新聞を読み、世界の出来事を追った。前日ニューヨークでＣＮＮで見たものと、ほとんど変わってはいなかった。ソ連の崩壊このかた、主要紙の編集部はどうやって記事をこしらえているのかと思う。ルワンダとブルンジの人々は、あいかわらず凄惨（せいさん）な殺し合いに熱意を燃やし、アイルランドは自国の軍隊を平和維持部隊として派遣しようかなどといっている。妙な話だ、とポポフは思う。自国の平和維持能力の欠如をはっきりしめした国が、なんだってよその平和を維持しに出かけて行くのだ。

「ジョー！」視界の外からほがらかな声がかかった。顔を上げると、四十がらみの男がにこにこ笑っていた。

「パトリック！」ポポフも応じて立ちあがり、握手をしに行った。「久しぶりだなあ」

その男とは面識がないから、久しぶりもなにもないが、さも旧知の仲のように手をにぎりあった。それからオコンネル通りに出ると、車が待っていた。ポポフとあたらしい友人がうしろに乗ると、運転手はすぐに発進した。スピードは出さず、何度か無作為に曲がり、そのつどバックミラーを注意深くのぞいた。〝パトリック〟は後部座席で、ヘリコプターがいないか空を見あげた。さすがＰＩＲＡの兵士、とポポフは思った。注意を怠っては、そのとしまで生きてはこられなかったろう。ポポフはシートにもたれてリラックスしていた。まぶたを閉じたかったが、ホストたちにたいして偉そうな態度になってはと思い、それはやめた。ただじっと前方を見ていた。ダブリンははじめてではないが、ひと目でそれとわかる二、三のランドマークを除いては、ほとんどなにも記憶はなかった。それを車内のふたりにいっても信じないだろう。情報工作官は訓練により直観像（フォトグラフィック）記憶（メモリー）を身につけるといわれる——事実だが、あるていどまでである。市内を四十分漫然と走って、とあるオフィス・ビルまでくると、ぐるりとまわって路地にはいった。そこで車はとまり、三人は降り立って、のっぺりした外壁にあいたドア口をくぐった。

「ヨシフ・アンドレーエヴィッチ」暗がりからしずかな声がきこえた。声のあとから顔があらわれた。

「ショーン、しばらく」ポポフは片手をのべて前に出た。

「十一年六か月だ、正確には」ショーン・グラディはいい、出された手を取って、温かくにぎった。

「専門技術（トレード・クラフト）は鈍っていないな」ポポフは笑みを見せた。「どこへ連れてこられたのか、さっぱりわからない」

「気をつけないとな」グラディはいって、手を動かした。「こちらへきてくれ」

案内された小さな部屋には、テーブルと数脚の椅子（いす）があった。お茶がわいていた。アイルランド人のもてなしの精神は変わっていないな。そう思いながら、ドミトリ・アルカデエーヴィッチはレインコートを脱いで、椅子に無造作に置いた。そしてすわった。

「なにかおれたちにできることがあるかい」グラディがきいた。見たところ五十に近いが、目には以前と変わらぬ若い真摯（しんし）な表情があり、あからさまな激しさこそ見せないが、細い隙間（すきま）からあのころのままの熱っぽさがのぞいていた。

「その前に、きみらの状況はどんなだ、ショーン」

「あんまりよくない」と、グラディは認めた。「アルスターの古い同志のなかから、イギリスの王冠に屈する者が出てきたりしてね。嘆かわしいことに、その傾向に同調する者がすくなくないんだ。われわれはもっと現実的なものの見かたをするよう、説得にまわってるんだが」

「ありがとう」ポポフはお茶をついでくれた男にいった。ひとくち飲んでからしゃべった。

「なあ、ショーン、はじめてレバノンで会ったときから、きみの理想への献身ぶりには感服してきた。そんなに脱落者が出ているとはな」

「長い戦いだからな、ヨシフ。皆が皆、初志を貫くこともできないんだろう。残念だよ」その声もまたはっきり感情を欠いていた。顔は冷酷というより無表情だった。この男なら優秀な情報工作員になれただろう、とロシア人は思った。なにも表には出さない。任務を達成すればときには感じる満足感すら、外にあらわすことはない。たった一度ガードを下げるという間違いをしたSAS隊員三名を、拷問のすえに殺したときも、おそらく興奮を見せはしなかっただろう。それまでにそんな事件はなかったが、ショーン・グラディはその難事のなかの難事を二度までもやってのけ、じつはそれがもとで、イギリス陸軍の最精鋭部隊と、PIRAのなかのグラディが率いるグループとのあいだに、血の報復合戦が生まれたのだった。SASはこれまでに、彼のいちばん近しい仲間をすくなくとも八人殺し、一度七年ほど前に、すんでのことにグラディをしとめそこなっていた。仲間との会合に出るグラディの車が、途中で故障して動けなくなったからだった。会合はSASにより粉砕され、PIRAの幹部三人が殺された。ショーン・グラディは完全にマークされ、イギリス情報部は彼を追い詰めて再度襲撃をかける努力に、すでに何万ポンドという金を使っているとポポフは確信していた。これは諜報活動とおなじで、プレイヤー双方にとって危険なゲームだが、危険は革命家自身にとっていちばん大きかった。その上、いまや彼自身のリーダーシップが危うくなりかけている。すくなくとも、当のグラディはそう思っている。この男は、死んでもイギリスと和平を結びはしない。自分がえがく世界の未来像を、たとえそれがゆがんだものであっても、堅く信じて疑わないのだ。そういえば、ヨシフ・ヴィサリオノヴィッチ・スターリンもこんな顔をして、わき目もふらぬ目的意識もおなじなら、戦術面で妥協することを知らぬ点でもおなじだった。

「イギリスであたらしい対テロ組織が活動をはじめた」ドミトリはつげた。

「なに？」グラディは知らなかったから、その情報にはおどろいた。

「レインボーと呼ばれる。英米ほかの混成部隊で、ワールドパーク、ウィーン、ベルンの事件に出動したのがそれだ。まだこちらのことにまでかかわってはいないが、かかわるのは時間の問題だと思う」

「その新組織のことを、きみはどこまで知っている」

「かなりのことまで」ポポフは概要を文書にしてきたものを手渡した。

「ヘリフォードか」と、グラディ。「あそこは見に行ったこともあるが、容易に攻撃できるところではない」

「それはわかってるが、いままでになかった弱点も持つから、こちら側にそれ相応の訓練があれば、レインボー部隊に痛撃をあたえることは可能だ。じつは指揮官のアメリカ人、ジョン・クラークの妻と娘が、近くの公立病院で働いている。そのふたりを餌に使えば――」

「餌？」グラディがききかえした。

「そうだ」ポポフはこたえて、作戦構想を説明した。グラディはやはり無反応だったが、ふたりの部下は椅子で身じろぎ、顔を見交わしながら、指揮官がしゃべるのを待った。ようやくその口がひらくと、もののいいかたがやや堅苦しかった。

「セーロフ大佐、きみの提案はわれわれに大きな危険をおかさせるものだ」

ドミトリはうなずいた。「そのとおりだ。危険が報酬に値するかどうか、決めるのはきみだ」ポポフはＩＲＡのリーダーに、かつて自分が彼らを援助したことは持ち出さなかったが――たとえささやかな援助でも支援を忘れる男たちではない――しかし、どちらもこの作戦が成功したときのことも口には出さなかった。これが成功すれば、グラデイをＩＲＡ幹部のトップに押し上げるだけでなく、イギリス政府とＩＲＡの〝公式〟党派のあいだの和平プロセスを阻害もする。ＳＡＳほかの特殊作戦部隊をそのホームグラウンドでひと泡吹かせた男となれば、一九二〇年以来、アイルランドのどんな革命家も得たことのない威信を獲得するだろう。そういうところが、昔からこの男たちの弱いところであるのをポポフは知っている。イデオロギー信奉は、彼らをみずからのエゴの虜にし、政治目標の将来ばかりか、自分たち自身の将来図の虜にもする。

「ヨシフ・アンドレーエヴィッチ、残念ながらわれわれには、そんな作戦を考えるだけの軍資金がない」

「それはわかっている。軍資金はいくらあればいい」

「きみが提供できる額じゃない」自分の経験と、世界のテロリスト社会できいた話から、グラディはKGBの吝嗇ぶりを知っていた。それだけに、つぎのひとことはいっそうのおどろきだった。

「五百万米ドルをスイスの暗号方式ナンバー口座に振り込む」ポポフが淡々とつげると、今度ばかりはグラディの顔に感情が動くのが見えた。目がしばたたいた。打ち消そうとしてか、口がひらきかけたが、すぐまたセルフ・コントロールをとりもどした。

「六百万」グラディがいったのは、自分の主導で事を進めるだけがねらいだった。

それでポポフにはかまわなかった。「いいだろう。では、六百万。どれほどはやく入用だ」

「どれほどはやく工面できる」

「一週間もあれば。作戦の準備期間は？」

グラディは数秒考えた。「二週間」ヘリフォードとその一帯については、かなりのことが頭にはいっている。以前から襲撃することはできなかったが、襲撃を考えること、夢見ることはやめず、必要な情報の収集はやっていた。SASの作戦行動についても情報をあつめようとしたが、隊員たちは任務達成後でさえ口が堅く、仲間内以外ではなにもしゃべらなかった。何枚かの写真が隠し撮りされたが、じっさいにはあまり役に立たなかった。大きな危険をおかすことを辞さぬ人間と、作戦に必要な装備を入手する資金、このふたつの組み合わせが、これまでは必要でありながら、ないものだった。

「もうひとつ」と、グラディ。

「なんだ」

「麻薬業者に渡りはつくか」

ポポフは顔に反応こそ見せなかったが、これにはびっくりした。グラディが麻薬を売ろうというのか。これはＰＩＲＡの姿勢の一大変化だ。かつての暫定派は、麻薬密売人を殺したり、膝を撃ち抜いたりして、自分らが世人の支持に値することをしめす一法にしたものだった。そうか、そこまで変わったのか。

「間接的にコンタクトできると思う。なにがほしい」

「コカインを大量に。なるべく純度の高いのを」

「ここで売るのか」

「売る。なんといっても金だよ、ヨシフ」グラディはいった。「活動の持続には恒常的収入が必要だ」

「約束はできないが、努力しよう」

「よし。金については知らせてくれ。そちらの用意ができたら、こちらは作戦が実行できるかどうか、できるならいつやれるかを知らせる」

「武器は」

「それは心配ない」グラディはきっぱりいった。

「連絡用の電話をきいておきたい」

グラディはうなずき、テーブルのメモ用紙に番号を書いて渡した。携帯電話のようだった。ロシア人は紙片をポケットに入れた。「その電話はあと二、三週使える。それでいいか」

「いい」ポポフは立ちあがった。ほかにいうことはなかった。建物を出て、車へ連れて行かれた。上首尾だった。ホテルへもどる車のなかで、ドミトリはそう自分にいってきかせた。

「ショーン、こんな作戦は自殺もおなじだよ」倉庫のなかでは、ロディ・サンズが難色をしめした。

「状況さえこちらのものにしてしまえば大丈夫だ」グラディはいった。「手段さえそろえば、それはできる。注意して、迅速に事をはこばなきゃならんが、ぜったいやれる」これがやれたら——と、グラディは口に出してはいわなかった——だれがアイルランド人民の真の代表であるかは、組織全体に知れるだろう。「十五、六人必要になる。気のきいたのをそろえるんだ、ロディ」それだけいって、グラディは立ちあがり、べつのドアから外へ出た。そこから自分の車を運転して隠れ家へ帰り、帰ると早速やらねばならぬことがある。いつもかならず自分でやる仕事だ。

ヘンリクスンは自分のチームの編成にとりかかっていた。総員十名を予定し、全員経験豊富で、全員が《プロジェクト》参画者だった。中心になるのはウィルスン・ギアリング中佐、アメリカ陸軍化学部隊出身者である。化学兵器のまぎれもないエキスパートである彼を、最後の〝配達人〟にする。あとの者は現地保安部隊に協力し、彼らがすでに知っていることをあらためてつげて、〝エキスパートとは外部から呼ばれる者である〟という国際ルールの確立と適用にあたる。オーストラリアSASは、彼のチームのいうことには一応耳をかたむけ、ひとつふたつは学びもするだろう。E‐システムズの新型無線機を持ち込み、ディック・ヴォスがその使いかたを指導するとなれば、なおさらだ。特殊作戦部隊やSWATのために開発された無線機は、じつにすばらしいものだった。ひととおりのことがおわれば、あとはぶらぶら歩きまわるだけでいい。全員特別IDカード保持者だから、すべての保安チェックポイントの通過はもとより、巨大スタジアムのトラックやフィールドにも出て行ける。オリンピックを間近で見物もでき、これは悪くない役得だろう。部下のなかには、人類最後のオリンピックをぜひ見たいスポーツ・ファンも、きっといるにちがいない。

精鋭をえらんだあと、彼は会社のトラベル・エージェントに飛行機と宿の手配をさせた。宿はオーストラリア警察がオリンピック期間中自分たちが使うため、競技場近くのホテルにスイートを多数押さえてあった。ヘンリクスンはふと、会社はメディアに注目されるだろうかと思った。ふつうなら、宣伝になるから、無理にも注目させるところだが、今回はそうはしない。これ以上会社を宣伝して、なにになるだろう。

この仕事も完成だな。ホリスターは思いながら、建物、道路、駐車場、滑走路を眺めやった。どれもこのキャンザス平野で、自分の監督で建設されたものだった。最後は例によって、こまごました厄介な問題が続出したが、下請けが彼の脅しによく応えてくれた。彼らにも奨励褒賞制が適用されるのだから、ただの無理頼みではなかった。

会社の乗用車が彼の四駆のそばにきてとまり、だれだろうと思っているホリスターをびっくりさせた。降り立ったのはビッグ・ボス、ジョン・ブライトリングその人だった。会長の名前は知っていて、顔もテレビで一、二度見ているが、実物に会うのははじめてだった。今朝会社のジェット機で飛んできたのだろうが、工事責任者としては、ガルフストリーム機ぐらいらくに離着陸できるアクセス道路を使ってもらいたかったから、ちよっと気落ちも覚えた。

「ミスター・ホリスターだね」

「そうです」出された手をにぎった。「本日をもってすべて完成です」

「きみが約束したより二週間以上もはやかったじゃないか」ブライトリングはいった。

「天候にも助けられました。その分は手柄にもできません」

ブライトリングは笑って、「わたしなら、するだろう」

「難物は環境システムでした。あんな厳しい仕様は、わたしもはじめてです。あれはいったいどうしてなんですか」

「われわれがやっている仕事のなかには、完全遮蔽（しゃへい）を要するものがあってね——業界ではレベル4と呼んでいる。ホット・ラボ（訳注　放射性物質を扱う実験室）といえば、想像もつくと思うが、よくよく注意が必要なんだ。関係連邦法もあって、順守しなくてはならない」

「それにしても、建物全体をですか」ホリスターは疑問を口にした。まるで船か飛行機でもつくるにひとしかった。大型建築物の完全気密設計なんて、きいたことがない。だが、この建物はそうだから、一区画完成するごとに気圧テストをせねばならず、窓取り付け業者は気が変になりそうだった。

「まあ自分たちのやりたいようにやったまでだ」

「ご自由ですがね」ホリスターはいった。その特別仕様は工事の労働コストを五百万ドルふやし、それはぜんぶ窓取り付け業者へいった。作業員たちは、割増賃金には悪い気はしなかったが、こまかい仕事には閉口させられた。すこし先のウィチタにあるボーイングの工場でも、そんなに精密な仕上げは要求されなかった。「しかし、すばらしい土地をえらびましたね」

「そうだろう」施設周囲の土地は、一面ゆらぐ小麦の緑の絨毯で、麦はいま生長期のちょうど四分の一にはいったところだった。視界にはところどころ農業機械も見えて、施肥や除草にいそしんでいた。ゴルフ場ほどきれいではないが、実用性がまるでちがう。施設には大きな自家用製パン工場もある。もしやあの麦でパンを焼こうというのでは、とホリスターは考えた。どうしていままで考えつかなかったのだろう。土地といっしょに購入した農場には、家畜飼育場もあれば、出荷用野菜の畑もある。その気になれば、この施設だけで自給自足もできる。あるいはただ、この地帯にとけこむように配慮しただけなのかもしれない。キャンザスのこのあたりはどこもかしこも農場だから、鉄とガラスの建物は納屋や道具小屋には見えなくても、周囲がそれなら、いくらか違和感は減殺される。また農地でへだてられた施設は、北にあるインターステート・ハイウェイからは見えず、手前の公道から見えるだけで、人の出入りを制限する守衛詰所は、まるでトーチカなみの堅牢さで——竜巻にも耐えるようにとの設計だが、いかにもそれを破壊できる竜巻などありそうもない——だれか気のふれた農夫が、五〇口径マシンガンを連射しても、びくともするものではない。

「よし、きみはボーナスを稼いだ。金は明日じゅうに銀行に振り込む」ドクター・ジョン・ブライトリングは約束した。

「ありがとうございます」ホリスターはポケットをさぐって、マスター・キイを取り出した。複合施設のすべてのドアは、そのキイひとつであく。ひとつの仕事がおわったときの、それが彼の小さなセレモニーだった。彼はキイをさしだして、「では、あなたの施設をお渡しします」といった。

ブライトリングは電子キイを受け取って、にっこり笑った。これが《プロジェクト》にとって、最後の大きなハードルだったのだ。ここは彼の同志のほぼ全員の本拠地になる。おなじような、だがずっと小さなブラジルの施設は、二か月前に完成しているが、そちらはせいぜい百人しか収容できない。こちらは三千人の収容能力がある。いくぶん込み合っても、快適さに欠けることはなく、どうせ二、三か月のことだから、それでじゅうぶんなはずである。最初の二か月ほどが過ぎたら、彼はここで、いちばん優秀な研究者たちと医学研究をつづける。彼らの大半は、じつは《プロジェクト》の参加者ではないが、生かすに値する人々だった。というのが、その研究が思いがけず有望な方向へ進んでいるからだった。非常に有望なので、彼自身、ここでいったい何年生きるだろうと考えるのだった。五十年か。百年か。いや千年かもしれない。いまからだれにわかる。

オリンポスと名づけよう。ブライトリングは、いま、その場で決めた。オリンポス——神々の住んだところ。まさしくそれだと思う。ここから自分たちは世界を眺め、研究し、たのしみ、その恩恵を味わうのだ。自分の携帯無線機には〝オリンポス1〟のコールサインを使うことにしよう。ここを本拠に、えりすぐりの仲間を連れて世界じゅうを飛び、観察して、生態系のありようを知る。むこう二十年ぐらいは通信衛星が使えるだろう。正確な耐用年数はわからず、それが切れたら、長導波アンテナによる無線装置に切り替えればいい。たしかにそういうことは将来不便になるが、自分たちで交換衛星を打ち上げるのは、人員資材からいっていかにも困難だ。それに、衛星打ち上げ装置は、人間の他のどんな発明よりも大気を汚染する。

人々はいつまでここに住むだろう、とブライトリングは考えた。一部の者は早々に散らばって行く。全米をまわって、それぞれ自分たちの居住地を定め、最初のうちは通信衛星経由で報告してくるだろう。アフリカへ行く者もいる——いちばん人気のある最終目的地であるらしい。ブラジルとその周辺の熱帯雨林を研究地にえらぶ者もいよう。きっとあのあたりの未開種族のなかには、〈シバ〉感染を逃れるものもあろうから、やはり人々の研究対象になり、いかにして未開人が、原初の物理的環境で自然と完全に調和して生きるかを知るには、好個の教材だろう。いまあるがままの彼らを研究するのだ。保護に値する特異な種であり、それほど未開であれば環境の脅威にもならない。アフリカにも生きのこる種族はあるだろうか。たぶんないだろうというのが、大方の見かただった。アフリカ諸国は、未開人に都会人との接触をあまりに簡単に許してしまった。都会は地上すべての民族の死の集中発生地になる――ワクチンAが配布されたら、いよいよそうなる。ワクチンAは大量に製造され、全世界に空輸され、配布される。表向きは生命維持のためだが、じつのところは生命奪取のためである――むろん緩慢に。

すべて着々と進行している。すでに本社では、ワクチンAのまことしやかな治験記録は完全にできあがっていた。それによれば、ワクチンAを投与された千匹以上の猿が、〈シバ〉ウィルスに露出され、そのうち発症したのはわずか二匹で、その片方だけが投薬テスト十九か月で死亡した。もとより紙の上と、コンピュータ・メモリー内だけに存在するテストである。まだFDA（食品・医薬品局）に生体実験の申請は出していない――その必要がないからである。だが、〈シバ〉が世界的に出現しはじめたところで、ホライゾン・コーポレーションは、イランのアメリカ襲撃以来、出血熱ワクチンの開発を進めていたと発表する。世界的危機に直面し、完全な治験記録を提出されては、FDAは人間への投与を認めざるをえず、《プロジェクト》の人類抹殺という最終目標に公式認可を下すのだ。いや、抹殺ではない。ジョン・ブライトリングは正確な言葉をえらんで、〈地球上で最も危険な種の大減量〉といいなおした。それによって、自然は元の自然に返り、まずはそのプロセスを観察し、調査し、正当に評価する必要最小限の人間だけをのこす。やがて千年もたてば、人間は百万人ぐらいにはなるかもしれないが、自然の大計のなかではわずかな数でしかなく、彼らはしかるべき教育によって、自然を破壊するのではなく、自然を理解し、大事にする人間になるだろう。《プロジェクト》の目的は、地球を滅ぼすことではなく、あたらしい地球をきずき、自然が意図する形どおりにあたらしい世界をつくることである。その地球に、彼は自分の名を永久にのこすのだ。ジョン・ブライトリング、地球を救った男、と。

ブライトリングは手中のキイを見てから、車にもどった。運転手は彼を本部の正面入口へ連れて行き、そこで彼はマスター・キイを使おうとしたら、ドアがロックされていなくて、軽いおどろきと不快を覚えた。しかし、見ればまだ人の出入りがあった。エレベーターで最上階にある自分のオフィス兼アパートメントに上がる。今度はドアはちゃんとロックされていたから、ワンマン・セレモニーといった感じで解錠して、オリンポスの主神の座にはいった。いや、そういってはいけない。神がいるとすれば、〈自然〉がそれだ。オフィスの窓からキャンザス平野を見はるかすことができた。若い小麦が一面に波打ち……その美しいことといったらない。彼は涙ぐみそうになった。自然。自然は個人には残酷なこともするが、大事なのは個人ではないのだ。無数の警鐘が鳴らされたのに、人類はそれを学ばなかったのだ。

今度こそ学ぶだろう。自然のたったひとつの教えかた——身をもって知らせる——にしたがって。

パット・オコナーが支局長代理への毎日一回の報告をしたのは、暗くなってからだった。上着を脱いで、アセリーの机と向き合う椅子にすわり、手にはファイルを持っていた。もうそれはかなりの厚さになっていた。

「バニスター事件だな」と、チャック・アセリー。「まだなにも見えてこないか」

「さっぱりだ」捜査官はこたえた。「ゲアリー地区の友人十四人に聞き込みをおこなった。だれもメアリーがニューヨークでなにをしていたのか知らなかった。ニューヨークへ行ったことを知っていたのさえ、たった六人で、彼女は仕事やボーイフレンド――いたかどうかわからないが――の話なんか、だれともしたことがないらしい。というわけで、こちらではなにも進展はない」

「ニューヨークはどうだ」

「本件担当者はふたり――トム・サリヴァンとフランク・チャタム。彼らは市警のダレッサンドロ警部補と連携を取っている。アパートの部屋に鑑識がはいったが、手がかりはゼロ。潜在指紋はぜんぶ彼女のもので、ほかにはメイドの指紋ひとつない。アパートの隣人は彼女を見知ってはいたが、付き合いはなく、したがって知人といったものはひとりもいない。ニューヨーク支局はチラシを刷って、市警を通じて配布する考えだ。警部補は連続殺人の心配をしている。というのが、管内にもうひとり女性の失踪人がいて、同年齢、身体的特徴と居住地もほぼおなじ、やはり同時期に忽然と消えているらしい」

「行動科学班は」アセリーが即座にきいた。

オコナーはうなずいた。「これまでにわかっている事実を検討した。あのＥメールが、被害者本人によるものか、それとも連続殺人犯が家族をいじめたくて送信してきたものか決めかねている。父親が持ってきたほかのメールとの文章の差異——われわれも見たとおり、まるで別人が書いたか、でなければ、まるで麻薬患者の文章だが、たしかに麻薬はやっていなかったようだ。それから、あのＥメールはトレースのしようがない。匿名リメイラー・システムにはいっている。Ｅメール発信元を保護するためにつくられたシステムだが、そんなものがあるから、ネットでポルノをやりとりできるんだ。ボルティモアのエディ・モラーレスと電話で話した。彼は〈イノセント・イメージズ〉のテクノの知恵袋なんだ」ＦＢＩが児童ポルノをコンピュータでやりとりする者を突きとめ、逮捕し、刑務所に送ろうと、現在進めているプロジェクトが、〈イノセント・イメージズ〉だった。「彼の話では、目下いろいろ技術的解決策を講じているようだ。なんでもハッカーをひとり雇っていて、そいつがその匿名機能を破れそうだというんだが、いま一歩なのと、州法務長官がその適法性に難色をしめしているらしい」

「ばかばかしい」アセリーはその法的見解をののしった。児童ポルノはＦＢＩが最も憎む犯罪のひとつで、〈イノセント・イメージズ〉はボルティモア支局を中心に、全米規模で捜査の最優先項目になっていた。

オコナーはうなずいて、「彼の口から出たのもそれだった」

「すると、まだなにも進展はないんだな」

「ないね、これというほどのものは。もうあと何人かメアリーの友人と会う。あした五人を予定しているが、なにか糸口がみつかるとしたら、やはりニューヨークだろう。だれか彼女を知っていたはずだ。だれかがデートしたはずだ。しかし、こちらにはいない。ゲアリーを出て行って、ふりかえりもしなかったんだ」

アセリーは顔をしかめたが、オコナーの捜査手順に文句のつけようはなく、バニスター事件には総員十二人の捜査官があたっている。この種の事件は、進むにも割れるにもそれ自身のペースがあるのだ。ジェイムズ・バニスターは毎日電話をかけてくるが、今度かかってきたら、FBIがまだしっかり取り組んでいることをつげ、ほかに娘の交友関係で忘れている人間がいないかきき、いればゲアリーの捜査陣のリストに付け加えるぐらいしかできない。

第25章

日の出

「あまり長逗留(ながとうりゅう)じゃなかったようですね」出国管理官は、ポポフのパスポートを見ていった。

「ビジネスでちょっと人と会っただけだから」ロシア人は流暢(りゅうちょう)なアメリカン・イングリッシュでこたえた。「また近いうちにくる」といって、役人に笑いかけた。

「お待ちしています」使い込んだパスポートにまたひとつスタンプが押され、ポポフはファースト・クラス・ラウンジへ行った。

グラディはきっとやる。そう確信していた。あれほどのエゴの持ち主が見送るには大きすぎるチャレンジであり、それは報酬についてもいえるはずだった。六百万ドルというのは、ＩＲＡが一度に見たことのない金額で、それは一九八〇年代の初期、リビアのムアマール・カダフィが彼らに資金援助をしていたころにもなかったはずだ。テロ組織にとって、資金調達はつねに現実的な問題である。ロシアは歴史的に、彼らに武器をあたえ、ＩＲＡにとっては武器以上に役立つ訓練の場や、イギリス情報部にたいする作戦情報を提供したが、多額の資金をあたえたことは一度もなかった。ソ連は外貨を潤沢に保有したことはなく、その使途はテクノロジーの購入とその軍事応用が主だった。その上、アメリカとカナダにいる自国工作員への現金運搬役に使っていた年配の伝書使(クーリエ)が、なんとほぼ最初からずっと、FBIにコントロールされていたことが発覚した。ポポフは想起して、首をふりうごかした。KGBは優秀だったが、FBIもいささかも劣るものではない。彼らの欺瞞(ぎまん)作戦の見事さは組織長年の伝統だが、問題の伝書使(クーリエ)のばあい、それはKGBのA局の〝積極措置〟担当班がやっていた多数秘密作戦を、ひそかに阻害していたのだ。アメリカが賢明だったのは、そういう作戦を暴露しないで、それらを踏み石に、KGBがやっていることを系統的に読み解いて、すなわち目標と目的を察知して、それによりソ連がまだなにに浸透していないかを知ったことだった。

彼はまた首をふりながら、搭乗ゲートへ向かった。まだ自分はなにもわかっていない。いぜんおなじ疑問がつぎつぎにわく。おれはいったいなにをしているのか。ブライトリングはなにを望んでいるのか。なぜレインボー部隊を襲撃するのか。

シャベスは今日はMP10サブマシンガンをわきに置いて、ベレッタ四五口径の練習をもっぱらにすることにした。ここ何週間、ヘックラー&コッホMP10では、一発もミスが出ていない。このばあい〝ミス〟とは、理想的着弾点、すなわち人形(ひとがた)標的の眉間(みけん)から、一インチの圏内にはいらないことをいう。H&Kの光学照準器はじつによくできているから、サイトのなかに標的がはいれば、弾は標的にあたる。造作もない。

だが、ピストルとなるとそうはいかず、練習量がものをいう。彼はグリーンのゴアテックスのホルスターから抜いて、さっと前に出し、グリップをにぎった右手に左手をかぶせ、右足を半歩引いて体(たい)をひらいた。もう何年も前、ヴァージニア低地のザ・ファーム（訳注　CIAの訓練基地）で習った両手保持(ウィーバー)スタンスである。目が標的をはなれて下を向き、上がってくる銃の照門をとらえる。銃身が目の高さにきたとき、右のひとさし指が引き金をなめらかにしぼり――

あまりなめらかではなかった。射弾は敵のあごを砕き、大きな血管を切断したかもしれないが、おそらく即死ではない。二分の一秒遅れて発射された二発目は即死弾だっただろう。ディングはわれながら歯痒(はがゆ)くて、低いうめきを洩(も)らした。セイフティー‐デコック・レバーで撃鉄を落とし、ピストルをホルスターにおさめた。もう一度。視線を標的からはずして下げ、それから上げた。あそこにいる、テロリストが、幼児の頭に銃口をあてて。ふたたびベレッタが電光の速さで上がり、照準がぴたっと合い、指が引き金を引いた。今度はよし。初弾は野郎の左眼を貫き、やはり二分の一秒遅れの次弾は、最初の次弾と上下にならんで、眉間に小さな8の字をこしらえた。

「見事な二発連射(ダブル・タップ)でした、ミスター・シャベス」

ふりむくと、射場長のデイヴ・ウッズだった。

「初弾はだいぶ下へそれた」ディングは認めた。顔の下半分をふきとばしていただろうが、それでは不満だった。

「もうすこし手首の力を抜いて、引き金を思い切って引く」ウッズがアドバイスした。

「もう一度にぎってみてください」ディングはいわれたとおりした。「ははあ、やっぱり」彼はシャベスの左手の位置をすこし直した。「こんな感じです」

くそっ。ディングは内心舌打ちした。たったこれだけのことか。指二本をほんのすこし——四分の一インチ以内——ずらしただけで、まるで銃把を自分用に別誂(べつあつら)えしたみたいに、ピストルは手にぴったりおさまった。二、三度にぎりなおしてから、またホルスターにもどし、自己流の速撃ちをやってみた。今度は最初の一発は七メートル先の標的の眉間に命中し、二発目はその横にならんだ。

「お見事」ウッズが褒めた。

「軍曹、きみはいつから教官をやってる」

「もうずいぶんになります。ヘリフォードへきてからは九年です」

「どうしてＳＡＳにはいらなかったんだ」

「膝(ひざ)がよくないんです。一九八六年にウォリアーから降下したときに痛めたんです。二マイル走ると、がくがくしてきます」ワックスで固めた赤毛の口ひげは、左右にぴんととがって威厳をたたえ、グレイの目は輝きを放っている。きっとこいつなら、ドク・ホリデイに射撃を教えることもできた。いまのシャベスには、それがわかった。「お邪魔しました」射場長は歩き去った。

「えぇくそ」シャベスは小さくつぶやいた。さらに四回、速撃ちをやった。引き金を思い切って引く、手首の力を抜く、左手を心持ち下げる……よし……。三分後、標的の抵抗力を即座に奪う個所に、直径二インチの穴があいていた。いまのアドバイスを忘れぬこと、とディングは自分にいいきかせた。

となりの射座ではティム・ヌーナンが、やはりベレッタを撃っていた。シャベスの速さはなく、集弾力もやや劣るが、きっとそれなら全弾脳底部に命中して脳幹にはいり、そこは脊髄(せきずい)が脳とつながる部分だから、どれも即時の致死弾だろう。そのうち、ふたりとも弾が切れた。シャベスはイヤ・プロテクターをはずして、ヌーナンの肩をたたいた。

「今日はすこし鈍いようです」技術屋は面白くなさそうな顔でいった。

「いや、あれなら見事に倒した。きみもHRTにいたのか」

「ええ。でも、突入員(シューター)じゃなくて、あそこでも技術のほうでした。まあ、しかたないでしょう。いつもいっしょに撃ってはいたけど、一軍入りの腕はなかったから。どうしても思いどおりの速さでは撃てませんでした。ちと神経がとろいんでしょう」ヌーナンはにやりと笑って、ピストルを掃除するため通常分解した。

「ところで、人間探知機はどんなあんばいだ」

「あれにはおどろきですよ。もう一週間ください、改良型を使いこなせるようになるまで。アンテナにパラボラ式アタッチメントがついて、まるで『スター・トレック』もどきですが、いやあ、ほんとに人をみつけだすんです」しゃべりながら各パーツを拭きおえると、クリーニングと潤滑のためにブレイク－フリーのスプレーをかけた。「あのウッズってのは、なかなかいい射撃コーチですね」

「ああ、いまもちょっとした欠陥を直してもらったよ」ディングはいって、スプレー容器をつかみ、自分の制式オートマチックの手入れにとりかかった。

「わたしもFBIアカデミーで、主任コーチに奇跡みたいな矯正をしてもらいました。ただ両手で銃把をどうにぎるかというだけなんですね。それと引き金をガク引きしないこと」ヌーナンは銃腔にパッチをくぐらせてから、なかをのぞき、銃を組み立てた。

「こちらへきてなによりいいと思うのは、銃を携帯するのが、われわれぐらいのものだということですね」

「民間人は短銃を所持できないらしいな」

「ええ、数年前に法の改正があったんです。きっと犯罪率の低下につながると思いまず」ヌーナンは自分の考えをいった。「銃規制をはじめたのは二〇年代なんです、IRAを取り締まるために。効果はてきめんでしたね」FBI捜査官は自分の反語に声を立てて笑った。「なんといっても、わが国とちがって成文憲法がありませんから」

「きみは常時携帯してるのか」

「そりゃそうですよ」ヌーナンは顔を上げた。「警察官ですからね。腰に親友をつけていないと、裸になった気がしていけません。本部の鑑識に移って、駐車場にスペースをもらって、そんなときでもDCを丸腰では歩きませんでした」

「じっさいに使ったことはあるか」

ティムはかぶりをふった。「ありません。使ったことがあるのは、捜査官にも決して大勢はいませんが、FBI神話には欠かせないんですよ」目がまた標的を見た。「使わなくても身につけておきたい技術って、あるじゃないですか」

「うん、それはわれわれもおなじだ」レインボー隊員がどこへ行くにも銃の携帯が認められているのは、イギリス法の融通性で、対テロ組織の人間は常時勤務中にひとしいという根拠によるものだった。シャベスはあまり行使したことのない権利だが、ヌーナンの気持ちも理解できた。シャベスの見ている前で、彼は掃除をして組み立てたピストルにフル・マガジンを装着し、レバーを押し下げて遊底を閉じると、安全装置をかけてから、マガジンをはずしてもう一発入れた。銃はヒップ・ホルスターにもどり、予備マガジン二本がフラップ付きの外ポケットにおさまった。それも警察官の心得のうちなんだろう。

「じゃ、ティム」

「あとでまた」

ぜんぜんだめな人間もいるが、顔を覚えるのがなんでもないという人間がいる。これはバーテンダーにとっては役に立つ特技である。客がもう一度きたとき、好みの酒を覚えていてもらえるのは、うれしいことだからである。コロンバス・アヴェニューの《タートル・イン・バー&ラウンジ》のバーテンダーも、そのひとりだった。パトロール警官は正午に店があいた直後にやってきて、「オイ、ボブ」と声をかけた。

「ハーイ、ジェフ。コーヒーかい」

「ああ」若い警官はこたえて、バーテンダーがポットからスターバックスをつぐのを見ていた。バーにはめずらしく、ここはうまいコーヒーを飲ませる。このあたりではそれが〝ヤッピー風〟なのだ。シュガー一個、ミルク少々がはいり、カップが前に出された。

ジェフはこの地区を受け持って二年足らず、もうほとんどの事業所や商店の経営者と顔なじみで、むこうも彼のことを知っている。彼はまじめな警察官だが、飲食物のサービスを拒むことはなく、アメリカの警官が好むうまいドーナッツには目がない。

「なにか変わったことでも?」ボブがたずねた。

「失踪人をさがしてる」ジェフはこたえて、「この顔を知らないか」と、印刷されたチラシを出した。

「ああ、アニーなんとかだ。ケンダル・ジャクソン・リザーヴ・シャルドネが好きでね。常連だったんだけど、このところ見かけない」

「じゃ、これは」二枚目のチラシがカウンターに置かれた。ボブは一秒か二秒見た。

「メアリー……メアリー・バニスター。階段の、ほら、手すり（バニスター）みたいな名前だと思ったから、覚えてるんだ。やっぱり最近こないな」

パトロール警官は自分の幸運が信じられなかった。「そのふたりについて、なにか知ってることはないか」

「ねえ、いま失踪人っていったよね。誘拐でもされたのかい」

「そうなんだ」ジェフはコーヒーをひとくち飲んだ。「こちらはＦＢＩの仕事」と、バニスターの写真をたたく。「こっちはわれわれの関係だ」

「へえ、あのふたりがねえ。といっても、あんまり知らないんだ。前はどちらも週に二、三度やってきて、踊ったりなんかして、ほら、男あさりの独身女っているだろう」

「よし、それじゃ、あとで担当の者が話をききにくるから、なにか思いつくことがないか、考えといてくれないか」警官はボブがふたりの失踪にからんでいる可能性も考えたが、犯罪捜査には賭（か）けなくてはならないこともあるし、まあその可能性はうんと低いと思っていい。ニューヨークのウェイターやバーテンダーには俳優の卵が多いが、この男が記憶がいいのは、それでかもしれない。

「わかった。それにしても、誘拐とはねえ。このごろあんまりきかないけど。へえ」おどろきをその一語でしめくくった。

「〈裸の町〉には八百万のエピソードがあるんだよ。じゃ」警官はいって、ドアに向かった。なんだか一日の仕事の大半をおえたような気がした。外に出るとすぐ、ショルダー・ループにとめた無線マイクを使って、分署にあらたな情報を入れた。

グラディの面はイギリス側に割れているが、赤毛のあごひげと眼鏡はうまく顔を変えて、注意深いおまわりに見破られる危険をじゅうぶん減じてくれるだろう。そう本人は思った。いずれにせよ、ここにはロンドンほど警察官の姿は多くない。ヘリフォードの基地のゲートは記憶するとおりで、そこから地元の公立病院まではいくらもなかった。病院の道路、路肩、駐車場をつぶさに調べて、気に入らぬところがないのを確認し、フィルム六本を使ってニコンにおさめた。頭のなかでまとまりつつある計画は、単純なものだった。いい計画はみな単純なのだ。道路の配置、ひらけた場所の地理的条件、すべて彼に有利に思われた。奇襲性が最大の武器になるのは、いつもどおりである。イギリスでいちばん優秀な、そして危険な軍事組織の間近での作戦だから、奇襲性はぜったいに必要だ。距離から時間的条件が割り出せる。作戦遂行に要する時間は、最大で四十分、最小で三十分だろう。人員は十六人だが、十六人の精鋭をそろえることができる。装備は金で買える。病院の駐車場にとめた車のなかで、彼は考えをめぐらした。よし、これはやれる。やってやる。ひとつだけ問題なのは、昼か夜かだった。常識的には夜だが、対テロ組織は夜を好む。というのは、彼らの暗視装置は戦術的に昼夜の区別をなくすのにひきかえ、グラディらテロリストは、彼らほど夜間作戦に慣れていないからである。そのことは最近のベルン、ウィーン、ワールドパークでも、警察側にだんぜん有利にはたらいた。ならば、いっそ白昼にやってやるか。仲間とも相談するとしよう。そう結論して、グラディは車のエンジンをかけ、ガトウィック空港へ引き返した。

「ええ、ジェフに写真を見せられてから、ずっと考えていたんです」バーテンダーはいった。名をボブ・ジョンソンといった。いまは夜の仕事にそなえて、白のタキシード・シャツ、黒のカマーバンド、ボウタイというスタイルだった。

「この女性を知ってるそうだね」

「ええ」自信をもってうなずいた。「メアリー・バニスター。もうひとりはアン・プレツトロウ。よくきてましたよ。感じの悪い人たちじゃなかったですね。踊ったり、男といちゃついたり。ここは夜になると、とくにウィークエンドは込むんです。だいたい八時ごろにやってきて、帰るのは十一時か十一時半でした」

「ひとりでか」

「帰るときですか。たいていひとりだけど、そうじゃないときもありました。アニーには気に入りの男がいました。ハンクという名で、ラスト・ネームは知りません。白人で、髪は茶色、目も茶色、身長はわたしぐらいで、腹が出かかっているけど、太りすぎってほどじゃないです。弁護士のようです。今夜もくるでしょう。常連といっていい人だから。ほかにもうひとり……たしかアニーを最後に見たときに……なんといったっけな、あの男……」ジョンソンはカウンターに目を落とした。「カート、カーク、そんなような名前だった。そういえば、メアリーもその男と一度か二度踊ってるのを見ました。白人で、背が高くて、いい男で、このところきていないけど、ジム・ビームのウィスキー・サワーが好きで、チップもはずんでくれました」バーテンダーはチップをはずむ客と、けちる客をよく覚えている。「ハンターでしたね」

「え?」サリヴァン捜査官がききかえした。

「ガール・ハントですよ。こういう店にくる男は皆そうですよ」

このバーテンダーは天の助けだ。サリヴァンもチャタムもそう思った。「しかし、このところきていないって?」

「カートって男ですか。ええ、この二、三週間、いや、もっとかな」

「モンタージュ作成を手伝ってもらえそうか」

「アーチストが話をきいて似顔絵をかく、あれですか」ジョンソンがききかえした。

「そう」チャタムがこたえた。

「やれると思います。女の客のなかにも、あの男を知ってるのがいるかもしれませんよ。きっとマリッサなら知ってます。常連で、だいたい毎晩あらわれます、七時か七時半ごろに」

「では、すこし待たせてもらうか」サリヴァンが時計を見ていった。

ミルデンホール英空軍基地は真夜中だった。マロイはナイト・ホークを駐機場から離陸させて、ヘリフォードめざし西へ方位を取った。操縦装置はいつにもましてめりはりがきき、あたらしいパーツとやらもなかなかいいものだった。なんのパーツかと思ったら、それがじつは燃料計で、残存燃料を針でなくデジタルでしめすようになっていた。またトグル・スイッチの操作で、表示がガロン（英ガロンでなく米ガロン）かポンドに切り替わる。いいアイデアだ、と彼は思った。夜空は比較的晴れて、これはイギリスではめずらしいが、月はないから暗視ゴーグルをかけてきた。暗視ゴーグルは闇をグリーンがかった薄闇に変え、視力を一・〇から〇・五に落とすが、それでも暗くてなにも見えないよりは格段にいい。電線がこわいから、ひっかけないように高度を三百フィートに保った。ヴェテランのヘリコプター・パイロットなら、だれでもそうする。後部機室に搭乗部隊はなく、乗っているのはナンス軍曹だけで、彼はそのほうが兵士の気分でいられるから、いまでもピストルをつけていた。特殊作戦部隊には、およそじっさいに使いそうもない隊員まで、拳銃携行が許されていた。マロイはベレッタＭ９をフライト・バッグに入れていた。ショルダー・ホルスターなんて、いかにも仰々しく、海兵隊員にはなおさらだった。

「病院のヘリ・パッドにヘリ一機」ハリスン中尉がみつけて教えた。自分たちの機は、基地に向かってななめに突っ切るところだった。「飛行灯をつけて方向転換中」

「了解」マロイも確認していった。いまあれが離陸しても、こちらはじゅうぶんはなれて飛んでいる。彼は上方に目をくばって、ヒースロウやルートンを発着する旅客機のライトの明滅がないことを確認してから、「この高度に他機はいない」とつげた。死にたくなかったら、いっときも周辺監視を怠ってはならない。もしもＤＣのアナコスティア海軍基地でＶＭＨ１をまかされたら、レーガン・ナショナル空港の航空機発着量からして、常時超混雑した空域を飛ぶことになる。彼は民間航空のパイロットに敬意は表するが、その技量を自分の技量ほどには信頼していない。ただし、彼らは彼らで軍のパイロットにたいし、同様の見かたをしていることも知っていた。パイロットで食っていくには、自分こそ最高のパイロットだと思わなくてはならない。ただし、マロイのばあい、自分はじっさいそうなのだと思っていた。隣席のハリスンも、将来なかなか有望だ。ただし、どこか地の果てみたいなところで航空管制官などにならず、軍にとどまればである。やっとヘリフォードのヘリ・パッドが見えてくると、マロイはまっすぐそちらに機首を向けた。五分後には地上に降りて、ターボシャフト・エンジンのクールダウンをおえ、それから二十分後、ベッドにもぐりこんでいるだろう。

「彼はやります」と、ポポフはいった。そこは隅のボックス席で、バックグラウンド・ミュージックが秘密の会話を可能にした。「まだ確答はありませんが、きっとやります」

「どういう男だ」ヘンリクスンがきいた。

「ショーン・グラディという名前を知ってますか」

「PIRA……ロンドンデリーで活動していただろう」

「主にあそこでした。これまでにSASを三人捕らえて……始末しています。件数としては二件です。そのあとSASは、彼を三度ねらいました。一度はすんでのところで逃がし、近しい仲間だけ十人ほど排除しました。彼はそのあと、組織内の内通者と思われる何人かを処分しています。冷酷な男です」ポポフは断言した。

「そうなんだ」と、ヘンリクスンがブライトリングにいった。「そいつが捕らえたSASをどうしたかという記事を読んだ覚えがある。あまり愉快な話じゃなかった。残忍非道とはあれだ。この仕事をやるだけの人数はそろうのか」

「と思います」ドミトリ・アルカデエーヴィッチはこたえた。「ただし、値を吊り上げてきました。五百万といったら、六百万プラス麻薬だというんです」

「麻薬？」ヘンリクスンが意外そうにききかえした。

「待ってくれ。ＩＲＡは麻薬売買を許さなかったんじゃないのか」ブライトリングがいった。

「現実社会に生きるとなると、べつでして。年来ＩＲＡは、アイルランド全土で麻薬売人を排除してきました――なるべく世間に知れるように、制裁はもっぱら膝撃ちで。心理的・政治的効果をねらってです。いまはどうやら、活動のための恒常的資金源にしようとしているようです」ドミトリは説明した。その席のだれにも、事の道徳性は重要ではなさそうだった。

「いいだろう、その要請にはこたえられると思う」ブライトリングが、いささか不快をしめしていった。「膝撃ちとはなんだね」

「ピストルを膝裏にあてがって撃つ」ビルが説明した。「膝蓋骨が粉々に砕ける。猛烈に痛く、一生不具になる。内通者や、ほかにも気に入らぬやつは、そうやって処分したものだ。プロテスタントのテロリストは、おなじことをブラック＆デッカーの電動ドリルでやった。なめたまねをするとこうなるという見せしめだな」

「ひどいことを」ブライトリングのなかの医者がいった。

「だからテロリストと呼ばれるんだ」と、ヘンリクスン。「このごろはただ殺すだけだ。グラディの残酷は、前から有名なんだろう」

「そうです」ポポフはいった。「彼がこの仕事を引き受けるのは間違いありません。そもそものコンセプトが気に入り、あなたの示唆したやりかたも気に入ってます」ワインをひとくち。「彼はIRAを政治的に引っ張りたいと思っているので、それにはなにかドラマチックなことをやるにかぎるんです」

「アイルランド人てのはそうなんだ。悲しい愛とたのしい戦いの地だよ」

「成功するかね」ブライトリングがきいた。

「構想はなかなかいいですね。ただ忘れないでほしいのは、彼にとって成功とは、まず主目標たる女性二名の、ついで対応チームの兵何名かの殺害だということです。それさえやってしまえば、あとは作戦地域を脱出し、アイルランドの安全圏へもどろうとするにちがいありません。この種のオペレーションは、無事生きのこるだけでも、政治的目的のためには、じゅうぶん成功といえます。本格的軍事行動など、彼にとっては狂気の沙汰であり、グラディは狂人ではありません」ドミトリはしゃべりながら、自分でも本当にそう思っているのかどうか、じつはわからずにいた。革命家なんて、所詮、皆狂人ではないのか。夢に人生を支配させる人間なんて、理解しがたい。首尾よく成功した男たち、今世紀ならレーニン、毛沢東、ガンジーといったところだが、彼らは夢をうまく利用したにはちがいないが、しかし、三人のなかでだれが本当に成功しただろう。ソヴィエト連邦は崩壊し、中華人民共和国も、ソ連の運命を決めたのとおなじ政治的・経済的現実に、いずれは屈するだろうし、インドはいぜんとして経済破綻(はたん)国で、なんとか停滞状態で生きのびているにすぎない。その伝でいくと、アイルランドはIRAの天下盗(と)りよりも、イギリスとの経済的結婚ということになる運命が濃厚だ。キューバにはすくなくとも南国の太陽があって、寒い思いだけはしない。資源らしい資源もないアイルランドは、どこかの国との緊密な経済的結びつきが必要で、いちばん近いのはイギリスだ。ただし、これは食卓の話題にできることではない。

「するときみは、彼がヒット・エンド・ラン戦法を取ると思うんだな」

ドミトリはうなずいた。「それ以外のことは、やっても無意味です。だいいち、われわれから受け取った金を、生きて使いたいでしょう――彼の増額要求分を認めると仮定してですが」

「百万やそこらの増額がなんだ」ヘンリクスンが笑いをこらえながらいった。

ふたりともそんな大金をはした金と思っているのか。そうと知ると、ポポフはまたしても、彼らがなにか途方もないことをたくらんでいるという事実を突きつけられた。いったいそれはなんなのか。

「金はどうすればいい。キャッシュか」

「いや、スイス銀行のナンバー口座に振り込むといいました。その手配はわたしがやれます」

「すでに必要なだけロンダリングしてある」と、ビルは雇用主につげた。「明日にでも用意できる」

「すると、わたしはまたスイス行きですね」ドミトリははずまぬ声でいった。

「飛び疲れたかね」

「ずいぶん飛びまわりましたからね、ドクター・ブライトリング」ポポフはあからさまなためいきを洩(も)らした。時差ぼけが顔にも出ていた。

「ジョンと呼んでくれ」

「では、ジョン」ポポフはうなずき、ボスの顔にはじめて、まぎれもない思いやりを見いだし、ちょっと意外の念を抱いた。

「わかるよ、ドミトリ」と、これはヘンリクスン。「わたしもオーストラリア行きはこたえた」

「ロシアで生まれ育つというのは、どんなことだった」ブライトリングがたずねた。

「アメリカよりは困難だったでしょう。校内暴力もこちら以上でした。犯罪というほどのものではなく、たとえば少年たちの喧嘩(けんか)で、これはずいぶんありました。少年の世界にある支配権争いですね。学校当局もたいてい見て見ぬふりをしていました」

「きみはどこで育った」

「モスクワです。父もKGB将校でした。わたしはモスクワ国立大で学びました」

「専攻は」

「語学と経済学です」前者は非常に役立った。後者は、マルクス経済学が有効なものでないことがはっきりしたから、まるでむだだった。

「市外に遠出することはあったかね。こちらのボーイスカウトがやるように」

ポポフは顔で笑いながら、話の先行きをいぶかり、なぜそんなことをきくのだろうと考えた。だが、調子を合わせた。「子どものころのいちばんたのしい思い出はそれです。わたしは開拓少年団にはいっていました。国営農場へ行って、収穫を手伝い、あなたがたアメリカ人のいう〝自然に親しむ〟というのをやりました」そして十四になり、初恋を経験した。イェレーナ・イヴァーノヴナ。いまどこにどうしているだろう。一瞬ノスタルジアにおそわれるとともに、暗がりでの彼女の肌の感触が思いだされた。はじめて知った女体……。

ブライトリングは遠くを懐かしむ笑顔を見て、それを自分が望んでいる心の動きのあらわれだと思った。「たのしかっただろう」

初恋の話なんかききたくもないだろう。「ええ。あんなところで暮らせたらどんなだろうと、よく思ったものでした。いつも背中に日ざしを浴びて、土にまみれて働いて。

父とふたりでよく森を歩き、茸狩りをしました。当時六〇年代、森を歩いて茸を取るのは、ソヴィエト市民だれしものレジャーでした」大方のロシア人とちがい、自分たち親子は父の公用車で出かけて行った。しかし、少年ならだれでもそうだが、自分にとっても、森はアドヴェンチャーとロマンチシズムの場所であり、父と過ごす時間もたのしかった。

「あちらの森に動物はいたかね」ビル・ヘンリクスンがきいた。

「野鳥はよく見ました、いろんな種類のを。それから、ヘラジカを——こちらではムースというんですか、たまに見ましたが、もう数はすくなかったですね。国の狩猟官が、みつける先々殺していましたから。彼らの一番の獲物は狼です。空からヘリコプターで狩るんです。われわれロシア人は、あなたがたアメリカ人のように狼好きではありません。凶暴な狼が人を殺したという話が、民間に数多く伝わっているからです。たいていは嘘だと思いますが」

ブライトリングはうなずいて、「それはこちらでもだ。狼なんて、ただの大型野犬だ。その気になれば、飼いならすこともできる。現にやっている人もいる」

「狼はクールな動物だ」ビルがいいそえた。彼も何度か飼ってみることを考えたが、それには広い土地が要る。《プロジェクト》が成就したら、たぶんできるだろう。

これはいったいどういうことだろう。ドミトリは話に調子を合わせながらいぶかった。

「前から熊を見たいと思っていましたが、もうモスクワ近辺には一頭もいません。動物園でしか見られませんでした。わたしは熊が好きでしてね」ひとこと嘘をつけたした。昔から熊がいちばんこわかった。ロシアでは子どものころから熊の話をきかされ、狼の話ほど自然に反しはしないが、きいてたのしい話はほとんどない。大型野犬？　狼が草原地帯の住人を殺すのは事実だ。農民は狼をきらい、ヘリコプターに機関銃をのせてやってくる狩猟官を歓迎する。空から追い詰めて、殺してくれるから助かる。

「ジョンもわたしも自然愛好派でね」ビルが説明し、ウェイターに手を上げて、ワインをもう一本頼んだ。「昔からだ。ボーイスカウトのころから。ボーイスカウトはきみらの開拓少年団にあたるかな」

「ソ連では、国は自然に優しくなかったんです。環境問題はアメリカの比ではありません。アメリカから視察団がきて被害調査をし、汚染問題等の対応策を助言しています」とくに深刻なのがカスピ海で、汚染はチョウザメをほとんど絶滅に追いやり、その卵でつくるキャビアがつくれなくなった。キャビアは年来ソ連にとって、重要な外貨獲得手段のひとつだったのだ。

「あの汚染は犯罪的といえた」ブライトリングが沈痛な顔で同意した。「しかし、汚染はいまや地球的問題だ。人は自然をもっと大事にしなくてはいけないのに、しない」そこから何分か講釈がつづき、それは簡便な出来合いのレクチャーらしかったが、ドミトリは儀礼的に拝聴した。

「アメリカでは大きな政治運動になっているようですね」

「まだまだ勢力としては弱い」ビルはいった。「しかし、重要だと思っている者もすくなくない」

「そういう運動は、ロシアにもあっていいと思います。なんの役にも立たぬ大量の破壊がおこなわれて、嘆かわしいかぎりです」ポポフはいったが、半分は本音だった。国はもっと資源を保護して、適正な開発をめざすべきであるのに、地元の無能政治家がその正しい利用法を知らないものだから、ただむやみに破壊してしまう。しかし、ソ連はなにをやらせても、そのやりようのまずさは恐ろしいほどだった。例外はエスピオナージュだけ、とポポフは頭のなかで付け加えた。ひきかえ、アメリカはちゃんとやった。都市はロシアの都市よりも清潔で、それはこのニューヨークもおなじだ。どんな都市からも車で一時間走れば、もうそこには緑の草が茂り、生産性の高い、きれいな農場が目につく。だが、そんなことよりも、いまは大いなる疑問が頭をもたげていた。テロ事件を起こす相談だったのが、どうしてこんなところへはいりこんだのか。自分がなにか誘うようなことをしただろうか。していない。とつぜん雇用主が、話頭をそちらへ向けたのだ。偶発事ではなかった。とすると、ふたりは彼になにかさぐりを入れているのでは──だが、なんのために。この自然レクチャーはなんだ。彼はワインをちびりとやって、ディナーの同席者にじっと目をあてた。「じつをいうと、わたしはまだアメリカをろくに見ていないんです。国立公園なんか、ぜひ見たいですね。あの間欠泉があるのはどこでしたっけ。ゴールドストーン——とかいいませんか」

「イエローストーンだ、ワイオミングの。アメリカでいちばん美しいところといっていいだろう」ヘンリクスンはロシア人に教えた。

「いや、それならヨセミテだ」ブライトリングが反論した。「カリフォルニアにある。世界一美しい谷だ。いまは観光客に踏み荒らされているが、なに、きっとそれも変わる」

「イエローストーンも状況はおなじだよ、ジョン。しかし、それも変わる。やがてそのうち」ビル・ヘンリクスンはそうしめくくった。

変わるということに、ふたりともばかに確信を持っているみたいだった。しかし、アメリカの国立公園というのは、連邦政府によって、一般市民のために運営されているのではないのか。それはそうだ、税金でまかなわれているのだから。エリートにだけ許されたものは、この国にはない。万人平等——ソ連の学校でも教わったことだが、ここではそれがじっさいに生きているのだ。一方の国が崩壊し、他方の国がいっそう強くなった、いまひとつの理由だろう、とドミトリは思った。

「〈それも変わる〉とは、どういう意味ですか」

「考えかたとしては、土地におよぼす人の影響を減らすということで、それはそれでいいんだが、その前にまず起きなくてはならぬことがある」ブライトリングはこたえた。

「そう、ほんのひとつかふたつ」ヘンリクスンもあいづちを打って、小さく笑った。そこで彼は、もうじゅうぶん〈さぐり〉を入れたと判断した。「で、ドミトリ、グラディがいつ決行するか、どうやって知るんだね」

「電話してみます。携帯電話の番号を教えられていて、一日のうち決まった時間帯に利用できるんです」

「手堅いやつ」

「手堅いですよ。われわれは一九八〇年代、彼がベカー高原にいたころからの仲です。電話は携帯で、それもおそらく赤の他人のクレジット・カードで買ったものでしょう。あれは情報工作員にはじつに重宝です。よくよく高級な装置を備えなければ、容易にトレースできません。アメリカにはそれがあり、イギリスにもありますが、それ以外にはあまりないでしょう」

「よし、きみがいいと思ったらすぐ連絡してくれ。われわれとしては、これはぜひ実現したい。なあ、ジョン」

「むろんだ」ブライトリングはきっぱりいった。「ビル、明日送金手続きをしてくれ。ドミトリ、きみはスイスへ飛んで、口座をひらいてもらいたい」

「承知しました」ポポフがこたえたところへ、デザート・カートがやってきた。

グラディのこの仕事にたいする意気込みは、だれの目にも明らかだった。ダブリンは午前二時になろうとしていた。写真は組織に親しい者の手で現像され、うち六枚は拡大されていた。大判の写真は壁に貼られ、小さいのはテーブルに広げた地図の、それぞれ該当場所に置いてあった。

「彼らはここから、この道を通ってくる。駐車する場所はここしかないだろう」

「そうだな」ロドニー・サンズがたしかめ、同意した。

「そこでだ、ロディ、こういうふうに……」グラディは行動計画を概略説明した。

「通信手段は」

「携帯電話だ。各自一台持って、短縮ダイアルをセットしておき、情報を迅速適確に交換できるようにする」

「武器は」ダニー・マコーリーがきいた。

「武器はいくらもある。むこうが対応行動にあてる人数は五人、多くても十人、それ以上ということはない。これまでの出動も十人ないし十数人で、それはスペインでもおなじだった。ビデオでかぞえただろう。こちらは十六人、むこうは十人、さらにこちらには、両方の局面で奇襲の利がある」

双子のバリー兄弟、ピーターとサムは、はじめは懐疑的だったが、作戦が迅速に決行され……予定どおりに進めば……うん、いけそうだ。

「ふたりの女はどうする」ティモシー・オニールがきいた。

「どうする？」グラディがききかえした。「女たちは主目標だ」

「身重の女だろう、ショーン……政治的によくないんじゃないか」

「アメリカ人だし、どちらの亭主もおれたちの敵だ。敵をおびき出すための餌に使う。すぐには殺さないし、状況によっては生かして、亭主の死を嘆かせてやる」グラディは年下の男の良心の負担を減らすために、そう付け加えた。ティモシーは意気地なしではないが、まだどこかにブルジョア階級の感傷をひきずっていた。

オニールは折れて、うなずいた。グラディの機嫌を損ねるのはためらわれたし、なんといっても彼はリーダーだった。「じゃ、おれは自分のグループを率いて、病院にはいるんだな」

グラディはうなずいて、「そうだ。ロディとおれは、掩護グループといっしょに外で待つ」

「わかった」ティモシーはいい、そのひとことでミッションに加わった。もうあとへは引けなかった。

第26章 結論

こういう捜査でひとつ問題なのは、へたをすると相手を警戒させてしまうことだが、それは致し方もないことだった。サリヴァンとチャタム両捜査官は、真夜中近くまでバーのなかを動いてまわり、女性客のなかでメアリー・バニスターを知っているのをふたり、アン・プレットロウを知っているのをひとりみつけた。前者からは、バニスターが踊っていた相手の男の名前がききだせた。その晩はきていなかったが、店の常連で、かなり大勢の女に教えてあるらしい電話番号から、住所はすぐにわかりそうだった。真夜中が近づき、ふたりは引き上げることにした。賑(にぎ)わっているバーで、コカコーラ以上のものは飲まずに何時間も過ごして、なんだかばかみたいだったが、あらたな手がかりを得たのだから徒労ではなかった。これまでのところ、ありきたりの事件である。サリヴァン特別捜査官は、いまのところはスーパーマーケットで夕食の買い物をしているようなものだと思った。棚にただ手をのばして、あれこれ食品をえらんでいるが、えらんだものがキッチンでどう変わるかは、まるでわかっていないのだ。

「おはよう、ベイビー」ディングは声をかけ、反対側に転がってベッドを出ると、いつものとおり一日のはじまりになるキスをした。

「ハーイ、ディング」パッツィーは寝返ろうとしたが、むずかしかった。大きなおなかをかかえては動きもままならず、ただ上を向いて眠るのも、寝返るのも容易でない。分娩の苦痛はかならずあるとわかっていても、パトリシア・クラーク・シャベスは待ち遠しくてならなかった。このあいだまで平らな、脂肪ひとつなかった個所の、いまはぱんぱんに張った皮膚をさすった。

「ちびはどうしてる」

「目を覚ましたみたい」遠くに思いをはせる笑顔で、彼女は男ならどんな子で、女ならどんな子だろうと考えた。ディングはぜったい男と決め込んで、それ以外は考えてもいないみたいなのだ。ヒスパニックの血がそうさせるのだろうと思う。医者の彼女には、そのまねはできない。ただ、男にせよ女にせよ、健康な子であることはほとんど確信できた。三か月にはいって、最初の〝コツン〟があってから、おなかの子どもは今日までずっと活発だった。「ほらきた」羊水の池のなかで彼または彼女が動くと、パッツィーは報告した。

ドミンゴ・シャベスは掌に感じると、にっこりして、もう一度かがんで妻にキスをしてから、バスルームに向かい、歩きながら「愛してるよ、パッツ」といった。いつものように、この世はあるべきとおりにあった。バスルームへの途中で育児室をのぞいた。壁には小動物の彩色画が貼（は）られ、ベビーベッドは明日からでも使える。もうすぐだぞ、と彼は自分にいった。産科医の話では、もういつ産気づいてもおかしくないが、初産（ういざん）は遅れるのがふつうだという。十五分後、彼は朝着るスウェットスーツを着て、玄関に向かった。コーヒーをすこし飲んだだけで、腹にはなにもはいっていない。運動の前に食事をしたくないのだ。車をほんのみじかい距離走らせてチーム2の建物に着くと、すでに全員そろっていた。

「おはよう、エディ」プライスに声をかける。

「おはようございます、少佐」最先任上級曹長はあいさつを返した。五分後、チームは全員朝の訓練着で芝生にあつまった。今朝はマイク・ピアス軍曹――いぜんチームの最多殺害者――が、ランニングのリーダーをつとめる。十五分の柔軟体操がおわり、これより朝のランニングがはじまる。

「空挺（くうてい）レンジャー空からジャンプ」ピアスが節（ふし）をつけて大声でいうと、あとの者が声を合わせた。「からっぽ頭でふわふわ降下」

伝統の掛け合いは、シャベスの耳には心地よくひびく。彼はフォート・ベニングで、レンジャー教程を修了しているが、ジャンプ教程はやっていないのだ。地上の敵の格好の標的になるだけで、撃ち返すこともできない落下傘(らっかさん)よりも、ヘリコプターで戦闘加入するほうが、どれほどいいか知れない。空中標的なんて、考えただけで身がすくむ。だが、チーム2のなかで降下経験がないのは自分ひとりで、したがって自分だけが〝ファッキング・レッグ〟、すなわち地上しか知らぬ歩兵(ストレート・レッグ)である。銀色のアイスクリーム・コーン型記章をつけた、えらばれた男たちの仲間ではない。しかし、不思議に今日までだれからもそれを冷やかされたことはないな――と思っているうちに、トラックの最初のマイル棒を過ぎた。ピアスはランナーとしても一流で、速いペースで先頭を走っているのは、もしかしたら落伍者(らくごしゃ)を出してやろうと思っているのかもしれない。だが、そうはいかない、とだれもが思っていた。うちではいまごろパッツィーが、病院の救急室に出勤する用意をしているところだな、とディングは思った。目下のところ救急医学に志望がかたむいており、それだと一般外科医の認定書を取ることになる。どういうものか彼女は、いまだに専門分野をえらんでいなかった。なんでもやれる頭脳はあり、小ぶりな手は外科医にはうってつけだろう。よく手先の訓練にカードをいじっているが、この二、三か月のあいだに、すっかり中抜き（訳注　カード配りのいかさま）の腕を上げていた。目の前でやって見せるのだが、目を皿にしてみつめていても、どうしてもわからず、これにはおどろきもするが、癪(しゃく)でならなかった。運動神経が抜群なんだな。そう思って誇らしい気持ちになったとき、ランニングは三マイル目にはいった。最初の疲れが出るのはここだ。三マイルにはいると足が、もうだいぶ頑張ったからすこしペースを落としたいと考えはじめる。すくなくとも、ディングのばあいはそうだ。チームにマラソンをやっているのがふたりいて、これまで彼が見てきたかぎりでは、そのふたり、ロワゼルとウェバー、それぞれチーム一の小男と大男は、疲れるということをまるで知らない。わけてもドイツ人、国防軍（ブンデスヴェア）の山岳戦技学校出身者で、上級登山資格（ベルガーマイスター）の記章をつけたウェバーは、みずからタフをもって任ずるシャベスに、こんなにタフな男は見たことがないと舌を巻かせるタフガイだった。一方ロワゼルは、まるでちびの野兎（のうさぎ）で、その敏捷（びんしょう）な身ごなしには、外目に見えぬ力が秘められている。

あと十分、とシャベスは自分を励ました。足が文句をいいはじめたが、それはみじんも表に出さず、顔には強い意志とゆとり、幾分退屈の色さえうかべて、両足はトラックの石炭殻（シンダー）をたたきつづけた。チーム1もトラックの反対側を走っていた。たがいに競わないのはいいことだった。それぞれタイムは測っているが、対抗意識をむきだしにしようものなら、レインボーの全員がめちゃめちゃな走りをはじめて、負傷者を出すのがおちである。定常訓練での負傷者はもうたくさんだった。チーム2もようやく故障者が全員完治して、いまは任務能力にいささかの欠如もなかった。

「全隊——速歩！」ようやくピアスの号令がとんで、朝の苦行がおわった。五十メートルの速歩ののち、チームはとまった。

「諸君、いい朝(グッド・モーニング)だ。全員目が覚めて、また一日、世界を悪(わる)から守る準備はなったと思う」ピアスは笑顔に汗をうかべていった。「シャベス少佐」と声をかけてから、彼は隊列の自分の位置にもどった。

「みんないい走りだった。ピアス軍曹、ご苦労だった。これよりシャワーを浴びて朝食。解散」その命令で五人ずつ二列の隊伍は解け、男たちはシャワーで汗を流しに建物に向かった。ランニングによる手足のつっぱりがのこり、いますこし屈伸をする者もいた。肉体の酷使にたいするみずからの報酬、エンドルフィンの分泌(ぶんぴつ)がはじまって、〝ランナーの高揚感(ハイ)〟といわれる状態がやってくる。二、三分たつと、それはすばらしい充足感となって、午前中心地よくひたることができる。すでに男たちは、仕事に関係のあることと、ないこと、さまざまなことを話題にして、朗らかにやりとりしていた。

イングリッシュ・ブレックファーストといっても、アメリカン・ブレックファーストとさして変わりはなく、ベーコン、卵、トースト、それにコーヒー（好みによりイングリッシュ・ブレックファースト・ティー）が、あらたな一日を迎えての燃料である。隊員それぞれの代謝率によって、軽くすませる者もいれば、朝からしっかり食べる者もいる。もう全員制服に着替えていて、食事がすんだら各自のデスクへ向かう。今日はティム・ヌーナンが、通信の安全性についてレクチャーをすることになっている。Ｅ－システムズの新型無線機は、あらためて紹介するにはおよばないのだが、ヌーナンは暗号化システムの仕組みも含めて、みんなにすべてを知っておいてもらいたいのだった。これでもう隊員間の交信を第三者が盗聴しようとしても、空電雑音しかきこえない。従来もそこまではできたが、新型携帯無線機にはヘッドセットと、顔の前にのびる糸のように細いマイクがついて、ヌーナンがシャベスにつげるところによると、技術上の一大進歩なのだった。ついでビル・トウニーから、三度の出動任務について、情報・捜査両面におけるその後の展開の報告がある。そのあとは射場へ行って、昼食前の射撃訓練だが、今日は実弾や生身の人間を使っての演習はない。かわりにマロイのヘリコプターからのロープ降下演習がある。

レインボーにとっては、ルーティーンながら、スケジュールでぎっしりの一日がはじまる。シャベスは〝退屈な〟を添えたいところだったが、ジョンがルーティーンを変えようと懸命に努力していることを知っていた。それに、基本を訓練するのは、それがちゃんと仕事をするための基本だからであり、戦術的状況が悪化して、どうすればいいか考える余裕のないとき、頼みとするのは基本だからである。いまではもうチーム2の隊員は皆、仲間ひとりひとりの考えていることがわかる。だから、演習でじっさいのシナリオが、突入前に知らされた状況とちがっていても、隊員はときには言葉を交わすこともなしに状況に対応する。それというのも、ひとりひとりが、パートナーや他の隊員がどういう行動に出るかを、テレパシーで伝え合ったかのように、ちゃんと承知しているからである。それは知的刺戟(しげき)には乏しくても、真剣そのものの訓練の賜物である。いまやチーム2も、ピーター・コヴィントンのチーム1も、考える有機的生物体と化して、部分部分が適確に行動し、それも本能で動いているというふうだった。あらためて考えると、シャベスはおどろくべきことだと思うのだが、訓練演習中は呼吸をするのとおなじほど、すべてが自然にはこんでいた。それがワールドパークで、机のむこうへとんだマイク・ピアスの動きにもあらわれていた。あれは訓練メニューのなかにはなかったが、彼はやってのけ、しかも完璧(かんぺき)にやってのけ、唯一(ゆいいつ)狂いを生じたことといえば、最初のバースト射が犯人の頭部にはいらず、背中を上から下へ点々と穴をうがったことで——待つほどのこともない致命傷にはなっただろう——頭をふっとばしたのは、二度目のバースト弾だった。撃つ(ダダッ)。あたる(ブスッ)。飛散する(バシャッ)。また他の隊員たちは、ピアスが自分の担任区域をかならずカバーし、そこにいる敵を倒したら、ほかを支援することを信じていたのだ。この手の指とおなじだ、とシャベスは思う。固まれば凶暴なこぶしにもなるが、一本一本が頭脳を持つから、個別に仕事をやってのけることもできる。その指が、ぜんぶ自分の部下なのだ。なによりすばらしいのは、そのことだった。

武器の調達は、いちばん簡単なことだった。外部の者がきくとコミカルだが、アイルランド人に銃を持たせると、栗鼠(りす)に胡桃(くるみ)を持たせるのとおなじで、かならずどこかに隠すのはいいが、どこに隠したか忘れてしまうことがある。何十年来、あちこちからＩＲＡに武器が送られ、その大半をＩＲＡは、きたるべき日にそなえて隠匿してきた。すなわち、全アイルランド民族が暫定派のリーダーシップのもと、イギリスの侵入者にたいして立ちあがり、彼らを聖なるアイルランドの地から永久に駆逐する……その日のために、とグラディは思う。彼自身、すでに三千挺以上の銃を埋めた。大部分がロシア製ＡＫＭＳ突撃銃で、ここティペラリー郡の農地に埋めたのもそれだった。農家の建物から丘ひとつ越えて、オークの巨木の四十メートル西の地点に埋めた。地中二メートル――六フィート――農業用トラクターが傷つけたり、偶然掘り起こしたりしない深さ、一時間の手掘りで取り出せる浅さである。ぜんぶで百挺、昔レバノンで知り合った面倒見のいい男から、一九八四年に届けられ、一挺に実包入りプラスチック・マガジンが二十本ついていた。いくつかの箱に分けておさめられ、銃と弾薬は湿気にやられぬよう、ロシア人得意の油紙でくるんであった。包装はまだほとんどどれも完全だったが、それでもグラディは注意してえらんだ。二十挺取りのけて、順に包装をはがし、錆や腐食のないことをたしかめてから、ボルトを操作してみた。どれもみな梱包用グリースの変質もなく、カザンの銃器工場を出たときのままだった。ＡＫＭＳはＡＫ47の近代化モデルで、折りたたみ式のショルダー・ストックのため、フルサイズの軍用ライフルにくらべ格段に隠しやすい。なによりもいいのは、自分たちがレバノンで訓練に使ったのが、この型の銃であることだった。使いやすさ、隠しやすさ、信頼性――今回の目的には、これ以上はないという長所である。十五挺えらんで、三十発入りマガジン三百本といっしょに車の荷台に積み込み、掘った穴を埋めもどした。三時間後、車はべつの農場へ向かっていた。今度の農場はコーク郡の海岸にあって、グラディはそこに住む農夫に話をつけてあった。

サリヴァンとチャタムは、朝のラッシュにつかまらぬよう、七時前に出勤したから、駐車位置もいいところにすぐみつかった。本日最初の仕事は、教わった電話番号からコンピュータ検索で住所氏名を調べることだった。それは造作もなかった。つぎはメアリー・バニスターとアン・プレットロウを知っていたとされる、それら三人の男に会って、話をきくことだった。そのなかに連続殺人犯または誘拐犯がいる可能性もある。もしも前者なら、非常に頭のいい、注意深い犯罪者だろう。連続殺人犯は人間ハンターである。巧妙なやつは妙に兵士と似た行動を取り、まず獲物を偵察し、その習性と弱点を知ってから襲撃に移る。その獲物をおもちゃにしてたのしみ、刺戟が薄れたら殺す。連続殺人犯の殺害行為は、厳密にはＦＢＩの捜査範囲ではないが、犯人が被害者を州外へ連れ出していれば、その誘拐行為はＦＢＩの仕事であり、マンハッタンから州境まではほんの数百ヤードだから、特別捜査官が捜査にあたって不都合はない。彼らは質問にあたっては極力注意し、連続殺人犯がかならずといっていいほど、上品な外見をよそおっていることを忘れてはならない。それが獲物を信頼させる武器だからである。ものやわらかで、たぶんハンサムで、人あたりがよく、ぜんぜん警戒心なんか抱かせない。それがうわべだけなのに気づいたときはもうおそく、その時点で被害者の運命は決まってしまう。いちばん危険な犯罪者であることを、ふたりの捜査官はよく知っていた。

被験者Ｆ４は症状が急速に進行していた。インターフェロンもインターロイキン３ａも、〈シバ〉にはまるで効果なく、〈シバ〉はどんどん自己複製を重ね、彼女のばあいは肝臓を恐ろしいいきおいで破壊していた。膵臓も同様で、分解して激しい内出血を起こしていた。妙なやつだな、とドクター・キルゴアは思う。〈シバ〉は発現にはのんびり時間をかけながら、ひとたび被験者の肉体に影響をあたえはじめると、がぜん調子づいて、まるで宴席の大食漢のように貪り食う。メアリー・バニスターはあと五日、と彼は見た。

Ｍ７のチップ・スミットンも似たようなものだった。免疫系は頑張っていたが、〈シバ〉の悪性度の敵ではなく、ウィルスはＦ４のように急速にではないが、おなじほど容赦なく侵襲していた。

Ｆ５のアン・プレットロウは、遺伝子プールの深いところから出ているようだった。

キルゴアは今回の被験者全員の家系を医学的に調べた。バニスターは癌の家系で、母親と祖母が乳癌で死んでおり、いま本人は〈シバ〉に急激に侵されている。癌と伝染性疾患と、それぞれにかかりやすい体質のあいだには、もしや相互関係があるのではないか。ということは、癌は基本的に、多くの医学者が考えるように、免疫系の疾患だということなのではないか。これは『ニューイングランド・ジャーナル・オブ・メディシン』向け論文のテーマになり、それによって自分の学会における地位は向上するのでは……だが、もうその時間はなく、どのみち発表したときには、もうだれも読む者はいない。まあキャンザスで話題にはなるだろう。キャンザスではひきつづき医学研究はおこなわれ、不老不死プロジェクトも継続研究テーマである。ホライゾン社の最優秀研究者の大半は《プロジェクト》参加者ではないが、まさか彼らを死なせはしないだろう。彼らもまた多数の同類とおなじように、自分たちが《プロジェクト》の恩恵の受益者であることを知るだろう。生きのびる人間は必要数を大きく上回るが、しかし、遺伝子の多様性は必要で、それなら《プロジェクト》のしたことを最後には理解できる賢明な人々をえらぶのがいいのではないか。かりに理解しなくても、のこされた以上は生きていくしかない。彼らは全員、スティーヴ・バーグが致死性ワクチンAと並行して開発した、ワクチンBを投与されることになっている。いずれにしても、キルゴアの考察は医学的価値を持つものだった。ただし、すでに臨床棟のすべての部屋をふさいでいる被験者にとっては、なんの価値もないことだった。彼はメモをまとめると、巡回を開始した。最初はＦ４、メアリー・バニスターである。

モルヒネの大量投与だけが、彼女に余命を耐えさせていた。それは健康人を殺す量、静注麻薬常用者をよろこばせる量だった。

「どうだね、今朝は」医師はにこやかにたずねた。

「疲れて……力がはいらなくて……気持ちが悪い」メアリー・バニスターはこたえた。

「痛みはどうだ、メアリー」

「痛みはあるけど、それほどでも……おなかの辺」内出血のせいで蒼白(そうはく)の顔面には、無数の点状出血があらわれ、本人に鏡は見せられなかった。自分の顔を見たら、パニックを起こすだろう。被験者たちをせめてらくに死なせたかった。それがだれにとっても、いちばん面倒がない。おなじ被験者でも、動物にはその配慮はなされていない。不公平だとは思うが、それが実際的なのだ。実験動物には面倒を起こす能力もないし、動物の苦痛にたいする薬物使用の有効なデータもない。キャンザスでは、すこしその辺のこともやってみよう。自分の能力の生かしどころでもある。そう思いながら、彼はＦ４の装置を調節してモルヒネ点滴量をふやし……もうすこし……昏睡(こんすい)するまで。こうやって彼女にしめしてやれる慈悲を、アカゲザルにもしめしてやりたいと思う。キャンザスでも動物実験はやるのだろうか。きっと現実的な困難があるだろう。国際貨物空輸便がなくなるから、動物を研究所へ運ぶのが並大抵の苦労ではない上に、美的観念の問題もある。《プロジェクト》のメンバーのなかには、反対する者も大勢いようし、それはそれで無理もない。しかし、冗談じゃない、なんらかの動物実験をしなくては、薬剤やその使用法の開発なんて、おいそれとできることじゃない。いいんだ、とキルゴアは思いながら、ひとつの処置室からつぎの処置室へ進んだ。良心には重荷だが、科学の進歩には代償が伴う。それに、自分たちは文字どおり何百万という動物を救うのではないか。〈シバ〉の開発にも何千匹という動物を必要としたが、それにはだれも反対らしい反対なんかしなかった。これも幹部会議で討議されていいことだと思いつつ、M7の部屋にはいった。

「どうだね、チップ」彼は声をかけた。

コーク郡もこのあたりになると警察官の姿を見かけず、全員で神に感謝した。犯罪なんてものがないから、警察の必要もないのだ。アイルランド国家警察はイギリス警察に劣らず優秀で、その情報部門はいやなことに、ロンドンの5課と協力関係にあるが、どちらもショーン・グラディの所在を突きとめていない――すくなくとも、彼が自分のグループ内の内通者をみつけて処分してからは、突きとめられずにいる。ふたりの内通者は地上から消え、鮭かなにか、内通者の肉を好む魚の餌になった。足に鉄の重りをくくりつけられて、海中に投げ込まれる最後の瞬間まで、無実を訴えたふたりの顔の表情を、グラディはいまも忘れない。無実だと？　だったらSASが、彼のグループにたいする三度の本格的襲撃のあと、ふっつりなにも仕掛けてこないのはなぜだ。無実がきいて笑わせる。

彼らはよく知られた革命歌から名を取った、《フォギー・デュー》という気持ちのいい地元のパブを半分占拠していた。周囲になにもない海辺の農場で、数時間の射撃練習をしたあとだった。文明からかけはなれたところだから、自動火器のはっきりそれとわかる銃声をききつける者はいなかった。AKMS突撃銃の感触をとりもどすのに、ひとり数本のマガジンを必要としたが、肩付け銃に慣れるのはむずかしくなく、とくにAKMSはたいていの銃よりも容易だった。いま、彼らは仕事とはなんの関係もない話を交わす、飲み友だちの一団でしかなかった。大半の目が、壁のテレビのサッカー中継を見ていた。グラディの目も見ていたが、意識は画面に集中せず、ついつい前途に待つミッションへと移ろって、頭に場面をうかべては検討し、再度検討し、イギリスの部隊が、あるいはレインボーとやらが、どれぐらいのはやさで到着するかを考えた。接近経路ははっきりしている。それもぜんぶ考慮の内にあり、作戦構想は考えれば考えるほど、われながら気に入った。味方に何人か死者は出るかもしれないが、それは革命家たるもの、行動を起こせば払わねばならぬ代価であり、店内の仲間を見まわすと、彼らもその危険を自分同様、従容（しょうよう）として受けとめているのがわかった。

腕時計を見て、五時間引き、ポケットに手を入れて、携帯電話の交信ボタンを押した。これを一日に三度やり、一度に十分以上はつけておかない。安全のためだ。決して注意を怠ってはならない。その心がけと、いささかの幸運――これは認めざるをえない――が、今日まで彼に戦いをつづけさせてきたのだ。二分後、呼び出し音が鳴った。グラディは席を立ち、交信のため外に出た。

「はい」

「ジョーンか、ジョーだ」

「ハロー、ジョー」グラディは快活に応じた。「スイスはどんなだ」

「いや、いまはニューヨークだ。例の話、資金手当てができたので、知らせておこうと思ってね」ポポフはつげた。

「それはよかった。もうひとつの件はどうなった」

「あれはわたしが自分で届ける。二日後に行く。自家用ビジネス・ジェットでシャノン空港に着く。午前六時半ごろになるだろう」

「迎えに行く」グラディは約束した。

「そうか。では、そのときにまた」

「グッバイ、ジョー」

「バイ、ジョーン」電話が切れた。グラディは親指で電源ボタンを押して切り、電話機をポケットにもどした。だれかがきいていたとしても——水平線まで見通せる上に、その辺にヴァンが駐車してもいないから、まずその気づかいはないし、またかりにここにきていることが知られていたなら、一小隊の兵士か警察官、あるいはその両方が、とうに自分たちを襲っているだろう。だから、きかれたとしても、ほんのみじかい、要点だけの、第三者にはなんのことかわからぬ、ただのビジネスの話でしかない。彼は店内にもどった。

「だれだった、ショーン」ロディ・サンズがきいた。

「ジョーだ」グラディはこたえた。「注文どおりできたそうだ。それでは、こちらも事を進めるか」

「そうしよう」ロディがいって、ジョッキを目の高さに上げた。

以前ＭＩ（ミリタリー・インテリジェンス）５と呼ばれた国内保安部（セキュリティ・サービス）は、すでに一世代以上、ふたつの大きな任務にかかずらっていた。ひとつは、イギリス政府内部のソ連浸透工作員を追いつづけることだった。イギリスの保安組織は一度ならずＫＧＢとその前身によって浸透されているので、遺憾ながらいそがしい任務だった。一時期、ＫＧＢの在任スパイ、キム・フィルビーは、すんでに６課の長になるところで、したがってイギリスの防諜（ぼうちょう）機関は、危うくソ連に掌握されるところだった。それはいまにいたるも、６

課の全職員の背筋を寒くする不祥事である。いまひとつの任務は、ＩＲＡほかアイルランドのテロ組織への浸透であり、それにより指導者を特定して排除しようというもので、それは昔からのルールでおこなわれている戦いだった。警察が呼ばれて逮捕されることもあれば、ＳＡＳのコマンド隊員が出動して、もっと直線的に事を処理することもある。その方法論のちがいは、女王陛下の政府が、〝アイルランド問題〟は犯罪なのか、それとも国の安全保障問題なのか、決められずにきたことに由来し、その不決断の結果は、アメリカのＦＢＩの目から見れば、〝紛争〟をすくなくとも十年長引かせることになった。

　だが、5課の職員には政策決定の力はない。それは選挙でえらばれた公僕の仕事である。だが、彼ら公僕は、長年そういうことを扱いつけて訓練された専門家には、とかく耳をかそうとしない。政策を決定することも左右することもできぬ彼らは、ただこつこつと、ＩＲＡ活動員として知られる、あるいは疑われる人物の、厖大なデータを収集し保管しては、政府の他の機関が最終行動を取るための裏方に甘んじる。

　最終行動は主として、内通者をリクルートすることによってなされる。同志を密告することは、アイルランド人の伝統的性向で、イギリスは昔からそれをうまく引き出して利用してきた。そのよってきたるところが、よく推測される。ひとつには宗教のせいではないかとは、だれもが考えることである。ＩＲＡはカトリック教徒アイルランド人の擁護者を自任するが、その自己証明には代償が伴う。すなわち、カトリシズムの宗規と倫理が器からあふれて、宗義の名において殺人を犯す者の頭と心に、しばしばはいりこむ。そのあふれるもののひとつが罪悪感である。罪悪感は革命活動の避けられぬ結果である一方で、良心が担(にな)うには重すぎる荷である。

5課が保有するショーン・グラディの関係ファイルは分厚い。ほかにも分厚いファイルはあるが、グラディのそれは格別である。というのが、かつて5課は彼のグループのなかに、ことのほか信頼できる情報提供者を得たが、不運にもその人間は消えてしまった。彼に殺されたことは間違いなかった。グラディがとうに〝膝撃ち(ニーキャップ)〟をやめて、秘密漏洩者(ろうえいしゃ)にたいしては殺害という、より恒久的な方法に切り替えたことはわかっていた。それも死体をぜったいに警察に発見させないやりかただった。5課は現在、PIRAのさまざまなグループ内に、ぜんぶで二十三人の情報提供者を使っている。うち四人は、アイルランドの通念でいくと道徳的にルーズな女で、あとの十九人は、いろいろなかたちでリクルートした男である――そのうち三人は、まさか自分が秘密をイギリスの情報部員に洩(も)らしていようとは知らない。国内保安部(セキュリティ・サービス)は、彼らの保護には組織をあげて努力しており、もはや有用性のなくなった何人かは、まずイギリスに移され、そのあと通常カナダに渡って、安全な新生活を送っている。だが、大体において5課は、彼らを搾(しぼ)れるあいだだけ搾ればいい人的資産として扱っている。なぜなら、その大半は殺人または殺人幇助(ほうじょ)を犯した人間であり、したがって裏切り者であると同時に犯罪者でもある。彼らの良心のはたらきは、彼らを〝使う〟情報工作官の同情をうながすには、ちとおそすぎたのである。

現在のファイルによれば、グラディは忽然(こつぜん)と姿を消していた。ライバルに殺された可能性があるとする者もいるが、たぶんそうではない。失踪(しっそう)の情報はＰＩＲＡ指導部による意図的リークであろう。グラディは組織内対立派からさえ、大義の忠実なる信奉者として、またロンドンデリーで警官と兵士をだれよりも多く殺害した手練(てだれ)活動員として、一目おかれていた。5課は、ＳＡＳ隊員三人を捕らえ、拷問(ごうもん)し、殺害した彼を、いまも追っていた。三人の遺体は発見され、そのときのＳＡＳ全員の怒りは、まだ薄れてさえいない。第二二特殊空挺(くうてい)連隊は、そういうことを決して許さず、決して忘れない。殺しを忘れることがあっても、拷問を忘れはしない。

国内保安部(セキュリティ・サービス)副部長シリル・ホルトは、重要事件ファイルの四半期検討をおこなっていて、グラディのところで、はたと手をとめた。そういえばこの男、とんと視野から消えてしまった。死んだのなら、ホルトの耳にはいるはずだった。所属組織がついになんらかの和平交渉の準備にはいったのを見て、戦意をなくし、自分も活動をやめることで同調することにした可能性もある。だが、ホルトたちには、それも信じがたかった。ロンドンのガイズ病院精神科部長の手になる心理学的人物分析は、グラディを銃をすてて穏健な職につくことのいちばん見込み薄な男としていた。

　第三の可能性は、彼はまだじっと潜伏しているというものだった。潜伏地はアルスターかもしれず、共和国かもしれないが、後者の公算が大きい。５課の情報提供者の大半がいるのは、〈北〉だからである。ホルトはグラディと、彼が率いるＰＩＲＡの〝兵士〟約二十人の写真を見た。ファイルも全員の分があった。写真はコンピュータによる画質処理ずみだが、いいものは一枚もなかった。グラディはやはりまだ活動中であると考えなくてはならない。どこかで戦闘的ＰＩＲＡグループを率いて、実現するかしないかわからぬ作戦を計画しながら、当然身分を偽装して、じっと鳴りをひそめているのだ。彼らにも注意を怠らずにおくこと――ホルトにできることはそれしかない。彼は簡単なメモを記すと、ファイルを閉じて、ＯＵＴの書類の山にのせて、つぎを手に取った。メモは今日のうちにコンピュータにはいるだろう。５課でもコンピュータがすこしずつ書類ファイルに取って代わりつつあるが、ホルトは使ってみたいとも思わなかった。やはり手で持つことのできるファイルのほうがよかった。


「そんなにはやばやと」ポポフはおどろいた。

「いけないかね」ブライトリングはききかえした。

「かまいませんが。で、コカインは」

「スーツケースに詰めてある。社の保有分から医用高純度のものを化合状態で十ポンド。飛行機に乗せる」

ポポフは自分が麻薬運搬役をつとめるのかと思うと、ぞっとしなかった。にわかに道徳心がわいたわけでなく、ただ税関職員と麻薬捜査犬がいやなのだった。ブライトリングはその心配顔を見て、小さく笑った。

「安心しろ、ドミトリ。なにかあったときは、ダブリンの子会社に届けるといえばいい。それを証明する書類も持たせる。ただ、それを使わずにすむよう気をつけてくれ。なにかと面倒だ」

「わかりました」すこし気がらくになった。通常の空港から通常の国際便で麻薬を運ぶのでは、いささか危険が過ぎるから、今回はガルフストリームVビジネス・ジェット機をチャーターして飛ぶ。ヨーロッパ諸国はアメリカ人入国者にたいしては、もっぱらその目的がドルを落とすことであって、面倒を起こすことではないから、わりと無造作に扱うが、世界じゅうどこの国でも麻薬には神経をとがらせているので、いまはどこでも麻薬捜査犬を置いている。

「今夜ですか」

ブライトリングはうなずいて、時計を見た。「飛行機はティーターボロ空港にいる。六時に行ってくれ」

ポポフは外に出て、タクシーをひろってアパートへ帰った。旅行の支度は簡単だが、思考ははかばかしく進まなかった。ブライトリングは今回、最も基本的な安全面の考慮を無視している。専用ビジネス・ジェット機をチャーターすることで、はじめて会社とポポフを結びつけた。コカインに添えた万一のさいの証明用の書類もそうだ。ポポフを雇用主から切りはなす努力がなされていない。ということは、ブライトリングは雇った男の忠誠心を信じていないということか。もしも彼が逮捕されたとき、口を割らぬとは確信できないということか。いやいや、それはちがう、とドミトリ・アルカデエーヴィッチは思う。信頼されていないなら、ミッションなんか決断されるわけがない。ポポフは最初からブライトリングとテロリストの仲介役だった。

大丈夫、とロシア人は思った。彼はおれを信頼している。しかし、その一方で安全を無視している。ということは、ブライトリングは安全保持を重要視していないとしか思えない。なぜだ。どうして重要でないのだ。ひょっとして、ブライトリングはおれを消すつもりなのでは？　ひとつの可能性ではあるが、それはないだろう。もしもそうなら、ブライトリングは非情ではあっても、思慮は足りない――というか、有り余ってはいない。ポポフがどこかに証拠を書きのこしていて、その死が自分自身の大量殺人関与をあばくきっかけになる可能性を考慮しなくてはおかしい。やはりその可能性はすてていい。

では、いったいなんだ。

元情報将校は鏡のなかの顔を見た。それはどうしても知りたいことを、いまだに知りえずにいる顔だった。最初から彼は金に動かされてきた。個人的な欲にかられて――MICEの〝M〟――一種の雇われエージェントになったが、雇った相手は金になんの重要性もおかぬ男だった。あの金持ちのCIAですら、エージェントに渡す金はちゃんと勘定する。アメリカの情報機関は、ロシアのおなじ機関の百倍出すが、しかしその使途は明瞭(めいりょう)にされなくてはならない。なぜなら、CIAの経理部が情報工作官を支配すること、かつてツァーリの廷臣と官吏が、どんな小さな村までも支配したごとくだからである。ポポフは自分の調査から、ホライゾン・コーポレーションが巨億の資金を持つことは知っているが、しかし、何人(なんぴと)も浪費で金持ちになりはしない。資本主義社会では、人は頭脳と非情さとで金持ちになるのであって、愚かであってはなれない。金を政府機関のように気前よくばらまくことは、愚かなことである。

いったいなんなのだ。疑問の解けぬまま、ドミトリは鏡をはなれて、旅行の支度にとりかかった。

なにをたくらんでいるにせよ、なんの理由でこんなテロ事件を起こすにせよ、もしかして、それはもう間近に迫っているのではないか。

それなら、いくらか説明はつく。隠さねばならぬあいだは隠し、もうその必要がなくなったら、あえて余計な努力はしない。しかし、それはアマチュアのやりかただ。アマチュアは、ブライトリングほどすぐれたアマチュアでも、プロの組織が苦い経験から学ぶことを学ばない。すなわち、プロは決して自分の手口を明かさない。オペレーションが成功におわったあとでも明かさない。なぜなら、敵はそこからなにかを発見して、次回に役立てようとするかもしれないからである。

しかし、もしも次回がないとしたらどうだ。ドミトリは下着をえらびながら考えた。もしやこれは、決行される最後のオペレーションなのではないか。いや、そうではなくて、これはおれが決行せねばならぬ最後のオペレーションなのではないか。

もう一度考えてみる。オペレーションはしだいに規模を拡大して、とうとうテロリストの注文に合わせてコカインまで届け、その前に六百万ドルを振り込む。その麻薬運搬を容易にするために、麻薬が有名企業の本社から子会社へ移送されるものであることを証明し、自分と麻薬をブライトリングの会社に関連づける書類を持たされる。万一警察が不審を抱いたときは、用意されたＩＤがおそらく有効だろう。いや、まず間違いなく有効だ。アイルランド国家警察と５課のあいだに、直接の結びつきがあればともかく、おそらくそれはない。またイギリスの国内保安部（セキュリティ・サービス）が、彼の変名を知っている可能性もない。写真なんか、写りのよしあしにかかわらず、持ってはいまい。それに、彼はとうの昔にヘアスタイルを変えている。

間違いない、とポポフは荷ごしらえをおえると同時に、はっきり断じた。ただひとつ理にかなうのは、これが最後のオペレーションであることだ。ブライトリングはこれをもっておわりにしようとしている。ポポフにとってそれは、金を手に入れる最後のチャンスだということである。となると、グラディとその殺人者の一党が、ベルンやウィーンのやつら同様、さらにまた、スペインには自分は関与していないが、あのスペインのやつらともおなじように、あわれな結末を迎えてくれることを、つい祈らずにいられなかった。スイスの今度の口座も、自分がナンバーと暗証コードをつかんでおり、あの口座には一生食っていくに不足ない金がはいっている。あとはただ、レインボーが彼らをかたづけてさえくれたら、自分は姿をくらます。その希望的観測を胸に、ポポフは外へ出て、ティーターボロ空港へ行くタクシーを呼びとめた。

大西洋横断飛行のあいだに、なおよく考えるとしよう。

第27章
運搬人

「これ以上は時間のむだでしかないわ」バーバラ・アーチャーは、会議テーブルの自席からいった。「F4はもう死者よ。心臓が動いてるというだけ。もうすべてを試したわ。〈シバ〉をとめられるものはなにもない。なにひとつ」

「Bワクチン抗体だけ」キルゴアが言葉をはさんだ。

「そう」アーチャーは同意した。「ほかに効くものは、ひとつもないでしょう」

全員が同意をしめした。医学界に知られている文字どおりすべての薬剤治療法が試みられ、そのなかにはアメリカのCDC（国立疾病対策センター）、USAMRIID（陸軍伝染病医学研究所）、パリのパスツール研究所などで、まだ推定の段階を出ないものもあった。ペニシリンからケフレックスまで、ありとあらゆる抗生物質、さらにはメルクとホライゾンの治験薬二種も投与された。ウィルス感染症に有効な抗生物質はないから、それらの使用は念のためでしかなかったが、人は絶望的状況では絶望的手段も試みるから、それで万が一にも、これまで知られていなかった予想外のことが起きて——。

だが、〈シバ〉にはどれも無効だった。この遺伝子工学により産出された新型エボラ出血熱は、いまもコンゴ川流域に蔓延する自然発生のそれよりも激烈で、致死率ほぼ百パーセント、現代医学が知るいかなる治療法にたいしても百パーセントの耐性を持ち、よほど画期的な感染症療法が出てこぬかぎり、感染者を救う手だてはまったくない。まず最初のウィルス散布で大勢が感染し、他はスティーヴ・バーグが開発したワクチンAの投与により発症する。その二段構えの伝播法によって、〈シバ〉はゆっくり発達する嵐のように、やがて全世界に広がるだろう。六か月以内に、生存者は三つのカテゴリーに分類されよう。第一は、まったくウィルスに接触することのなかった人。これは数すくない。〈シバ〉の最初の犠牲者は、テレビを見る人を戦慄させ、そこで世界のどの国もワクチンAを競って入手し、全国民に注射するからである。第二のグループは、〈シバ〉から肉体を守る免疫系を持つ、およそまれな人々である。現実に研究所はまだそんな個体を発見してはいないが、かならずいるのだ。さいわいその大多数は、全世界の都市機能の崩壊により、長くは生きられないだろう。飢餓、あるいは疫病がかならず引き起こすパニックによる無法状態、あるいはおびただしい放置死体からくる通常の細菌性疾病によって、彼らは死に絶える。

第三のグループは、キャンザスの施設――救命艇《プロジェクト号》――で生きのこる二、三千人である。このグループは、《プロジェクト》の正式メンバー――せいぜい

二、三百人――と、その家族、他のえらばれた科学者ら、いずれもバーグのワクチンBで守られた人々からなる。キャンザスの施設は広大で、他と隔絶され、万一招かれざる訪問者が近づいたときには、大量の武器によって防御される。

六か月。二十七週。それがコンピュータの予想日数だった。地域によって、ほかより蔓延がはやいところもある。コンピュータ・モデルでは、アフリカがいちばんおそい。ワクチンAの配布が最後になる上に、インフラの不備で投与がはかどらないためである。いちばんはやいのは社会医療制度が完備しているヨーロッパで、柔順な市民は、知らされたらかならず注射を受けにくるだろう。ついでアメリカ、そして順次各国がつづく。

「全世界が、他愛もないものだ」キルゴアがいって、窓の外に目をやった。ニューヨークとニュージャージーの州境地域は、なだらかに起伏する土地を緑の落葉樹が覆っていた。カナダからテキサスにいたる平原の広大な農地は、一面の休耕地と化するだろう。一部にはむこう何百年、野生の麦が生い育つ。イエローストーン国立公園の保護地や、私営の猟獣生産牧場から、野牛が見る見る増えて広がり、狼やグリズリー・ベアがいきおいを盛り返し、鳥が、コヨーテが、プレーリー・ドッグが増えに増える。自然は急速に本来のバランスをとりもどす。そうコンピュータ・モデルはつげる。五年以内に地球は完全に変貌をとげる。

「そうね」バーバラ・アーチャーがキルゴアに同じた。「でも、すべてはこれからよ。

まず被験者をどうするかだわね」

彼女がなにをいいたいのか、キルゴアにはわかっていた。アーチャーは臨床医学がきらいなのだ。「F4からかな」

「彼女に呼吸させておくのは、空気のむだでしかない――それははっきりしてるわ。みんな痛がっていて、もうわれわれは、〈シバ〉が致死剤であるという以外、あらたに知ることはなにもない――最初からわかっていたことだけど。その上、数週間後にわれわれは西へ移動するんだし、それまでみんなを生かしておくのは無意味だわ。いっしょに連れて行くわけじゃないでしょう」

「まさかそんな」べつの医師がいった。

「あたしはもう、死者の臨床医をつとめるのはたくさん。はやくやるべきことをやって、かたをつけることを動議します」

「支持する」べつの医師が賛成した。

「賛成は」キルゴアがきき、上がった手をかぞえた。「反対」ふたりだけ。「賛成多数。決まった。バーバラとわたしで実行する――今日でもいいか、バーブ」

「明日まで待つことあって？」アーチャーはものうくききかえした。

「カーク・マクリーンだね」サリヴァン捜査官がきいた。

「そうだけど」ドアの隙間から男はこたえた。

「FBIだ」サリヴァンはIDバッジをかかげて見せた。「ちょっと話をしたい」

「なんの話を」だれもが見せる警戒の色を、ふたりの捜査官は見た。

「廊下で立ち話をしなきゃいけないのかな」サリヴァンのききかたに厭味はなかった。

「あ、どうぞ」マクリーンは一歩下がってドアを引き、訪問者を居間に通した。テレビがついていて、ケーブルの映画らしいものをやっていた。カンフーと銃がもっぱらのようだった。

「わたしはトム・サリヴァン、こちらはフランク・チャタム。女性ふたりの失踪事件を調べている」椅子につくと、先輩捜査官が名をつげた。「きみに協力してもらえるんじゃないかと思ってね」

「わたしにできることなら――なんですか、誘拐でもされたんですか」

「その可能性もある」それにはチャタムがこたえた。「名前は、アン・プレットロウと、メアリー・バニスター。きみがふたりを、あるいはどちらかを、知っているんじゃないかときいてきた」

ふたりがじっと見ている前で、マクリーンは目をつむり、そのあと数秒、窓のほうを見た。「《タートル・イン》できいたんですか」

「あそこで知り合ったのかね」

「そりゃ、大勢と知り合いますよ。いい店ですよ、音楽やなんかもいろいろやっていて。写真ありますか」

「これだ」チャタムがさしだした。

「ああ、これはアニーね。ラスト・ネームはきいたことがないので知らない。たしか法律事務所に勤めてるんじゃ」

「そう」サリヴァンがこたえた。「彼女とはどんな知り合いだ」

「ダンスをしたり、しゃべったり、飲んだり。でも、デートをしたことはない」

「いっしょに店を出たことはあるかね。散歩をしたりとか」

「たしか一度送って行った。アパートがほんの数ブロックだったんじゃ……うん、そうだ」ちょっと考えて、思いだした。「コロンバス・アヴェニューからすこしはいったところだ。そう、送って行って――でも、部屋にははいらなかった――われわれは一度も――一度もわたしは――なにを、セックスをしたことはない」なんだかどぎまぎしていた。

「彼女には、ほかに友だちがいたかどうか知らないか」チャタムが手帳に書き込みをしながらたずねた。

「いたよ、仲のいい男で、ジムなんとか。会計士だったと思う。どれほどの仲かは知らないけど、カウンターでよくいっしょに飲んでいた。それからもうひとり、顔は覚えてるけど、名前は知らない。わたしも話はしたけど、あんまり覚えてることってないな。だってほら、シングル・バーだから、いろんな相手と会って、ときには気が合うこともあるけど、ふつうはそんなふうにはならない」

「電話番号は」

「そのふたりのは知らない。ほかにあそこで会った女ふたりのなら知ってる。教えようか」マクリーンはいった。

「そのふたりは、メアリー・バニスターかアン・プレットロウを知ってるだろうか」サリヴァンがきいた。

「たぶんね。女同士って、男より仲よくなるみたいだ。仲間意識ってのか、男を締め出して——男にもそれはあるけど、女のほうが結束が堅いというのかな」

さらに質問が三十分ばかりつづけられ、なかには二、三度くりかえされるのもあったが、マクリーンはいやがる様子もなかった。皆が皆そうとはかぎらない。最後に、捜査官たちは室内を見せてもらえないかときいた。法的にはその権限はないが、不思議に犯罪者にさえ断らぬ者は少なくなく、証拠の品をむきだしにしていて逮捕された例も一度ならずあった。このばあい捜査官がさがすのは、性倒錯写真の掲載誌や、おなじ趣味の個人的な写真だった。しかし、マクリーンの案内で見てまわっても、目につく写真は動物写真ばかりで、雑誌は自然と自然保護に関するもの——ＦＢＩが過激な保護団体とみなす発行元もあった――あとはさまざまなアウトドア用品を紹介する雑誌だった。

「ハイカーなのかね」チャタムがきいた。

「田舎が好きなんだ」マクリーンはこたえた。「同好の趣味のガールフレンドがほしいけど、なかなかこの都会では出会うこともなくて」

「だろうね」サリヴァンは名刺を出して渡した。「なにか気づいたことがあったら、ここへ電話してもらいたい。裏に自宅の番号もある。協力してくれてありがとう」

「あまり役に立たなかったと思うけど」

「いやいや、そんなことはない。それでは」サリヴァンはいった。

マクリーンは送り出してドアをしめ、大きく息を吐き出した。いったいどうして、おれの名前と住所を知ったんだろう。質問はどれも予測でき、返事は何度も考えておいたものだが、しかし、考えたのはずいぶん前だ。どうしていまごろ。あいつらは馬鹿(ばか)なのか、やることがのろいのか、どういうのだ。


「収穫ゼロだな」車にもどって、チャタムがいった。

「彼が教えたふたりの女から、なにかききだせるかもしれん」

「どうかな。ひとりはわたしがゆうべ店で会った女だ」

「もう一度会ってきてくれ。マクリーンのことをどう思うかきくんだ」

「わかった。そうしよう。あの男からなにか感じるものはあったか。わたしはさっぱりだった」

サリヴァンはかぶりをふって、「わたしもだが、なにぶんまだ読心術は習得していないんでね」

チャタムはうなずいた。「ちがいない」

もうころあいで、それ以上先へのばしても無意味だった。バーバラ・アーチャーは薬品戸棚の鍵(かぎ)をあけ、青酸カリ溶液のアンプル十本を取り出した。ぜんぶポケットにおさまった。彼女はＦ４の処置室の前にくると、五十ＣＣ注射器に溶液を入れ、それからドアをあけた。

「ハロー」もうその患者から返るのは、たいていうめき声がひとつだった。ベッドに寝たきり、壁に据えたテレビを見るでもなく見ていた。

「メアリー、気分はどんなかしら(ハウ・アー・ウイ・フィーリング)」ふとアーチャーは、医者はなぜ〈ウイ〉というのだろうと思った。妙な語法、どうせ医学部で教えられたのだろう。患者と連帯感をきずくために――そんなもの、いまのばあいありはしないけれど。大学一年の夏のアルバイト先に、野犬収容所があった。一週間待って引き取り手があらわれないと、犬は安楽死させられる――彼女から見れば、主としてフェノバルビタールの大量投与による殺害でしかなかった。注射をするのは左前足と決まっていたのを思いだす。犬は五秒かそこらで眠ってしまう。いつも彼女はあとで泣いた。毎週火曜日の昼前——忘れもしない。毎度昼食が喉を通らず、格別可愛い犬を死なせなくてはならなかったときなんか、夕食も食べられなかった。ステンレスの処置台の上にならべておき、従業員のひとりが押さえつけて、殺害しやすいようにする。彼女はいつも犬に優しく話しかけ、恐怖心をなだめて、すこしでも安心して死んでもらうようにした。アーチャーは唇を噛みしめた。アドルフ・アイヒマンもこんな気持ちだったにちがいない——いや、せめてそうであってほしかった。

「最低」ようやくメアリー・バニスターは返事をした。

「大丈夫、これでらくになるわ」アーチャーは約束して、注射器を取り出すと、針にかぶせてあるプラスチックの安全キャップを親指ではずした。三歩進んでベッドの左側へ行き、Ｆ４の腕を取って押さえ、静脈に針を入れた。そして、Ｆ４の目をじっと見ながら、プランジャーを押し込んだ。

メアリーの目が大きくみひらかれた。青酸カリ溶液は静脈を焼いて進んだ。右手が左の二の腕をつかみにいき、すぐに胸の上部へ移った。灼熱感が急速に心臓へ達したのだ。青酸カリは即座に心臓を停止させた。ベッドぎわの心電図は、それまでほぼ正常な波状線をえがいていたが、一度大きくはねあがったあと、完全に平坦な線になり、警告ブザーを鳴らした。メアリーの目はひらいたままだった。心臓停止で血液の供給が断たれたあとも、脳内の酸素が一分間は脳のはたらきを維持するからである。それにはドキリとさせられた。心拍とともに呼吸が停止したから、F4はものがいえない、抗議することができない。だのに目だけは、アーチャーの目をじっとにらんでいた。犬もそうだったのを覚えているが、犬の目はこの双眸のように咎めの色を見せたことは一度もなかった。アーチャーは野犬収容所のときとちがい、いまは顔に一片の感情も出さずに、じっとみつめかえした。それから一分とたたず、F4の目は閉じられ、彼女は死んだ。これでひとり。あと九人おえたら、ドクター・アーチャーは車に乗って帰宅できる。ビデオ・デッキがちゃんと動いていてくれることを祈った。ディスカバリー・チャンネルがイエローストーンの狼を見せるので、録画しているのだが、あの憎らしい装置には、ときどき気が変になりそうになる。

三十分後、死体はひとつずつビニールにくるまれて、担送車で焼却炉へ運ばれた。焼却炉は医療用の特別設計で、死産児や切断肢など、焼却可能な生物学的物質を処分することができる。燃料は天然ガスで、非常な高温に達するから、歯の詰め物まで焼き尽くして、一切すべてを灰にする。微粒子になった灰は卓越風にのって成層圏へ舞い上がり、はるか海上へ運ばれる。処置室はきれいに清掃され、〈シバ〉はすっかり消えて跡形もとどめず、久しぶりに施設からは、活発に宿主をもとめて増殖し、宿主の細胞を食い殺すウィルス遺伝子はなくなる。《プロジェクト》のメンバーも皆、それには安堵するだろう。アーチャーは自宅へ走らせる車のなかでそう思った。〈シバ〉は自分たちの目的には有用な道具ではあっても、やはりこわい相手だから、いなくなればだれもがほっとする。

　ポポフは大西洋横断のあいだに五時間眠り、フライト・アテンダントに肩を揺すられて目覚めたのは、あと二十分でシャノンという地点だった。シャノン空港はかつて、パンアメリカンのボーイング飛行艇が、サウサンプトンへの中継点に使い、航空会社が乗客の眠気覚ましにアイリッシュ・コーヒーを発明したところで、アイルランドの西岸にあり、空港を囲む農地と緑の湿地帯は、早暁の光に輝いて見えた。ポポフは洗面所で顔を洗ってから、座席にもどって着陸を待った。接地後、一般航空ターミナルまでの移動はすぐにおわった。ホライゾン・コーポレーションがチャーターしたのと同型のガルフストリームVビジネス・ジェット機が、ほかにも数機見受けられた。機が停止したかせぬかに薄汚れた公用車がやってきて、制服の男がとびだし、タラップをかけあがった。パイロットが男に手で機内後方をしめした。

「シャノンへようこそ」入国管理官はいった。「パスポートを拝見」

「はい」ポポフはさしだした。

役人はぱらぱらとめくって、「ほう、最近こられてますね。今回の旅行の目的は」

「商用です。医薬品関係の」ロシア人はバッグのなかを見せろといわれたときのために、ひとことといい足した。

「そうですか」と、係官はいっただけで、つゆほども関心をしめさなかった。「申告するものはありますか」

「いや、べつに」

「けっこうです。では、ごゆっくり」笑みをうかべるのも、機内前方へもどるのも機械的で、タラップを降りて車にもどって行った。

ポポフは安堵の吐息よりも、むだに緊張させられたことへの不快のうめきを洩らした。それはそうだ。だれが麻薬を運ぶのに、こんな飛行機を十万ドルでチャーターするだろう。資本主義の、これはもうひとつ知っておいていいことだ、とドミトリ・アルカデエーヴィッチは自分にいいきかせた。王侯のような旅をする金のある者は、法を犯すはずがないのだ。恐れ入る。オーバーコートを着て、機外に出ると、黒塗りのジャガーが待っていて、手荷物はすでにブートに積んであった。

「ミスター・セーロフですね」あけたドアを押さえて、運転手がきいた。まわりのその騒音なら、だれにもきかれる心配はなかった。

「そうだ。ショーンのところへ行くのか」

「そうです」

ポポフはうなずいて、うしろに乗った。すぐに車は空港をあとにしていた。田舎の道路はイギリスと変わらず、アメリカのよりは狭かった。ここでも車は反対側を走っていた。妙な話だ。イギリスぎらいのアイルランド人が、なぜ交通制度をまねるのだ。

三十分走って着いたところは、幹道からだいぶわきへはいった農家だった。乗用車が二台とヴァンが一台とまっていて、男がひとり見張りに立っていた。ロディ・サンズ。グループのなかでいちばん用心深い男だった。

ドミトリは車を降りて、彼の顔に目をあてたが、握手はしなかった。ブートから麻薬のはいった黒いスーツケースを出して、入口をはいった。

「おはよう、ヨシフ」グラディの声が迎えた。「飛行機はどうだった」

「快適だった」ポポフはスーツケースをさしだした。「注文の品だ、ショーン」

そのいいかたの含意は明らかだった。グラディは客の目をみつめたが、どこかきまり悪げな表情だった。「おれだって本意じゃないが、オペレーションを支えるには金が要る。これは金をこしらえる便法だ」コカイン十ポンドは可変価値を持つ。ホライゾン・コーポレーションは製薬会社向け市場で買っているから、購入価格はわずか二万五千ドルだが、これに混ぜものをして売るときの末端価格は、その五百倍になる。これもまた資本主義の一局面なのだと思いながら、運搬役をおえたポポフは、もうそれについては考えないことにした。ついで一枚の紙片を手渡した。

「スイスのナンバー口座の口座番号と利用コードだ。補強保安措置として、預金は月曜と水曜しか引き出せない。その口座に六百万米ドルを振り込んだ。金額はいつでも確認できる」ポポフは説明した。

「ジョー、きみとのビジネスは、いつもこれだからたのしい」ショーンはいって、めったに見せぬ笑みを見せた。職業的革命家になって二十余年、その十分の一の金も持ったことはないだろう。それはそうだ、とドミトリ・アルカデエーヴィッチは思った。この連中はビジネスマンじゃないんだから。

「いつ行動を起こす」

「じきにだ。目標の下調べもしてきた。作戦は完璧(かんぺき)だ。痛い目にあわせてやるよ、ヨシフ・アンドレーエヴィッチ」グラディは、しかと請け合った。「こっぴどくたたいてやる」

「正確な日時を知りたい。わたしのほうにも二、三やることがある」

これには相手が躊躇(ちゅうちょ)するのを、ドミトリは見てとった。作戦上の機密が問題なのだ。インサイダーだけが知るべきことをアウトサイダーが知りたがる。数秒間、ふたりの視線はからみあった。だが、アイルランド人が折れた。金がはいったことがわかれば、ロシア人の信頼性は疑いない。十ポンドの白い粉末が届けられたこと自体が、なによりの証拠だ。ただし、本日後刻、国家警察に逮捕されなければ。しかし、ポポフはそんな男ではないだろう。

「明後日(あさって)。作戦は午後一時きっかりに開始される」

「そんなにはやくか」

グラディには、ロシア人が自分を見くびっていたことが愉快だった。「ぐずぐずすることはない。金もはいったことだし、もう必要なものはぜんぶそろった」

「まあいい、まかせる。ほかにわたしに用はないか」

「ない」

「では、もう行くが、いいかな」

今度は握手を交わした。「ダニエルが送って行く。ダブリンか」

「うん、あそこの空港へ」

「彼にそういえばいい」

「ありがとう。幸運を祈る。仕事がおわったら、また会いたいものだ」

「ぜひ」

ポポフは彼に最後の一瞥(いちべつ)をあたえた。いまああいったが、これが最後なのは間違いない。革命家人生の絶頂になるであろう壮挙を思ってか、もうグラディの目は生き生きしていた。そこにはポポフがこれまで見たことのない残忍な色があった。フュルヒトナーやドルトムント同様、これは人間というよりは捕食動物であり、こういう手合いを扱いつけているポポフが、思わず不安に襲われた。人の心を読むのには慣れているはずなのに、この男のどこにも空白しか見えないのだ。人間の感情を欠いていて、そこにあるのは、彼をみちびくイデオロギーだけ。みちびく？　どこへ。当人にはわかっているのだろうか。たぶんわかってはいまい。自分はなにかこう、〈輝かしい未来〉――ソ連共産党のいちばん好きな語だった――にいたる道を歩んでいるつもりなのだ。だが、前方でさしまねく光は、彼が思っているよりはるか遠くにあり、しかもそのまぶしい光は、足元の路面の穴を見えなくしている。そして、もしも――ポポフの想念は先へ先へ進む――もしも望むものを手に入れたとしたら、きっとこの男は、さぞかし手のつけられぬ支配者になるだろう。顔まで似ているスターリンや、毛沢東その他とおなじように、ふつうの人間の感覚とはあまりにかけはなれて、まるで異星人のごとくで、彼にとって人の世の生死など、人間とはなんの関係もないもの、自分の夢想を実現するための道具でしかない。カール・マルクスが世にのこしたあらゆるもののなかで、そのものの見かたこそは、疑いもなく最悪なるものである。ショーン・グラディは、自分の人間性と感情を切りすてたあとへ、かくあらねばならぬとする世界の、幾何学的に厳密精確なモデルを持ってきた。そして、その未来像に執着するあまり、かつてそれを試みた国がことごとく挫折したことに気がついていない。彼が追いかけているのは、現実のどこにもいない怪獣キマイラなのだ。怪獣は決してとどかぬ距離にいて、彼を破滅へと引き寄せている。

そして、自身のその破滅の前に、彼はどれほど大勢の人間を殺すことになるのか。いまその目は、キマイラ追跡を夢見て輝いているのだった。イデオロギーの完全無欠は、彼から人間世界の現実を見る能力を奪っている——ロシア人でさえ、おなじキマイラを七十年間追いつづけたすえ、ついに見るようになったというのに。盲目の主人に仕える輝く双眸。なんと奇妙なことだろうと思いながら、ロシア人は背を向けて歩きだした。

「では、ピーター、そちらに渡すぞ」シャベスはチーム1のリーダーにつげた。これよりチーム1が出動チーム、チーム2は待機チームにもどって、ふたたび訓練は激しくなる。

「了解」コヴィントンはこたえた。「しかし、どこにもなにも起きる気配はないな」

さまざまな国家機関から届く情報は、たしかに悪くなかった。テロリストとして知られている、あるいは推定されている相手——活動派はおおむね逮捕されたから大半が後者——に接触した情報提供者の報告によれば、ワールドパーク事件はかなり空気を冷却させた。ことにフランスが、スペインで殺された既知のテロリストの名前と写真を公表したあとはそうだった。そのうちひとりは、仲間内で一目おかれている元アクション・ディレクトのメンバーであることが判明した。わかっている殺人だけで四件、辣腕活動家としての名声めいたものさえあったが、それがおおっぴらに殺害されたことはテロリスト社会に衝撃をもって伝わり、一躍名をはせたスペイン警察は、レインボーの行動の赫々たる偉功を浴びて、バスク人テロリストたちをおののかせた。彼らもまた、スペインの情報源によると、組織の最有力メンバーを何人か失っていた。

　これが事実なら——と、ビル・トウニーの総括報告書は示唆した——レインボーは設立時に期待された効果をたしかにあげていた。もしかすると、ここまで力のほどを見せつけたら、もうこれまでほどひんぱんな出動はなくなるのではないか。

　しかし、なぜ短期間に三つの事件があいついで起きたのか、あるいは、だれかが指嗾したのなら、いったいだれなのか、それについてはいぜんなんの手がかりもなかった。イギリス海外情報部の情報分析課は偶然であると断じ、その理由として、発生地がスイス、オーストリア、スペインの三か国にわたっていること、そのぜんぶで地下潜行グループとコンタクトできる人間がいるとは思えないことを挙げていた。二か国ならまだしも、三か国ぜんぶというのは考えにくい。情報分析はつづけて、以前の東側情報機関にコンタクトして、一部の引退組の動静をチェックすることを提案していた。なんなら、彼らの情報を相場で買ってもいいのではないか。引退した情報工作員は、いまや現実世界で現実の暮らしをしなくてはならないから、値段は安くないかもしれないが、怪我人が出る事件の代償を思えば安いものである。トウニーもジョン・クラークに届けたとき、その点を強調し、クラークはまたラングレーとかけあったが、例によって却下され、レインボー・シックスは一週間、CIA本部の後方組をののしりつづけた。トウニーはロンドンの6課本部に自分で進言することも考えたが、CIAの確たる同意がないのでは、むだ骨になることはわかりきっていた。

一方で、たしかにレインボー効果はあるように思われた。クラークも、いぜん面白くないことに変わりはないが、自分がいまや机の奥にすわって、若手をはなばなしい前線に送り出している〝背広組〟であることを認めた。情報工作官としての現役中、ジョンはなにかと上からの監督をぼやくことが多かった。いま自分がそれをやってみると、すこしわかるような気がした。指揮官はそれなりにやりがいもあるが、しかし、かつて現場に出て、銃火をくぐり、第一線で起きることにかかわった者にとっては、到底たのしいものではない。自分はやりかたを知っているから、それを部下に教えてやらせるというのは、昔なら、五年前までの自分なら、考えられもしなかったが、いまもそれがよろこべない姿勢であることに変わりはなかった。人生は袋小路だ、とクラークは思う。その袋小路から抜け出す唯一の道も、あまりたのしいものではない。だから彼は、世界じゅうの同年配の男とおなじように、毎朝背広を着て、年齢が人生にもたらす影響をぼやいているのだった。おれの若さはどこへ行ってしまったのか。あの若さをどこでなくしてしまったのか。

ポポフは昼食前にダブリン空港に着いた。そこからガトウィック行きの切符を買った。イギリスまでは一時間のフライトである。ガルフストリームＶビジネス・ジェット機ならいいのだが——と、ついつい思った。空港の混雑からも解放されて、あれほど便利な旅の方法はない。乗り心地はジャンボとちっとも変わりはない。しかし、あの贅沢をするだけの金は、一生手にすることはないだろう。だからもうそのことは頭から追い払った。しかたない、ただのファースト・クラスで我慢するか。胸中ぼやいて、ロシア人はワインを口へはこんだ。７３７は巡航高度に上昇した。またまた考えねばならぬことがあり、それには飛行機のファースト・クラス・キャビンでのひとりきりの時間にかぎる。

おれはグラディの成功を望んでいるだろうか。いや、それよりも、おれの雇用主はグラディの成功を望んでいるかだ。ベルンとウィーンでは、とてもそうは思えなかったが、今回はべつなのではないか。ヘンリクスンはべつだと思っているらしい。話していて、その印象を受けた。今回はなにかちがいがあるのか。あるとすれば、それはなにか。

ヘンリクスンは元ＦＢＩだ。もしかしたら、それでかもしれない。ポポフもそうだが、彼も何事にも失敗をもとめはしない。彼はレインボーに打撃をあたえて、なにかをさせまいとしているのでは？　なにかとは、なんだ。なにかを邪魔されたくないのだろうか。

またしても壁。またしてもポポフは、頭から壁にぶつかった。彼はふたつのテロ事件を起こす段取りをつけたが、その目的としては、テロにたいする国際的意識を高めること以外に考えようがない。ヘンリクスンはその分野の国際的コンサルタント会社を経営しているから、仕事を取るためには意識を高めたいだろうが、しかし、それをするには、ポポフから見れば金のかかりすぎる、効率のよくない方法だ。契約獲得によって稼ぐ金は、ポポフがこれまでに稼いだ、というか、着服した金ほどにもなるはずがない。そして、ここでまた留意すべきは、資金の出所はジョン・ブライトリングとホライゾン・コーポレーションであって——もしかするとブライトリング個人かもしれないが——ヘンリクスンのグローバル・セキュリティではないことだ。つまりふたつの会社は、目的でこそ一体だが、資金面ではそうではない。

したがって——と、ポポフはフランス産シャブリをちびちびやりながら考えた。オペレーションはすべてブライトリングの仕事で、ヘンリクスンは支援にまわって専門技術とアドバイスを供し——。

だが、目的のひとつが、ヘンリクスンの会社が、数週間後にはじまるシドニー・オリンピックのコンサルタント契約を取ることだったのは間違いない。それはブライトリングとヘンリクスン双方にとって、非常に重要だったのだ。したがって、ヘンリクスンは、なにかしらブライトリングにとって非常に重要なことをやっていて、それは後者の目的——なにか皆目不明だが——を助けることなのだ。

いったいブライトリングと彼の会社は、なにをしているのか。ホライゾン・コーポレーションと世界各地にあるその無数の関連会社は、医学研究にたずさわっている。会社は医薬品を製造し、毎年莫大な費用を新薬開発につぎこんでいる。医学研究の分野では世界のリーダーである。研究所にはノーベル賞受賞者が何人もいて、インターネットで調べたところでは、会社は医学進歩の可能性を持つきわめて刺戟的な分野で業績を重ねている。そこでまたポポフは首をふりうごかした。遺伝子工学と医薬品製造が、テロリズムとどこでどう関係するのか。

アイリッシュ海の上空で、不意にぱっと電球がともって、彼にアメリカがつい先ごろ細菌戦を仕掛けられたことを思いださせた。それは約五千人の命を奪い、合衆国と大統領の激しい怒りをかった。彼が受け取った資料によると、レインボー・グループの指揮官クラークと、娘婿シャベスは、その小規模戦を終結させるのに、表立たないがじつにドラマチックな役割を演じていた。

細菌戦、か。全世界を震撼させるに足る事件だった。結果的には、格別効果的な武器にはなりえなかった——なによりもアメリカがサウジアラビアの戦場で、例によって迅速かつすさまじい打撃力をもって対応したためだった。そのため、もはやアメリカにたいして攻撃をかけようなど、夢にも考える国民国家はどこにもない。アメリカの軍隊はウェスタン映画の辺境の保安官のように世界を闊歩し、敬意を表され、なによりもその恐るべき撃破力ゆえに畏怖されている。

ポポフはワインを飲みほして、からのグラスをもてあそびながら、イングランドの緑の海岸線が近づくのを眺めた。細菌戦。あのときは世界じゅうが、恐怖と嫌悪（けんお）にふるえおののいた。ホライゾン・コーポレーションは、医学研究の最先端に深くかかわっている。だったらブライトリングの仕事が、生物化学戦研究にかかわりを持つこともじゅうぶんにありうる。しかし、いったいなんのために。だいいち、一民間企業であって、国民国家ではない。企業は戦争をしない。外交政策を持つわけではない。戦争なんかに手を出して得ることはなにもない。企業は戦争をしない。するとしたら、他の企業にたいしてだろう。それだって企業秘密を盗んだりはするが、じっさいに血を流して戦うだろうか。まさか。またしてもポポフは、堅い空白の壁に頭をぶつけるしかなかった。

「まず第一に」ディック・ヴォス最先任上級曹長は、一同に向かっていった。「このデジタル無線機は音質が抜群だから、居間の会話同様に人の声をききわけられる。第二に、装置は符号化されているので、現場に二チームが出ているとき、一方のチームは左耳に、他方のチームは右耳にはいってくる。したがって命令系統の混乱が防げる」彼の説明は、オーストラリア人下士官たちの注目をあつめた。「これにより作戦行動をより確実にコントロールし、全員がつねに状況を把握できる。現場では、わかっていることが多いほど、適確に行動できる。音量調節はこれで――」彼はマイクの付け根のつまみをしめした。

「有効距離は」先任下士官から質問が出た。

「約十マイル、一万五千メートル、障害物がなければもうすこし長くなる。それ以上だと、すこし不明瞭（ふめいりょう）になる。バッテリは充電可能、一セットに予備が二個つく。バッテリはスペア・ホルダーに入れておけば、寿命は約六か月だが、週一回の充電をすすめたい。セットごとに充電器がつくから、なにも面倒はない。コンセントはユニバーサル・プラグ・セットだから、ここの壁コンセントはもちろん、世界じゅうどこでも使える。すこしいじれば、どの型にはこのなかのどれを使えばいいかがわかる」彼は指でしめしながらいった。室内のほとんどの者が、手元の装置にしばし見入った。「では、早速装着して試してみよう。電源スイッチはここに……」

「十五キロ？」マロイがききかえした。

「そうです」ヌーナンはこたえた。「これがあれば、地上の状況はたえず耳にはいり、教えられるまで待たずにすみます。ヘリのヘッドセットに装着でき、インターコムの機内通話にもさほど干渉しないはずです。このアタッチメントをつければ、操作ボタンは袖口（そでぐち）の先に出て手元にくるので、オンとオフの切り替えは簡単です。受信専用モードにもできます。それはこの第三ポジションです」

「これはいいな」ナンス軍曹が感心した。「地上の様子がわかるのがいい」

「まったくだ。地上の連中が脱出したいとき、こちらは連絡を受ける前に途中まで行っていられる。よし、気に入った」マロイ中佐はいった。「これはいただきだ、ティム」

「まだ実験機ですが。E‐システムズでは、二、三欠陥があるかもしれないといってますが、いまのところなにも出ていません。暗号化システムは一二八ビット連続の最新型で、マスター・セットに同期されていますが、ひとつのセットがだめになったら、べつのセットが機能を受け継ぐ階層式です。フォート・ミード（訳注 NSAの所在地）の連中にかかったら、たぶん解読されるでしょうが、ただしこちらで交信してから十二時間後です」

「航空機内での使用に問題はないのか——搭載装置に干渉するとか」ハリスン中尉がきいた。

「いまのところありません。フォート・ブラッグでナイト・ホークとストーカーに使ってみましたが、なにも支障は出ませんでした」

「よし、こいつを使って試してみよう」即座にマロイがいった。彼はエレクトロニクスを信用しないことにしていた。それに、ナイト・ホークを飛ばす絶好の口実になった。

「ナンス軍曹、機の準備だ」

「承知しました」軍曹は立って、ドアロへ向かった。

「ティム、きみはここにいてくれ。屋内と屋外で試し、有効距離もたしかめたい」

三十分後、ナイト・ホークはヘリフォード上空を旋回していた。

「きこえるか、ヌーナン」

「感明良好」

「よし。現在の距離は、えーと、十一キロだが、きみの声は通りの向かいのラッシュ・リンボー（訳注　ラジオのトーク番組の司会者）並みにきこえる。いけるぞ、このデジタル無線機は」

「でしょう」ヌーナンは自分の車に乗り、金属の箱のなかでも影響を受けないことをたしかめた。十八キロ、十一マイルはなれても、無線機はちゃんと機能することがわかり、二十五セント玉二枚重ねたほどの大きさのバッテリと、爪楊枝（つまようじ）の半分ほどの長さのアンテナで、これはなかなかのものだと全員が思った。「これでスリング降下が、いっそうスムーズになるでしょう」

「どうしてだ」

「ロープの先端にぶらさがった者が、すこし高いとか低いとか教えることができるじゃないですか」

「おい、ヌーナン」怒った調子の返事がきた。「距離感覚というのは、なんのために会得すると思ってるんだ」

「ラジャー」ＦＢＩ捜査官は笑っていった。

第28章 白昼

金は事をだんぜん容易にする。トラックを盗まなくても、変装して偽造身分証明書を持つ男がひらいた口座から、自己宛小切手で買うことができた。スウェーデン製ボルボの大型商用車、トレーラーではないふつうのトラックで、荷台を覆うキャンバスの幌には架空の会社名が書いてあった。

トラックは商用フェリーでアイリッシュ海を渡った。どのトラックも積載物は冷蔵庫入りの段ボール箱で、イギリス税関も難なく通過し、そこからは高速道路を法定速度を守って走りさえすればよかった。トラック部隊は緊密な隊形で西部地方を通り、日が落ちる直前にヘリフォードに着くと、あらかじめ決めておいた場所に駐車した。そのトラック・サービスエリアで運転手らは降りて、とあるパブに向かった。

ショーン・グラディとロディ・サンズは、おなじ日に空路イギリス入りした。ガトウィック空港の税関／入管は、これまでに何度となく使っている偽造パスポートで通過し、案の定、イギリスの入管係官の目、耳、頭の鈍さがまたしても証明された。ふたりは偽造クレジット・カードでそれぞれレンタカーを借り、西へ、やはり前もって決めておいたルートをヘリフォードへ向かい、トラック隊よりすこしはやく、おなじパブの前に着いた。

「なにも支障はないか」グラディは双子のバリー兄弟にきいた。

「ないよ」サムがこたえ、ピーターがうなずいた。いつもそうだが、彼の部下たちは、行動前の不安を感じていないはずはないのだが、いまもうわべは落ち着き払っていた。すぐに全員そろい、片方が七人、片方が九人のふたつのグループが、ボックス席におさまって、ギネスをちびちび飲み、しずかにしゃべった。彼らの存在は、店の常連の好奇心を呼びもしなかった。

「あれはすぐれものだ」クラブで一杯やりながら、マロイがヌーナンにいった。「E－システムズね」

「いい会社です。あそこのハードはＨＲＴでもずいぶん使っていました」

海兵隊員はうなずいて、「うん、特殊作戦コマンドでもだ。しかし、わたしはやはりコードやケーブルのついたもののほうが好きだね」

「しかし、中佐、紙コップと糸の細工をヘリで使うのは、ちょっとむずかしいんじゃないですか」

「そこまで後れてはいないよ、ティム」いいかえしたが、顔は笑っていた。「それに今日まで、ロング・ロープ降下になにかの力をかりたことはない」

「あの技量にはおどろきました」ヌーナンはビールをちびりとやった。「ヘリには何年乗ってますか」

「二十年――この十月で二十一年になる。ヘリコプターはいまや最後の航空機だよ。最近の戦闘機なんてのは、コンピュータがパイロットのしていることのよしあしを判断して、悪けりゃ代わってやってくれる。わたしもコンピュータはゲームやらEメールやらはいじるが、コンピュータに操縦してもらおうとはつゆ思わない」はかない自慢、あるいはそれに近い――と、ヌーナンは思う。いずれそういう進歩は回転翼機にもおとずれて、操縦士はぼやくだろうが、文句をいってもしかたがないから受け入れ、付き合っていくだろう。それがまた安全でもあり、より効果もあがる。「じつはいま、担当官から手紙がくるのを待っているんだ」

「え？　なんの手紙ですか」

「VMH1操縦の候補にあがってるんだ」

「大統領専用ヘリを？」

マロイはうなずいた。「いまはハンク・グッドマンがやってるが、彼は今度将官になったから、もっと上へ行く。そしたらだれかが、わたしの腕が悪くないことをききつけたらしい」

「すごいじゃないですか」と、ヌーナン。

「そのかわり面白味はないな——水平直線飛行ばかりで、たのしませてはもらえない」

海兵隊員はいって、内心とは裏腹なつまらなさそうな顔をして見せた。ＶＭＨ１に乗るのは、ヘリ操縦士の名誉であり、技量の自信をしめす海兵隊のやりかただった。「二週間後にわかる。またワシントン・レッドスキンズの試合を現地で見られるかと思うとうれしい」

「明日の予定は？」

「昼前に低空降下訓練、午後は書類仕事。空軍に出す書類が山ほどあるんだ。しかたがない。空軍はヘリ所有者だし、メインテナンスも優秀なクルーの提供も快くやってくれるからな。しかし、民間パイロットにあの書類仕事はないだろう」飛んでさえいればいい果報者たち——とは思うが、彼らの飛行なんて、退屈なること、ペンキ乾燥レースか雑草生やしマラソンのごとしだろう。

　シャベスはまだイギリス流ユーモアに慣れず、したがって地元テレビの連続物にはたいてい退屈させられた。そのかわりケーブル・テレビがあって、その歴史チャンネルが、パッツィーは知らないが、彼には気に入りになった。

「ディング、一杯だけよ」パッツィーは釘をさした。もうお産の間近い彼女は、夫にいつも素面でいてもらわなくてはならず、そのためビールは毎晩一杯だった。

「わかってるよ」女ってやつは、男を気安く指図してくれるよ。ディングは胸中ぼやいて、もう一杯ほしいと思いながら、のこりすくなのグラスをみつめた。クラブでビールを飲んで、遠慮のない、ざっくばらんな雰囲気で仕事のことを語り合い、みんなと絆を強める——最高だ。しかし、いまは妻についていてやれるときは、五十フィート以上はなれず、はなれるときは彼女は夫のポケベルの番号を持っていた。もうおなかの子は降りていた——なんのことかわからないが。いや、もういよいよだとはわかるが、〝降りる〟とはどういうことなのかは不明だった。とにかくそれで、もうビールはひと晩に一杯なのだった。三杯飲んでも平気なのだが……いや、四杯でも……。

ふたりはイージー・チェアをならべてすわっていた。ディングはテレビを見るのと、情報資料を読むのを同時にやっていた。そんなことがやれるらしいのだが、妻はあきれもすれば、気にもなった。彼女は医学雑誌を読み、ときどき光沢紙の余白に書き込みをしていた。

クラークの家でも似たり寄ったりだったが、こちらではビデオ・デッキにムービー・カセットが入れられて、映画をやっていた。

「オフィスでは変わりない？」サンディがきいた。

オフィスでは、か。昔彼が出動先から帰ったときは、そうはいわなかった。あのころは〝大丈夫？〟だった。そのききかたには、いつもちょっぴり不安のひびきがあった。彼は現場でのことを決して——でもないが、ほとんど——妻にはいわなかったが、それがデスクワークとはいささかちがうことは、サンディにはわかっていたのだ。してみると、これもまた〝後方組〟であることを教えてくれるひとことなのか。ありがとうよ、ハニー。

「べつにないね」と、彼はこたえた。「病院はどうだ」

「昼食直後に交通事故がひとつ。大した怪我(けが)じゃなかったけど」

「パッツィーはどうしてる」

「もうすこしリラックスすることを覚えたら、きっといい医者になるわ。でもまあ、こっちは救急外来勤務二十数年ですものね。理論面ではあたしより詳しいけど、もうすこし実地を勉強しないと。でも、よくやってるわよ」

「きみならどうだ、いい医者になれたと思うか」夫がきいた。

「思うけど、でも——あのころはとても無理だったわね」

「子どもはどんなだ」

これにはサンディは笑みを見せた。「あたしもそうだったけど、待ちきれないみたい。

あれぐらいになると、はやくきておわってほしいと思うのよ」

「心配はないのか」

「ないわ、ドクター・レイノルズはいい先生だし、パッツィーも順調そのものだから。ただ、あたしがおばあちゃんになる用意がいいかどうか、自信がないのよ」そういい足して笑った。

「わかるよ、その気持ちは。じゃ、もう今日明日にもってことか」

「きのう子どもは降りたの。坊やのほうは用意ができたってことね」

「坊や？」

「みんながそう決めてかかってるらしいのよ。まあ出てくればわかるけど」

ジョンはひと声低くうなった。たしかにドミンゴは、ぜったいい男だといいはっている。父親似のハンサムで、それからバイリンガルで――と、いつもヒスパニックの笑みとともに付け加える。まあ娘婿（むすめむこ）としては上等だ。頭は切れる、のみこみのよさは無類、米陸軍軽歩兵師団の若い軍曹から、見込まれてＣＩＡの情報工作官になり、ジョージ・メイスン大の学位を取り……今は今で、もうあと二年ドクター・オブ・フィロソフィーのコースを取ろうかなどといっている。余暇の時間調整さえできれば、いっそオクスフォードで――とは、今週のはじめにいっていた。東ロスアンジェルスのチカーノ（メキシコ系アメリカ人）が、オクスフォード大学の卒業式に出る――こいつはちょっとしたものだ。末はCIA長官にならぬものでもなく、そうなったら手に負えない。ジョンは思わず笑いだして、ギネスをひとくち飲み、テレビ画面に注意をもどした。

目がはなせないぞ、とポポフは自分にいってきかせた。彼はふたたびロンドンにきて、一連のテラスハウスの内部をつなげて改装した、中級のホテルにはいっていた。この仕事はしっかり見ておかなくてはならない。テロリストのオペレーションとしては、かつてないものになる。ビル・ヘンリクスンの提案ながら、グラディもとびついただけに、最初から作戦計画があり、たしかに戦術的にも手堅い構想という気がする。大事なのは切り上げどきだ。いずれにせよ、ドミトリは自分の目で見きわめたかった。それでいよいよとなれば、銀行に連絡し、利用コードを使って金を自分の口座に移し、あとは……あとは好きなときに姿をくらませばいい。グラディは気づいてもいないが、預金の振替えができる人間はふたりいるのだ。ショーンというやつは、そういうとおかしいが、きっと人を信じやすい男なのだ。元KGBの友人からのコンタクトに簡単に応じ、現金とコカインというふたつの大きなテストは課したものの、それが届けられると、ただちに約束の行動を開始した。いま思うと、これがいちばんおどろいていいことだった。レンタカーのジャガー・サルーンで現場へ行き、自分の目で見なくてはならない。そうむずかしいことでもないし、気をつければさほど危険もないと思った。その思いを頭において、今夜最後のストリチナヤをぐいとあおると、明かりを消した。

その朝、四人はおなじ時間に目を覚ました。ひとつの家でドミンゴとパトリシアが、もうひとつの家ではジョンとサンドラが、五時半に鳴りだした目覚ましのベルで目をあけ、二組のカップルはその日のスケジュールに合わせて行動を開始した。女ふたりは、地元病院で午前七時から午後三時までの救急室勤務だから、六時四十五分には出勤しなくてはいけない。だから両家ともバスルームを使うのは女が先で、男はキッチンへ行き、コーヒー・マシンにコーヒーを入れ、スイッチを入れる。それから玄関先の新聞を取ってきて、BBCの朝のニュースをつける。二十分後、バスルームと新聞が交換され、その十五分後、二組のカップルはキッチンで朝食の席につく。ただし、ドミンゴのばあいは二杯目のコーヒーだけで、彼は食事は朝のPTがおわってから、隊員たちといっしょに取るのがきまりである。クラーク家では、サンディがフライド・トマトに挑戦中で、これは彼女はイギリスの味として覚えようとしているのだが、夫のほうはアメリカ市民の節義を守り、頑として口にしなかった。六時二十分、女も男もそれぞれの制服に着替え、それぞれ異なる日課にとりかかるべく、ただちに家を出た。

クラークは隊員たちといっしょにランニングはしない。ついに自分でも認めたが、もうフル・メニューをこなすにはとしだった。だが、毎朝おおよそおなじところにあらわれて、おおよそおなじ訓練をした。SEAL時代と大きくは変わらないが、ただ長距離水泳がない。ここにもプールはあるが、小さくて泳ぐ気になれない。そのかわり三マイル走る。隊員は五マイルで、これまた恥を忍んで認めるのだが、彼らは距離だけでなくペースも上回る。自分の年齢でいまの体力は優秀だと自負しつつも、それを維持するのが日に日に苦労になっていて、死にいたる道のこのつぎの大きな里程標には、60という数字が書かれている。もう自分がサンディと結婚したころの若さと活力にあふれた男でないというのが、なんだかひどく不思議なことに思えてくる。だれかが自分からなにかを奪って行ったみたいなのだが、そうだとしたら、ぜんぜん気がつかなかった。ある日見まわしたら、自分が思っているのとはちがう自分を見いだしたのだ。あまりうれしいおどろきではない。そう思いながら三マイルを走りおえると、痛む脚に汗が伝い流れ、朝から二度目のシャワーを浴びなければならなかった。

　本部へ向かう途中、アリステア・スタンリーが、彼は彼で独自の運動をはじめるところを見受けた。アルは五つ年下だから、おそらくまだ若さの幻想をなくしてはいない。ふたりはすっかりいい友人になっていた。スタンリーは勘のはたらく男で、とりわけ情報資料にたいするそれは鋭く、現場のオペレーターとしても、イギリス流で妙に悠然と構えながら、じつに優秀だった。偽装狙撃銃座（スパイダーホール）みたいな男だ、とジョンは思う。一見どうということもない男に見えて、その目を見ればそうではないことがわかる。いや、目を見るだけでなく、目の奥のものを見なくてはだめなのだ。ハンサムで、どこか粋で、つややかな金髪、笑うと真っ白な歯がこぼれる。だが、ジョン同様、彼も第一線では人を殺しており、ジョン同様、それで悪い夢を見るということもなかった。じつのところ、指揮官としての勘はジョンにまさり、それをジョンも認めていた――ただし、ひそかにである。ふたりともいまだに二十代のころの競争心を失わず、心にもない褒め言葉など口にしない。

シャワーを使ったクラークは、部屋へ行って席につき、朝の書類仕事にとりかかったが、ただ時間を取られるだけでなく、予算計画などというむだなことに頭を使わされて、人知れずののしった。机の引き出しには四五口径ベレッタがはいっている。ただの公僕ではないしるしなのだが、今日は射場へ行って、自分をレインボー指揮官にした戦闘技能をふるおうにも、その時間がない。地位にふさわしい能力をしめすことを、その地位が妨げるのだから、事は皮肉だ。八時すぎ、ミセス・ファゲイトが出てきて、ボスの部屋をのぞき、ボスが管理業務をしているときにかならず見せる眉間のしわを見た。これが情報資料や作戦任務の計画や検討をしているときは、すくなくとも興味だけは持っているように見える。彼女はコーヒー・マシンの用意をしにはいってきて、朝のあいさつがわりのうめき声をきかされたあと、自分の席にもどり、スクランブル機能付きのファックスに、すぐボスに見せねばならないメッセージがはいっていないかどうか見た。今朝はなにもなかった。ヘリフォードのあたらしい一日がはじまった。

グラディと仲間も起き出ていた。お茶と卵とベーコンとトーストという、いつもとおなじ食事をした。典型的なアイルランドの朝食は、イングランドのそれと変わらない。グラディたちは考えてもみないが、朝食にかぎらず、両国は基本的な習慣においてほとんど変わるところがない。どちらも礼節を尊ぶ社会で、人もてなしがとてもいい。どちらの国の市民も、たがいに笑みを交わし、仕事に精を出し、おおむねおなじテレビを見、おなじスポーツ欄を読み、だいたいおなじスポーツをたのしみ——どちらの国でも国民的に熱狂する種目——似たようなビールを似たような量たしなみ、それを飲むパブがまた、看板といい店名といい、どちらの国であっても不思議でない雰囲気である。

だが、通う教会が異なり、しゃべる言葉のアクセントが異なる。外国人の耳にはおなじにきこえるが、それぞれにとってはまったく別物なのである。それをききわける耳は、いまも日常生活の重要な一部分なのだが、グローバルなテレビジョンがそれを徐々に変えていた。五十年前の世界から訪ねてきた人がいたら、共通の言語のなかに多数アメリカ語法がはいりこんでいるのに気づくだろうが、そのプロセスはあまりにゆるやかだったから、そのなかで暮らしている人々には、ほとんどそれとわからないのだ。それは革命運動がある国に共通の状況である。外部の者には小さなちがいでしかないが、変革を唱える者にはかえって拡大され、グラディたちはイングランドとの類似性を、両国の人々を近づけるかもしれない共通要素として見るよりも、自分たちのオペレーションを容易にするカムフラージュとしてしか見なかった。ビールを酌み交わし、いいサッカーの試合を話題に歓談できるかもしれない相手が、彼らにとっては火星人とおなじほど無縁の、したがって殺しても痛痒を感じない相手なのだった。彼らは〝仲間〟ではなく、物であり、客観的な第三者には異様に思えても、自分たちの頭にはたたきこまれていることだから、この晴朗な朝の空気を気にとめないのとおなじほど、いささかも気にすることではなかった。その空気のなかを、彼らは本日の仕事の準備にかかるべく、駐車場のトラックと乗用車に向かった。

午前十時半、シャベスと彼のチームは、屋内射場へ射撃練習に向かった。すでに各射台には射場長デイヴ・ウッズの手で、チーム2隊員用の弾薬箱が用意されてあった。今日もシャベスは、MP10ではなくピストルの練習をすることにした。撃つのに世話のいらぬMP10は、目が見えて引き金を引く指があれば、だれが撃っても、そこそこの成績は出せる。そこで彼は一〇ミリ弾を返して、米国製フェデラル〝ハイドラ‐ショック〟プレミアム・アンモ、四五ACP二箱と取り替えた。ホローポイント部分の大きさは、そのなかでカクテルでもできそうだった。なかをのぞくと、そんな気がした。

チーム2の射撃練習がはじまったところへ、マロイ中佐がフライト・クルーのハリスン中尉とナンス軍曹を連れてはいってきた。彼らは米軍制式銃のベレッタM9を携行し、ハーグ会議の定めるフルメタル・ジャケット九ミリ弾を撃つ。戦場でなにを使っていい、なにを使っては悪いと規定するこの国際条約に、アメリカは調印していないが、アメリカはルールには従う国である。特殊作戦部隊レインボーの隊員は、別種の、もっと威力のある弾薬を使うが、それは、自分たちは戦場に出るのではなく、組織化され制服を着た敵に払われるのとおなじ配慮を払うに値せぬ、犯罪者とたたかうのだからという考えかたに基づく。考えてみればちょっとおかしいのだが、この世のことはすべて理にかなわねばならぬとする厳格なルールなどありはしないから、彼らは支給された弾を撃つ。レインボーのばあい、ひとりが一日にすくなくとも百発は撃つ。マロイとそのクルーは、週に五十発ぐらいのものだが、彼らは射手になることはなく、ここへやってくるのも儀礼みたいなものでしかない。マロイはしかし、射撃の腕も一流である。ただし、かつての米軍の指導どおり、ピストルを片手撃ちする。ハリスンとナンスは現代風に両手保持のウィーバー・スタンスである。マロイは銃も若年時の四五口径にしたいところだが、米軍はNATO諸国の反感をかわぬよう小口径弾を採用していた。そのかわり、標的の人体にあく穴もそれでずいぶん小さくなった。

少女の名はフィオーナといった。五歳の誕生日前に、毎日かよっているデイケア・センターでブランコから落ちたのだった。木のささくれで皮膚が傷ついたが、それよりも左腕橈骨の骨折が心配された。サンディ・クラークは泣きわめく子どもの腕を押さえた。ゆっくり動かし、丹念にさわって調べた。少女の涙はあふれてとまらない。これは骨折ではないんじゃ……ごく軽度の若木骨折かもしれないけど、たぶんそれでさえもない。

「レントゲンを撮りましょう」パッツィーはいって、グレープ・キャンデーを子どもにあたえた。アメリカでもイギリスでも、これはてきめんに効く。涙はとまり、少女は右手と歯で包装紙をはがして、可愛い口にキャンデーを突っ込んだ。サンディは濡れたガーゼで腕を拭いた。二、三か所大きくすりむいただけで、縫合の必要もない。消毒して大判のバンドエイドを貼っておくだけでいい。

ここの救急室は、アメリカのようにいそがしくない。田舎だから大怪我をする機会がすくないこともある。先週、農用機械で片腕をもがれそうになった男がきたが、サンディとパッツィーはちょうど非番だった。交通事故もアメリカの似たような土地にくらべ、大きな事故がすくないが、これは道幅は狭く速度規制がゆるいわりに、イギリス人はアメリカ人より慎重運転なのが理由のようだった。イギリス人がなぜそうなのか、アメリカ人の医師と看護婦にはわからなかった。病院はアメリカの標準からすれば、ばかにスタッフが多く、それでだれの労働量も適正になっており、これにもふたりのアメリカ人はちょっとおどろいた。十分後、パッツィーはレントゲン写真を見て、フィオーナの腕の骨に異常がないことを知った。それから三十分後、少女はデイケア・センターへ帰って行った。帰ったらちょうどランチタイムだ。パッツィーは机について、読みかけの『ランセット』をひらき、母親は立ち机にもどって、同僚とおしゃべりをはじめた。母も子も、もうすこし仕事があればいいのにと、よからぬ考えをわかせた。それはだれか未知の人間が、痛い目にあうということである。サンディ・クラークはイギリス人の同僚に、こちらへきてからまだ一度も銃創を見ていないことをいった。ヴァージニア州ウィリアムズバーグの病院では、毎日の出来事だった。こちらで同僚に話すと、皆怖じ気(おじけ)をふるうが、アメリカの救急室勤務看護婦には風景の一部もおなじだった。

　ヘリフォードは眠っているような土地でこそないが、車の交通量は、到底賑(にぎ)やかな大都市のそれではなかった。グラディはレンタカーを運転して、トラック部隊のあとから目標へ向かっていたが、ふだんよりゆっくり走っていた。もっと車が多く、したがって時間がかかると思っていたのだ。スピードを上げて、それだけはやく行動を開始することもできたが、彼は几帳面(きちょうめん)な男だから、一度決めたことには愚直なまでに従った。そのほうが、いつなにをするか全員の頭にはいっていて、作戦行動の上からもいい。不測の事態への備えとしては、全員が全員の短縮ダイアル番号をセットした携帯電話を所持していた。兵士が持つ戦術系無線機にくらべても、遜色(そんしょく)はないとジョーンは思っていた。病院が見えてきた。なだらかな斜面の下に建っている。駐車場もあまり込んでいないようだ。入院患者が多くないのか、でなければ見舞い客が昼食を取りに出て、まだ帰ってきていないかだ。

ドミトリは車を道路わきに寄せてとまった。病院までは二分の一キロというところで、この丘の上からは、正面玄関と横手の救急室入口のある二面が見えた。パワー・ウィンドーを下げてからエンジンを切り、なにがはじまるのか待ち受けることにした。バックシートに空港の売店で買った安物の7×35双眼鏡があるのを、手元に引き寄せた。助手席にはなにかの必要にそなえて、携帯電話を置いてある。大型トラックが三台はいってきて、病院のそばに停車した。彼の車とは、建物までの距離がまるでちがうが、停車位置はやはり玄関と救急室入口の両方をカバーできる位置だった。

ポポフがふと、あらぬことを思ったのはそのときだった。ヘリフォードのあのクラークという男に電話して、なにがはじまるか教えてやるか。自分はあいつらが、今日という日を生きのびないことを望んでいるんじゃないのか。生きのびなければ、あの五百万米ドルを超える金をもらって、姿をくらましてしまえばいい。カリブ海の島なんかよさそうだ。パンフレットも二、三調べてみた。イギリス風アメニティー――まじめな警察官、パブ、愛想のいい人々――があって、あくせくしない、しずかな暮らしがある。それでいてアメリカには近いから、どんな投資計画を立てるにせよ、資金運用にはちょくちょく出向くこともでき……。

しかし……やめておこう。グラディが成功する可能性も皆無ではないのだ。あの残忍で執念深いアイルランド人に追われる危険なんかおかしたくない。ここはなにもせずに、最後までやらせたほうがいい。そう思って、膝(ひざ)に双眼鏡を置いてじっと動かず、BBCのラジオが流すクラシック音楽にききいった。

グラディはジャガーを降り立った。ブートをあけて荷物を出し、キイをポケットに入れた。ティモシー・オニールも自分の車――小型ヴァンをえらんでいた――を降りると、じっと立って、ほかの五人がそろうのを待った。二、三分でそろった。ティミーは携帯電話を持ち上げて、短縮番号1を押した。百ヤードはなれたところでグラディの電話が鳴りだした。

「はい」

「用意いいぞ、ショーン」

「では、行け。こっちも用意はいい。グッド・ラック」

「よし。それでは行くぞ」

オニールは配送員が着る茶色のカバーオールを着ていた。大きな段ボール箱を持って、病院の横手の入口に向かい、あとから四人、これは私服の男たちが、おなじような大きさの、だが色違いの箱を持ってつづいた。

ポポフは不安を抱いてバックミラーに見入った。警察車両が道路の端に寄ってとまり、制服警官が降り立つと、彼の車へやってきた。

「どうしました」と、警官はきいた。

「いや、なんでもないんです。いまレンタカーの会社に電話したら、見にきてくれるそうです」

「なにか故障でも?」

「よくわからないんです。エンジンの調子がおかしくなってきたから、とめたほうがいいと思って停車したんです。でも、大丈夫」ロシア人はこたえて、もう一度くりかえした。「会社に連絡したら、見にきてくれるということだから」

「それはよかった」警官はいって、背筋をのばした。困っているドライバーを助けがてら、いい空気を吸いたくてとまったみたいだった。それにしても、いやなところへきてくれたものだ、とポポフは思った。

「なんでしょう」受付事務員がきいた。

「届け物です。ドクター・シャベスと、ナース——」そこで箱の伝票を見て、われながら気のきいた演技だと思った。「ナース・クラークに。おいででしょうか」ティモシー・オニールはいった。

「呼んでこよう」事務員は親切にいって、奥へ引っ込んだ。

IRA兵士の手が蓋の下にそっとはいって、いつでも箱をあけられる構えになった。彼はうしろをふりむいて、神妙にならんで待つ四人の男にうなずいた。オニールが親指で鼻をこすると、なかのひとり、ジミー・カーという男が、また外へ出て行った。外には警察の車両が一台とまっていた。レンジ・ローヴァー。白のボディにオレンジ色のストライプ。車内で警官がサンドイッチを食べていた。車をとめやすいところにとめて、ランチにしたのだ。ひまなときにのんびり時間つぶしをする——アメリカの警官の〝クーピング〟というやつだ。ふと、警官の目が、救急室入口の外に立つ男をとらえた。フラワー・ボックスのようなものをかかえている。いましがた、ほかにも二、三人、おなじような箱を持ってはいって行ったが、ここは病院だから入院患者に花が届いても不思議ではないが……しかし……白い大きな箱を持って立つ男は、じっとこちらを見ている。警察車両を見ると、そうやって目をすえる人間はたしかに多い。警官はにらみかえした。

最初は軽い好奇心からだったが、そのうち警察官の勘が頭をもたげはじめた。

「ドクター・シャベスです」パッツィーはいった。オニールは自分とあまり変わらぬ上背と、糊のきいた白衣の下の大きなおなかに気づいた。「届け物ですって？」

「ええ、そうなんです」こたえたところへ、もうひとり女があらわれ、見た瞬間にふたりの顔立ちがそっくりなのがわかった。これはもう親子でしかありえない……よし、はじめていいぞ。

オニールは箱の蓋をぱっとはねあげると同時に、ＡＫＭＳライフルを取り出した。目が手元の銃へいっていたので、前に立つふたりの女の顔にうかんだ驚愕の表情を見なかった。右手がマガジンを一本つかんで、銃にはめこんだ。そこで手を代えて、右手でライフルのピストル・グリップをにぎり、左手で遊底を引いて射撃位置にした。それだけの操作に二秒を要さなかった。

とつぜん銃を突きつけられた人はだれでもそうだが、パッツィーとサンディも全身を硬直させた。目を剝いて、顔には衝撃がそのままはりついていた。ふたりの左方でだれかが叫んだ。配送員のうしろでもすでに三人の男が、おなじ型の銃を持って外側を向き、レセプション・エリアの人たちにねらいをつけていた。救急室のいつもと変わらぬ一日は、まるで別物に変わった。

外ではカーが、やはり箱の蓋をぱっとひらき、にたりと笑いながら、つい二十フィート先の警察車両に箱の銃口側を向けた。

　エンジンはかけたままだったから、警官がとっさに思ったのは、この場をはなれて報告することだった。左手がギヤをバックに入れ、右足がアクセルをいきおいよく踏んだ。車はだっと後退した。

　カーの反応は瞬間的だった。銃が上がり、遊底が引かれ、ねらうと同時に引き金がしぼられ、十五発の射弾がフロントガラスにとびこんだ。結果は即座に出た。まっすぐバックしていたローヴァーは、銃弾を受けるとすぐに右へ尻をふり、病院の建物の煉瓦壁にぶつかった。もうアクセルにかかる力はなく、車はそれっきり動かなかった。カーは走って行って車内をのぞき、この世から警察官がひとり減ったことをたしかめた。彼にとっては、なんの喪失でもなかった。

「なんだ、あれは！」その修辞的疑問を発したのは、ポポフではなく、路傍の親切な警官だった。その疑問が修辞的だったのは、自動小銃の射撃音は他の何物とも間違えようがないからである。首をふりむけた警官は、自分のとまったくおなじ警察車両が、うなりをあげてバックし、ぶつかって停止し、男が近寄り、車内をのぞいて立ち去るのを見た。「なんてことを！」
ドミトリ・アルカデエーヴィッチは身じろぎもせず、要らざる手助けにきた警官のす
ることを眺めた。警官は車にかけもどり、窓から手を入れて無線マイクをつかみだした。
なにをいっているのか、ポポフの耳にはきこえなかったが、きくまでもなかった。
「やったぞ、ショーン」オニールの声がグラディにつげた。グラディは報告受領をつげ
ると、交信終了ボタンを押してから、ピーター・バリーの短縮番号を押した。
「はい」
「ティモシーがふたりを押さえた。順調のようだ」
「わかった」その交信はそれでおわった。つぎにショーンは、べつの短縮番号を押した。
「ハロー、こちらはパトリック・ケイシー。われわれはヘリフォード公立病院を占拠し
た。目下ドクター・サンチェスとナース・クラーク、その他多数を人質にしている。人
質はわれわれの要求が入れられたら解放する。入れられなければ、その間違いがそちら
にわかるまで、こちらは人質を順に殺すことになるだろう。われわれの要求とは、ワイ
ト島のオールバニー、パークハースト両刑務所に収監されている政治犯全員の釈放だ。
彼らが釈放されて、テレビに映されるのを見たら、われわれはここを立ち去る。わかっ
たか」

「わかった」受付の巡査部長はこたえた。彼にはわかりはしなかったが、通話を録音したので、わかる人に情報を持って行けばいい。

カーが救急室入口の見張りにつくと、バリー兄弟のピーターとサムは、建物のなかを正面玄関へ移動した。玄関には多少の混乱があった。カーの連射の銃声は、ここではあまり明瞭にはきこえず、大半の人がおおよそ音の方角へ顔を向けたが、なにも見えないので、それまでしていたことに注意をもどした。病院の警備員は、警察官に似た制服を着た五十五歳の男だったが、院内の奥に通じるドアへ向かっているとき、双子の兄弟が銃を持ってやってくるのを見た。退職警官は「何事だ」と、イギリス人警察官がいちばんふつうに発する言葉を発したところで、片方の銃身の鋭い動きに手を上げさせられ、口を封じられた。サムが警備員の襟元をつかんで、待合室へ押しもどした。そこで人々は銃を見た。大声をあげる者がいた。玄関ドアへ走る者もいて、彼らは発砲を誘うこともなく無事外へ逃れ出た。バリー兄弟はもうそちらにかまってはいられなかった。

路傍の警官からの無線報告は、グラディの電話以上の騒ぎを呼んだ。車の警官が撃たれ、おそらく死んだらしいとあっては、なおさらだった。地元警察署長がまずやったことは、全パトカーを病院周辺に集結させることだった。銃を所持する者はわずか半数、それも主としてスミス&ウェッソンのリヴォルヴァーで、報告ではマシンガンが使用されたというから、とても対応できる代物ではない。病院のそばに駐車していた警察官が、警察無線の再三再四の呼びかけにも応じず、やはり死んだことがはっきりした。

世界じゅうどこの警察署にも、さまざまな緊急事態にそなえて危機管理マニュアルが置かれている。このばあいは〈テロリズム〉の見出しがはいったファイルで、署長は内容を諳んじてはいたが、なにも忘れていないか確認のために取り出した。最優先連絡先は内務省の一デスクで、署長は現在わかっているわずかばかりの事実をその高級官僚につげ、なお情報収集中であること、なにかわかりしだい報告することを付け加えた。バッキンガム宮殿に近い内務省本庁ビルには、イギリス諸島のほぼすべての面を監督する部門がある。それには法執行も含まれ、そのビルにも危機管理マニュアルがあって、ただちに引き出された。それにはあたらしいページが加えられ、あたらしい電話番号が載っていた。

「4233です」アリス・ファゲイトは受話器を取って応答した。それは重要音声通信にのみ用いられる回線だった。

「ミスター・クラークを」

「はい。お待ちください」

「ミスター・クラーク、33にお電話です」彼女はインターコムでつげた。

「はい、ジョン・クラーク」レインボー・シックスは受話器をつかんで名乗った。

「内務省のフレデリック・キャラウェイだ。どうやら緊急事態だ」高官はいった。

「場所はどこです」

「そこからすぐ近く、ヘリフォード病院だ。電話をかけてきた声は、パトリック・ケイシーを名乗った。これはPIRAが、自分たちのオペレーションをいうときのコードネームだ」

「ヘリフォード病院？」ジョンはききかえした。受話器をにぎる手が、不意に冷たくなった。

「そうだ」

「待ってください。もうひとり、この電話をいっしょにきかせたい男がいます」ジョンは送話口を手でふさいだ。「アリス！　この電話をすぐアリステアにもつなげ！」

「ジョン、どうした」

「ミスター・キャラウェイ、いまの声は副官のアリステア・スタンリーです。すみませんが、もう一度最初から話してください」

キャラウェイは話してから、付け加えた。「電話の声は人質ふたりの名をつげた。ナース・クラークとドクター・シャベスだ」

「くそっ」ジョンは小声でののしった。

「ピーターのチームを出すぞ、ジョン」スタンリーがいった。

「そうしてくれ。ほかには、ミスター・キャラウェイ」

「いまのところそれだけだ。いま地元警察の署長が情報収集にあたっている」

「わかりました。わたしならいつでもこの番号にいます」クラークはいって、受話器をもどした。「畜生」小さな声。

頭が急速回転していた。レインボーをえらんだやつは、わけあってえらんだのであり、ふたりの名前は偶然ではない。これは彼と彼の組織にたいする直接の挑戦であり、彼の妻と娘を武器にしている。つぎに思ったのは、アル・スタンリーに指揮をまかせることであり、そのつぎに思ったことは、妻と娘の命が危険にさらされていて、そして……自分にはなにもできないことだった。

「クライスト」ピーター・コヴィントン少佐は電話口で声低くののしった。「わかりました。すぐかかります」彼は立って、隊員室へ行った。「皆きけ。仕事だ。全員ただちに出動準備」

チーム1の隊員は席を立って、各自のロッカーへ行った。演習ではなさそうだが、それでも彼らは演習とおなじように振る舞った。真っ先に準備ができたのは、マイク・チン最先任上等兵曹だった。彼は防弾服をつけにかかっているボスのところへきた。

「どうしたんです」

「PIRAだ。地元病院でクラークとディングの奥さんを人質にしている」

「なんですって？」チンは目をしばたたいてきかえした。

「いまいったとおりだ」

「糞野郎が。わかりました」チンは隊員室に引き返した。「みんないそげ。これは演習じゃないぞ」


マロイはナイト・ホークにかけつけた。ナンス軍曹はすでにいて、赤旗のついた安全ピンをピン穴から抜いて、その本数がわかるようにパイロットにさしあげて見せた。

「いいようだな、中尉。行くか」

「メイン・ローターよし」ハリスンが声をあげ、ナンス軍曹は搭乗して、伸展式シート・ベルトを締めると、左ドアに寄ってナイト・ホークの尾部を見た。

「テール・ローターよし」

マロイは了解したことをつげ、エンジン計器の示度が上がるのをみつめた。もう一度無線のキイを倒した。「司令部、こちらベア。離陸準備完了。なにをするんですか、オーバー」

「ベア、こちらファイヴ」応答の声がスタンリーだったので、マロイはおどろいた。「離陸して病院上空を旋回しろ。事件発生場所は病院だ」

「ファイヴ、もう一度いってください、オーバー」

「ベア、犯人グループが地元病院を占拠した。ミセス・クラークとミセス・シャベスを人質にしている。ふたりを名指しで伝えてきた。きみは離陸して病院上空を旋回しろ」

「ラジャー。ベア離陸します」左手がコレクティヴ・スティックを引くと、シコルスキーは浮き上がった。

「いまの、きき間違いじゃないでしょうね、中佐」ハリスンがいった。

「間違いではない。くそっ」海兵隊員は内心の思いを声にした。虎の急所をにぎりにかかったやつがいる。下を見ると、基地からトラックが二台、ヘリコプターとほぼおなじ方角へ、スピードをあげて走っていた。コヴィントンのチーム1だな、と思った。いますこし頭に考えをのぼせながら、ナイト・ホークを高度四千フィートまで持って行った。地元航空管制センターを呼び出して、飛行目的をつげると、トランスポンダー・コードを知らされた。それで管制塔はこちらを追尾できる。

もう警察の車は四両になり、病院駐車場へのアクセス道路をふさいでいるが、それ以上のことはなにもしていないのをポポフは双眼鏡で見とどけた。警官は全員車の外に立って見ているだけで、なかにリヴォルヴァーを抜いて持った者もふたりいるが、銃口は地面以外を向いてはいなかった。

片方のトラックではコヴィントンが、わかっているかぎりの事実を伝えた。もう一台ではチンがそれをやった。隊員たちもさすがに衝撃を隠さなかった。自分たちと家族だけは、隊員であり家族であるというその事実だけで、こういうことの被害者にはならぬときめこんでいた。そんなことをしようと考える馬鹿は、かつていなかったからである。ライオンの檻へ行って、棒でつつくやつはいるかもしれないが、ライオンと自分のあいだに鉄格子がなかったら、だれがそんなことをするだろう。まして子ライオンに手出しなんかするはずもない。今日一日を生きておえたいと思ったら、できることではない。これは隊員全員の妻子であるにひとしい。レインボーの指揮官の妻を襲うなど、全員の面を張るもおなじで、理解に苦しむ大それた行為である。シャベスの妻にいたっては身重なのだ。妊婦とはふたつの罪なき命であり、どちらも自分らの同志のひとりのものである。毎朝いっしょに鍛練に励み、ときに夕べの一杯をともにする、仲間の兵士、チームの一員である。全員無線のスイッチを入れてじっとすわり、めいめいの銃を持って、思いをさまよわせていたが、あまり遠くをさまよいはしなかった。

「アル、この作戦指揮はきみにやってもらわなくてはならない」ジョンは机のわきに立ち、出発しようとしていた。室内にはドクター・ベロウとビル・トウニーもいた。

「わかるよ、ジョン。大丈夫、ピーターと彼のチームは優秀だ」

長い吐息。「うん」いまはほかにいう言葉がなかった。

スタンリーがあとのふたりのほうを見た。「ビル、なにかいうことは」

「彼らは適確なコードネームを使いました。〝パトリック・ケイシー〟は、メディアには知られていません。自分たちのオペレーションが本物であることを、われわれにだけ教えるときに使う名前で、ふつう爆弾予告などに使います。ポール、なにか意見は」

「きみの妻子の名をはっきりさせたのは、われわれにたいする直接の挑戦だ。レインボーのことを知っているといいたいんだ。われわれがどういう集団であるか、そしてもちろん、ジョン、きみが何者であるかも知っている。自分たちの優秀さをつげ、どこまでもやる気であることを伝えている」そういって、精神科医は首をふりうごかした。「しかし、PIRAだとしたら、カトリック教徒だ。そこをわたしはねらってみたい。よし、はやく現場へ行って、彼らとコンタクトしようじゃないか」

ティム・ヌーナンはすでに自分の車を運転し、後部には大事な戦術装置を積んでいた。すくなくともこれは、彼にはむずかしいケースではない。ヘリフォード地区に携帯電話の中継点（ノード）はふたつしかなく、どちらも通信封鎖用ソフトの実験をしに、前に行ったことがあった。まず遠いほうへ車を走らせた。典型的といっていい施設で、金網フェンスで囲ったなかに、通常の枝付き燭台（しょくだい）型のタワーと、トレーラー——イギリスではキャラバンと呼ばれる——があった。フェンスの外に車が一台とまっていた。ヌーナンはならんで停車すると、すばやく車外に出て、ドア・ロックもしなかった。十秒後、彼はキャラバンのドアをあけた。

「なんだね」なかにいた技術員がきいた。

「ヘリフォードからきた。この区間（セル）をいまからオフラインにする」

「だれがそんなことを」

「わたしがだ」ヌーナンは腰のホルスターにさしたピストルが、相手に見えるよう向きを変えた。「きみのボスに電話してくれ。わたしのことも、わたしがなにをするかも知っている」それ以上いわず、彼は主電源パネルへ行ってブレーカーを切り、タワーからの送信を遮断した。つぎにコンピュータ制御装置の前に腰かけ、シャツのポケットに入れていたフロッピー・ディスクをスロットに差し入れた。マウスを二度クリックすると、四十秒後、システムの修正が完了した。これ以後、最初に777を添えた番号しかコンピュータは受け付けない。

技術員はなにがなんだかわからなかったが、銃を持つ男には逆らわぬ分別をはたらかせた。

「むこうにも――もうひとつの施設にも、だれかいるのか」ヌーナンはきいた。

「いや、それはなにかあったときだけだ。いまはいない」

「キイを」ヌーナンは手を出した。

「それはできない。そんなことはわたしの一存では――」

「すぐきみのボスに電話しろ」ＦＢＩの男はいうと、固定電話の受話器をはずして手渡した。

コヴィントンは民間トラックが何台か駐車しているそばでトラックをとびおりた。すでに警察が、野次馬を入れぬよう阻止線を張っていた。彼は現場指揮官とおぼしい警察官のいるところへ、小走りに近づいた。

「きたぞ」ショーン・グラディが、自分の携帯電話でティモシー・オニールにつげた。

「なるほどすばやい対応だ。いかにも猛者ぞろいという感じだ」と付け加えた。「院内はどんな様子だ」

「こう人間が多くては、目がゆきとどきそうにない。待合室は双子、ここはおれとジミー、上の階にはダニエルをまわらせてる」

「人質はどうしている」

「女ふたりのことか。床にすわらせてある。若いほうはずいぶん大きな腹だよ、ショーン。もう今日にも生まれるってふうだ」

「そうはならないようにしろ」グラディはいって、小さく笑った。事は計画どおりにはこび、時計の針は刻々と動いている。兵隊たちは乗ってきたトラックを、こちらのトラックから二十メートルとない位置にとめてくれた。願ってもないとはこれだ。


ヒューストンのファースト・ネームは、じつはサムではなく、母親はみんなに好かれた叔父の名をもらってモーティマーと名づけたが、いまの通称は十一年前、サウス・キャロライナ州フォート・ジャクソンの新兵訓練キャンプでつけられたきり、本人も異を立てなかったのだ。彼は狙撃(そげき)ライフルを衝撃から守る箱型のキャリング・ケースに入れたまま、狙撃地点を物色していた。いま立っている場所も悪くはない、と軍曹は思った。このあとなにが起きても、心の準備はできていた。彼の銃はホーマー・ジョンストンのものとほとんど同一で、射撃の技量も伯仲していた――人にきかれたら、自分のほうがすこし上だといってはばからない。おなじことはライフル12のフレッド・フランクリン一等軍曹についてもいえた。フォート・ベニングの陸軍射撃訓練場で教官をしていた彼は、ばかでかいマクミラン五〇口径ボルト・アクション・ライフルを持たせると、一マイル先の的もはずさぬ名手だった。

「どうだ、サム」

「おれはここにしようと思う。フレディ、きみはヘリ・パッドのむこうの、あの小さな丘はどうだ」

「そうだな。じゃ」フランクリンはケースを肩にかついで、そちらへ向かった。

「恐ろしいようなやつらだな」ロディ・サンズが電話で正直にいった。

「ああ。しかし、ひとりはきみがすぐにもやれる位置にいる。まかしたぞ」

「やってやるよ、ショーン」サンズはボルボの大型トラックの荷台からこたえた。

ヌーナンはもうひとつの施設のキイをあずかって車にもどり、そちらへ向かっていた。この分では二十分――いや、もっとかかりそうだ。〝A〟級道路だというのにひどい渋滞で、自分は腰に拳銃(けんじゅう)をつけ、警察の特別証明書まで持っているが、車にはサイレンも緊急灯もついていない。その迂闊(うかつ)にはいまになって気づき、とたんに腹立たしさを覚えた。どうしてだれも、こういうことに気がまわらなかったんだろう。おれは警察官じゃないのか。彼は路側帯にはいってハザード・ランプをつけ、ホーンを鳴らしに鳴らして、停止している車列の横をとばした。

シャベスは大きな反応は見せなかった。怒りや不安を表に出さず、むしろ内向した。小柄なからだが、クラークの目にはいよいよ小さくなるように見えた。「わかりました」口中をからからにして、ようやくいった。「で、われわれの対応策は」

「現場にはチーム1が行っている。あるいは、そろそろ着くころだ。アルが作戦指揮を執る。われわれは見物だ」

「なにもせずにですか」

クラークはうろたえた。めずらしいことだった。いちばんいいのは、と頭のどこかでしずかにつげる声がある。自分の部屋にすわって、じっと待つことだ。現場へ行って、なにもできずに悶々(もんもん)とするよりはいい。スタンリーに指揮をまかせたのは正解だった。自分の行動に個人感情を入れてはいけない。危険にさらされているのは、妻と娘の命だけではないし、スタンリーはいわれなくてもやるべきことをやれるプロだ。しかし、ここにのこって電話や無線で報告だけきいていては、いても立ってもいられないだろう。彼は机にもどって、引き出しからベレッタ四五口径オートマチックを取り出し、右のヒップ・ホルスターに突っ込んだ。シャベスも拳銃をおびていた。

「行こう」

「待ってください」シャベスはクラークの机の電話をつかんで、チーム2の建物の番号をプッシュした。

「プライス曹長です」声がこたえた。

「エディ、ディングだ。わたしとジョンは、いまから現場へ行く。チーム2の指揮をきみにまかせる」

「わかりました。コヴィントン少佐のチームも精鋭ぞろいです。チーム2も準備はできていますから、いつでも出動可能です」

「わたしは無線機を持って行く」

「幸運を祈ります」

「ありがとう」シャベスは受話器を置いた。「行きましょう」

クラークの車は運転手付きだが、渋滞の苦労はヌーナンとおなじだったから、おなじ解決法に頼り、ホーンを鳴らしライト類を点滅させて路側帯を突っ走った。ふだんなら十分のところが、その倍かかった。

「だれだ」

「ファーガス・マクリーシュ警視だ」電話のむこうの声はいった。「きみは」

「パトリック・ケイシーだ、さしあたり」グラディはにんまりこたえた。「内務省と話はしたのか」

「ああ、話した」マクリーシュはスタンリーとベロウを見やった。彼は病院の二分の一マイル手前に設けた指揮所に立って、スピーカーフォンできいていた。

「われわれの要求どおり、収監者を釈放するのか」

「ミスター・ケイシー、いま上層部は昼食で出払っている。わたしの電話を受けたロンドンの人たちが、彼らをつかまえて役所に呼びもどそうとしているところだ。だからまだ責任ある地位の人とは、だれとも話していない」

「はやくつかまえるようロンドンを急かせるがいい。わたしはあまり気の長い人間ではない」

「だれにも危害が加えられていないことを確認したい」マクリーシュはつぎにそれをいった。

「きみの部下の警察官がひとり、それ以外は皆無事だ――いまのところ。われわれに敵対行動を取れば、それは変わる。きみやロンドンの連中があまり待たせたら、そのときも変わる。いいな」

「いまきみがいったことは了解した」

「人質を減らしにかかるまで二時間待つ。数に不足のないことは承知だろう」

「いっとくが、ひとりでも人質に危害を加えたら、事情は大きく変わってくる。その一線を越えたら、わたしがきみたちのために交渉する能力は大いに減殺される」

「それはそっちの問題だ。こちらの知ったことではない」冷然とつっぱねた。「ここには百人以上の人間がいて、そのなかに対テロ部隊指揮官の妻と娘がいる。そちらの不決断の報いを真っ先に受けるのは、そのふたりだと思え。オールバニー、パークハースト両刑務所の政治犯全員釈放までに、あと一時間五十八分。至急とりかかったほうがいいんじゃないのか。グッバイ」電話は切れた。

「ものいいがタフだ」ドクター・ベロウが最初の感想をいった。「あの成熟した声は四十代だな。ミセス・クラークとドクター・シャベスが、どういう人たちであるか知っているということを明確にした。これはプロフェッショナル、しかも異様なまでにたしかな情報をにぎっている。どこで手に入れたんだろう」

ビル・トウニーは地面に視線を落とした。「わからないんです。われわれの存在をさぐっている人間がいるらしい兆候はありましたが、こうなるとぞっとしません」

「よし、今度電話があったときは、わたしが出よう」ベロウはいった。「いくらかでも懐柔できないか頑張ってみる」

「ピーター、こちらスタンリー」レインボー・ファイヴが戦術系無線で呼びかけた。

「コヴィントンです」

「ここまでの対応行動をききたい」

「狙撃手ふたりを監視と情報収集のため配置につけましたが、あとはまだ一か所に固まっています。いま建物の図面待ちです。院内の犯人や人質の人数は、まだ推定できません」そこでちょっとためらいがあってから、声は先をつづけた。「チーム2の導入も考えていいかと思います。建物がこう大きくては、突入となったとき、われわれだけではカバーしきれません」

スタンリーはうなずいた。「わかった、ピーター。呼ぼう」

「燃料はどうだ」病院の上を旋回する機から、マロイが下を見てきいた。

「優に三時間半飛べます」ハリスン中尉はこたえた。

マロイはナイト・ホークの後部室をふりかえった。ナンス軍曹はスリング・ロープを出して、床のラゲッジ・フックに端をひっかけた。それがすむと、操縦席のうしろ、パイロットと副操縦士のあいだの補助席にかけ、ショルダー・ホルスターのピストルをあらわに見せて、いっしょに戦術系無線にききいった。

「よし、しばらくここにとどまる」海兵隊員がつげた。

「中佐の考えでは――」

「面白くない状況だ、中尉。それ以外はあまり考えないほうがいい」返事にならぬ返事であることは、ナイト・ホーク機内のだれもがわかっていた。この状況でものを考えるなというのは、地球に回転するなというにひとしい。マロイは病院を見おろしながら、ロング・ロープとスリング・ロープそれぞれの進入角度を想定していた。必要となったら、むずかしい機動ではなさそうだった。

上空からのパノラミックな展望は役立った。マロイの目にはなんでも見えた。いたるところに車が駐車し、病院の近くにはトラックも見える。警察車両は青い回転灯で目立ち、交通規制の様子もよくわかった。道路はどこも渋滞し、とくに病院方面への道路は車で身動きもならない。例によって反対方向はがらすきだった。テレビ中継車が忽然(こつぜん)とあらわれ、病院から二分の一マイルほどはなれた丘の上に陣取った。丘にはほかにも何台か車がとまっている。どうせ野次馬だろう。トゥエンティナイン・パームズ（訳注　カリフォルニアの海兵隊基地所在地）で動物の死体の上を旋回する禿鷹(はげたか)のように、かならずあらわれるのだ。その低劣さ、その人間らしさ。

ポポフが車の音にふりかえると、白いテレビ中継車が、彼のレンタカーのジャガーのリヤ・バンパーから十メートルとない位置にきてとまった。ルーフに衛星パラボラ・アンテナをのせ、停車するかせぬかに男たちがとびだした。ひとりが車体側面の梯子(はしご)を登り、妙に角張ったパラボラ・アンテナを上に上げた。もうひとりはビデオ・カメラを持ち、べつのひとりはリポーターなのだろう、ネクタイを締め、ジャケットを着ていた。その男はひとりとちょっとしゃべってから、向きを転じて丘の下を見おろした。ポポフは彼らを無視した。

やっと着いた。ヌーナンはひとりごちて、車を道路からはずし、もうひとつの中継施設に寄せた。停車して外へ出ると、技術員から借りてきたキイを取り出した。三分後、通信妨害ソフトのセットをおえた。そこで戦術系無線機を身に装着した。

「ヌーナンからスタンリーへ、オーバー」

「スタンリーだ」

「もうひとつの中継点も遮断しました。これでこの地域全体の携帯電話は使用不能になります」

「よし、ご苦労。こちらへきてくれ」

「ラジャー、そちらへ向かいます」ＦＢＩ捜査官はヘッドセットを調節してから、マイクを口元へのばし、イヤホンを耳穴にしっかり入れると、ふたたび車に乗り込み、病院めざして発進した。よーし、糞(くそ)野郎ども、と胸の内で呼びかけた。携帯を使えるものなら使ってみやがれ。

緊急事態というのはそうしたもので、いまもなにがはじまっているのか、ポポフが見ていてもわからなかった。警察車両がすくなくとも十五台、それにヘリフォード基地かこらきた軍用トラック二台が見える。双眼鏡で見ても知らない顔ばかりだが、だいたいこれまでにクローズアップで見た顔なんてひとつきりで、それは隊長だった。きっといまも、あまり目につく場所ではなく、どこか指揮所のようなところにいるのだろう。ただし、ここにきているものならば、と彼は自分に但し書きをつけた。縦長の箱をかかえた男がふたり、たぶん狙撃手だろう、ついさっき迷彩色のトラックからはなれて行ったが、いまはどこにも見あたらず……いや待て、双眼鏡でよく見ると、いた、ひとりいた。さっきはなかった緑色のかたまり。考えたな。狙撃手にちがいない。照準スコープを使って病院の窓を順に眺め、情報をあつめて無線で指揮官に送っているんだろう。どこかにもうひとりいるはずだが、ポポフの目にははいらなかった。

「ライフル1 2から隊長へ」フレッド・フランクリンがコールしてきた。

「1 2、こちら隊長」コヴィントンは応答した。

「位置について上から見ていますが、一階の窓に動きはありません。三階のカーテンが、だれかがのぞいているように動きますが、それだけです」

「ラジャー、監視をつづけろ」

「ラジャー。ライフル1 2、アウト」数秒後、ヒューストンもおなじような報告を送ってきた。ふたりとも狙撃位置につき、ギリー・スーツでその居場所を隠していた。

「やっときた」コヴィントンがいった。いま到着したパトカーがあり、病院の青写真が届けられた。ピーターの安堵はしかし、最初の二枚を見ただけで消えた。部屋数が多く、その大半は二、三階で、そのどれに銃を持った犯人が潜んでいるかもしれず、それをみつけだして始末しなくてはならないのだ。それだけではない。おそらくどの一室にも生身の人間がいて、それも閃光手榴弾でショック死しかねない病人なのだ。その事実の判明がもたらしたものは、この任務がどれほど困難かという認識だけだった。

「ショーン」

グラディが顔を向けた。「なんだ、ロディ」

「あそこにいる」サンズが指でしめした。黒装束の兵士が軍用トラックのうしろに立っていた。彼らのトラックは、アイルランド人が乗ってきたトラックから十数メートルしかはなれていない。

「六人か」と、グラディ。「十人ぐらいいてもいいんだが」

「欲を出す時じゃないよ、ショーン」

グラディは一瞬考えてから、腕時計を見た。この作戦には四十五分から六十分を見込んでいる。それ以上は相手方に態勢準備の時間をあたえすぎる。下限の四十五分まであと十分。ここまでは計画どおりはこんでいる。道路は封鎖されているだろうが、それは病院へくる道路であって、病院からはなれて行く道路はちがうだろう。こちらの車は大型トラック三台、ヴァン一台、乗用車二台で、ぜんぶいま彼が立っているところから五十メートル以内にある。仕事のいちばん重要なところがはじまるのはこれからだが、仲間は全員なにをすればいいかわかっている。ロディのいうとおりだ。準備はこれぐらいにして、一挙に仕掛ける時だ。グラディは部下にうなずくと、携帯電話を取り出して、ティモシー・オニールの短縮番号を押した。

だが、電話はかからない。耳にあてても、きこえるのは通話中のシグナル音で、これは回線がつながっていないことを教える。怪訝(けげん)に思い、終了ボタンを押して、もう一度かけてみたが……結果はおなじだった。

「なんだこれは……」つぶやきながら、三度目をやってみた。「ロディ、おまえの電話をかせ」

サンズがさしだす電話をグラディは受け取った。電話機はどれもみなおなじで、短縮番号もおなじに設定してある。彼はおなじ番号を押したが、やはり通話中のシグナルがきこえるだけだった。腹を立てるよりは困惑して、だが、不意に胃の腑(ふ)がすとんと落ち込むのを感じた。いろんなばあいを想定してあったが、これはなかった。作戦が成功するためには、三つに分けたグループと連絡が取れなくてはならない。全員なにをやるかはわかっているが、いつやるかは彼が指示しなくてはわからない。

「くそっ……」ののしるグラディの声のしずかなことが、ロディ・サンズをむしろおどろかせた。つぎにグラディは、車に乗っている部下にかけたが、結果はやはりおなじシグナルだった。「携帯電話がだめだ」


「しばらくむこうから連絡がないな」と、ベロウがいった。

「むこうはまだわれわれに電話番号を教えていない」

「これを」トウニーが病院の番号の手書きリストをさしだした。ベロウは救急室の番号をえらんで、自分の携帯電話でかけた。最初に777を押すことを忘れなかった。三十秒ほど鳴ってから、先方が出た。

「はい」アイルランド人のしゃべりかただが、ちがう声だった。

「ミスター・ケイシーと話したい」精神科医はいって、音声をスピーカーフォンに切り替えた。

「いまここにいない」という返事だった。

「呼んできてくれないか。ぜひ伝えたいことがある」

「待ってろ」

ベロウは携帯電話のマイクを切った。「声がちがう。べつの男だ。ケイシーはどうしたんだ」

「院内のどこかべつのところにいるんだろう」スタンリーがいったが、数分たってもだれの声も出ないので、その推測も怪しくなった。

　ヌーナンは二か所で警察の検問にひっかかり、自分がどういう者かを説明しなくてはならなかった。無線でコヴィントンに、あと五分のところまできていることをつげ、状況に変わりのないことを知った。

　クラークとシャベスは、チーム1を乗せてきたグリーンのトラックの五十ヤード手前で車を降りた。もうチーム2もグリーンの英陸軍トラックに乗り、パトカーの先導で渋滞を速やかに抜けて、こちらに向かっている。シャベスは情報担当官のデスクから失敬してきた写真を手にしていた。ＰＩＲＡテロリストの面割写真だが、怒りでか、不安でか、それを持つ手がふるえるのをとめるのが容易でなかった。思考を当面の仕事からそらさないためには、今日までの修練のすべてを傾注せねばならず、でないと思いは妻と義母（はは）へ……そしてまだ生まれぬ息子へ、つい移ろってしまうのだった。それには周囲の景色を見ず、手元の写真をみつめることだった。手のなかの顔はさがしだして殺してやる相手だが、病院周辺の緑は、いまは危険をはらむ風景でしかない。こういうときにやる男らしいことは、じっと耐えて心配ないふりをすることだが、シャベスはいま、自分自身が勇気を出すことと、愛する者たちへの危険を直視することとは、まるで別物なのを知りつつあった。その状況では勇気などなんの役にも立たず、自分にできることは……なにもありはしない。自分はひとりの観客以上のものではなく、眼前の試合で大事な人の命が大いなる危険にさらされているのに、自分は参加することができない。コヴィントン率いるチーム1のプロの腕を信頼して、ただじっとみつめているしかない。頭のどこかでは、ピーターたちは自分たち同様に優秀で、救出が可能ならかならずやってのけると納得している。けれどもそれは、自分が現場に出て指揮を執り、自分の力で事を進めるのとはちがう。本日後刻、この手でまた妻を抱き締めるか、あるいは彼女と、まだ生まれぬ子が、永久に奪われるか、どちらかだ。コンピュータ処理された写真を持つ指先に力がはいって、写真のふちが曲がった。いま彼の心をなだめるものは、ヒップ・ホルスターに入れてズボンの腰に突っ込んだピストルの重みだけだった。だが、その慣れ親しんだ感覚は——と、理性はつげる——いまは無用、このあとも無用だろう。

「きみのことはなんと呼べばいいのかな」ふたたび電話に相手が出ると、ベロウはたずねた。

「ティモシーだ」

「オーケイ」医師は快活に応じた。「わたしはポールだ」

「アメリカ人だな」オニールはいった。

「そうだ。きみたちが人質にしているドクター・シャベスと、ミセス・クラークもアメリカ人だ」

「それがどうした」

「きみらの敵はアメリカ人でなく、イギリス人だったんじゃないのか。あのふたりの女性が親子なのは知ってるだろう」知らぬはずがないから、ベロウはさも打ち明けるような口ぶりで持ち出すことができた。

「知ってる」声はこたえた。

「ふたりとも、きみたちとおなじカトリックなのを知ってるかね」

「知らない」

「カトリックなんだ」ベロウは念押しにいった。「きいてみるがいい。ちなみに、ミセス・クラークの旧姓はオトゥール（訳注 典型的なアイルランド名）だ。アイリッシュ・カトリックのアメリカ市民だ。それがどうしてきみの敵になるんだね、ティモシー」

「それは――亭主が――ほら――」

「夫もアイリッシュ・カトリックのアメリカ人で、わたしの知るかぎり、彼がきみの組織の人間にたいし、どんな敵対行為も取ったことはない。だからわたしは、なぜきみたちがあのふたりの命を脅かすのか、理解に苦しむ」

「亭主はレインボー部隊の指揮官で、彼らはイギリス政府に雇われて人を殺すからだ」

「いや、それはちがう。レインボーはじつはNATOの組織だ。いちばんあたらしい任務は、三十数人の児童救出だった。わたしもいっしょに行った。子どもたちを人質にした連中は、なかのひとりを殺したんだ。オランダ人の女の子で、アンナといった。小児癌であといくらも生きられない子だったんだぞ、ティモシー。そんな寿命をさえ彼らは待ってやらなかった。背中を撃ち抜いて殺したんだ。きみもテレビで見てるだろう。信仰心のある人間ならやれることじゃない。カトリック教徒ならやらない——あんな幼気な子を殺すなんて。それから、ドクター・シャベスは身重だ。それは見ればわかるだろう。あの人に危害を加えたら、おなかの子はどうなる。それをやったら、ティモシー、これはもうただの殺人じゃない。まだ生まれぬ子どもまで殺すんだ。カトリック教会がそれをどう思うか、わたしは知っている。きみも知っている。アイルランド共和国政府も知っている。頼む、ティモシー、きみたちがするといって脅したことを、もう一度考えてみてくれないか。あの人たちは血の流れている人間であって、抽象観念じゃないんだ。ドクター・シャベスのおなかの子にだって、もう血は流れているんだ。とにかくわたしはミスター・ケイシーにいいたいことがある。まだつかまらないのかね」

「おれは——いや、いま電話に出られないんだ」

「では、ひとまず切る。またこの番号にかけたら、きみは出られるかね」

「ああ」

「そうか。いい知らせがあったら、またかける」ベロウは終了ボタンを押した。「望みが出てきた。べつの男だ。としも若く、強い意志もない。この男には使える手がある。こいつは本物のカトリックだ。すくなくとも、自分ではそう思っている。ということは、良心と掟だ。こいつはなんとか動かして見せる」明るい表情でこそないが、自信をもっていいきった。

「それにしても、最初のやつはどうしたんだ」スタンリーが疑問を口にした。「もしや……」

「なんです」と、トウニー。

「病院内にいないんじゃないか」

「なに」医師もききかえした。

「院内にいないのかもしれない。最初むこうからかけてきながら、それっきりだ。またかけてきていいんじゃないか」

ベロウはうなずいて、「うん、たしかにそうだ」

「だが、ヌーナンが携帯電話を使用不能にしたから……」スタンリーはいって、戦術系無線の送信ボタンを押した。「こちら指揮所。携帯電話を使おうとしているやつがいないかさがせ。犯人が二手に分かれている可能性がある。受領確認せよ」

「指揮所、こちらコヴィントン、ラジャー」

「畜生！」マロイは旋回するヘリコプターの操縦席で歯嚙みした。

「すこし降下しますか」ハリソンがきいた。

海兵隊員はかぶりをふった。「いや、ここなら犯人たちに気づかれないかもしれない。もうすこし表立つのはよそう」


「どういう作戦になりますか」シャベスが義父の顔を見ていった。

「建物の内と外からだろう」ジョンは推測した。


グラディは癇癪を起こす寸前だった。携帯電話を七回もかけて、毎度腹の立つシグナルしか返ってこなかった。戦術的状況は完璧といっていいのに、これではチームの動きを調整する能力がない。あそこに、三台のボルボ・トラックから百メートルとない位置に、レインボーの隊員が固まって立っている。だが、この状況がいつまでつづくはずもない。警察がもうすぐ付近一帯を固めるにちがいない。すでに病院の周囲三百メートル以内には、ざっと百五十人から二百人の人間が、そこここに固まって立っている。やるならいまだ。人質も確保してある。

丘に出たヌーナンは、チームのメンバーがあつまっている場所へ向かって車で坂道を下りながら、自分にできることはなにかと考えた。建物に監視装置をつけるというものの仕事をするためには、建物に近づかなくてはならない。だが、この白昼にそれをやるのは容易でない。というより、日のあるうちは不可能だ。しかしまあ、とりあえずの目的は果たして、敵に携帯電話の使用を封じてやった――使用するかどうかはわからないが。スピードを落として近づくと、前方でコヴィントンが黒装束の突入員（シューター）たちと話しているのが見えた。

シャベスとクラークも、クラークの公用車から数フィートのところで、やはり立って話していた。

「周辺阻止線を固める必要がありますね」ディングがいった。これだけの車が、いったいどこからきたのだ。きっと銃撃がはじまったとき、たまたま近辺にいた人々なのだろう。例によってテレビ中継車もあらわれて、皿型の衛星アンテナを立て、リポーターらしい男が手持ちカメラに向かってしゃべっていた。そうか、とシャベスは思った。自分の一家にとっての危険は、いまやウォッチング・スポーツになったのか。

グラディは決断しなくてはならなかった。いますぐに。目的を果たして脱出しようと思ったら、それはいまでなくてはならない。自分の銃を入れた箱は、レンタカーのそばの地面にねかせてある。彼はそれをロディ・サンズの足元に置いたまま、ボルボ商用トラックのいちばん端の一台まで歩いて行った。

「ショーン」荷台から呼ぶ声があった。「携帯電話がかからないんだ」

「知ってる。いまから五分後に決行する。ほかの者に気をつけて、打ち合わせたとおりにやれ」

「わかった」声はこたえた。すぐに銃がコックされる音をききながら、つぎの一台へ行って、おなじことを伝えた。そして最後の一台にも。一台の荷台に三人ずつ乗り込んでいた。幌（ほろ）には城の胸壁の銃眼のように穴があけてあり、なかの男たちはそれをすこしひらいて、百メートル以内にいる兵士たちをうかがっていた。グラディは自分のジャガーにもどった。車のそばにくると、腕時計を見た。ロディ・サンズの顔を見てうなずいた。

チーム2のトラックは、病院への坂道を下っていた。すぐ前方をヌーナンの車が走っていた。

ポポフはその全域を双眼鏡で眺めていた。三台目の軍用トラックが視界にはいってきた。そちらにレンズの中心をもっていくと、荷台にすわっている男たちが見えた。すでに病院の外にいるチームの増援部隊にちがいない。彼は先着の兵士たちが立っている場所へ注意をもどした。子細に観察すると……待て、あれはジョン・クラークではないか。ほかの者とはなれて立っている。そうか、妻が人質に取られているから、ほかの者——当然副官がいるだろう——に指揮をまかせたのか。だから距離をおいて、私服で、緊張の面持ちで立っているのだ。

「失礼します」声のほうを見ると、リポーターとカメラマンがそばにきていた。ポポフは一瞬目を閉じて、胸中ののしった。

「なんだね」

「こんな事件が起きたことについて、感想をうかがえませんか。まずお名前と、どうしてここにおいでなのかを」

「いや——名前——名前はジャック・スミスだ」ロンドン訛り(なま)を強調してこたえた。

「田園ドライブをしていたんだよ——バード・ウォッチングをかねて。ここへは自然をたのしみにきたんだ、天気はいいし、なにぶんその——」

「ミスター・スミス、いまあそこでなにが起きているのかおわかりですか」

「いや、わからん、ぜんぜん」あまり顔を見られたくないから、双眼鏡を目からはなさなかった。いた！　ショーン・グラディだ。ロディ・サンズといっしょにいる。ふたりがなにをしているのか見、なにを考えているのか見てとった、いまこの瞬間、彼は自分が神を信じる人間なら、きっと神の名を口にしているだろうと思った。

グラディはしゃがんで箱をひらき、AKMS突撃銃を取り出した。マガジンをたたきこみ、折りたたみ銃床をのばしたあと、すっくと立つのと、銃を肩づけするのとを、スムーズな一挙措でやった。一瞬後、黒装束の兵士のグループにねらいをつけるなり撃ち込んだ。その一瞬後、トラックの荷台の男たちも倣(なら)った。

なんの予告もなかった。全員トラックの後方に身を隠していたが、銃弾は側方から襲い、チーム1の隊員がどう反応するよりもはやく命中弾を受けた。最初の二秒で四人が倒れた。もうそのときには、ほかの者はぱっととんで身を伏せ、銃火の発生源を目でさがしていた。

ヌーナンは隊員がばたばた倒れるのを見たが、なにが起きたのか理解するのに、衝撃の一秒かそこらを要した。いそいで戦術系無線で報告した。「緊急事態、緊急事態、チーム1が後方から銃撃を受けている！」しゃべりながら、目はその発生源をさがしていた。あそこだ、あの大型トラックだ。FBI捜査官はアクセルをいっぱいに踏み込み、そちらへ突進した。右手をピストルにのばしながら。

マイク・チン最先任上等兵曹は、左右大腿部に被弾して倒れた。あまりにとつぜんだったことが、苦痛をいっそう大きなものにした。まるで予期していなかったから、激痛に数秒間意識が遠のいたが、ようやく日ごろの鍛練がものをいって、這って物陰へ逃れにかかった。「チン被弾、チン被弾」無線であえぎあえぎつげて、目を転ずると、またひとりチーム1の隊員が、側頭部から血を噴いて倒れるのが見えた。

とつぜんの思いがけぬ自動小銃の射撃音に、ヒューストン軍曹は照準スコープからはっと首をふりむけた。何事だ。一台のトラックの側面から、ライフルの銃口らしいものが突き出ているのが見えた。彼はすばやく自分の銃を地面から持ち上げ、標的をもとめて右へふった。

ロディ・サンズの目が動きをとらえた。狙撃手は最初に見たときとおなじ場所にいるのだが、緑の迷彩ブランケットをかぶっていて、なかなか見きわめにくかったのだ。が、その動きでわかった。距離は百五十メートルぐらいのものだった。彼は左方低い位置にねらいをつけて引き金を引き、そのまま引きつづけて、丘の途中に盛り上がったものを射弾の列で薙ぎ、もとへもどしてもう一度薙いだ。

ヒューストンは発射すると同時に右肩に被弾したため、自分の撃った弾は大きくそれた。命中弾は防弾服を貫いて、肩口にはいった。拳銃弾を防ぐにはじゅうぶんの防弾服も、ライフル弾はとめられなかった。どんな勇気も筋力も、砕けた骨を動かすことはできない。衝撃で姿勢はくずれ、その直後、ヒューストンは右腕がきかないことを知った。本能的に左へ横転しながら、左手はからだの反対側へのびて制式拳銃をつかみにいき、同時に無線で被弾を報告した。

フレッド・フランクリンは苦労しなかった。テロリストの銃の容易な的になるには距離があった上、彼も迷彩ブランケットをかぶっていた。なにがはじまったのか理解するのに二、三秒要したが、無線機のイヤホンにはいる叫びとうめきは、仲間に重傷者が出たことを教えた。照準スコープを横へ動かしていくと、トラックの側面から銃身が突き出ているのを発見した。フランクリンは安全装置をはずして照準し、この戦闘で最初の五〇口径弾を放った。そのマズル・ブラストは、周囲の静寂を打ち砕いた。大型銃マクミランの使用弾は五〇口径重機関銃とおなじで、二オンスの銃弾を秒速二千七百フィートで送り出し、その距離を一秒の三分の一で飛んで、トラックの側面にとびこんだ。だが、命中弾になったかどうかはわからない。彼はつぎの標的をさがして銃身を左へ動かした。スコープはとなりの大型トラックに移って、幌の穴をとらえたが、穴の奥にはなにも見えなかった。さらに左へ——いた、男がひとり、ライフルを構えて、撃っている、サムの狙撃地点に向けて。フレッド・フランクリン一等軍曹はボルトを操作し、二発目を送り込んで、しっかりねらった。

ロディ・サンズは命中弾をあたえたことを確信し、ついでとどめをさそうとしていた。彼の左方ではショーンがすでに車に乗り込み、脱出のためにエンジンを始動していた。脱出までにあと二分はない。

グラディはエンジンの始動音をきいてから、腹心の部下をふりかえった。首をまわしきった瞬間、サンズが弾をくらった。頭蓋底部だった。でかい五〇口径弾は、スープの缶詰でも撃ったみたいに頭を炸裂させた。テロリストとして場数を踏んでいるグラディが、そんなものを見るのははじめてだった。のこっているのはあごだけに見えた。からだが崩れて視界から消え、チーム1にとっては本日初の殺害になった。

ヌーナンは三台目のトラックの数インチ手前で停車した。右側の運転席のドアをとびだしたとき、カラシニコフのまぎれもない射撃音をきいた。敵だ。近い。彼はベレッタを両手でにぎり、一瞬トラック後部を見て考えた。どうやって——あれだ！　ドアのそばに梯子の金属製ステップがついていた。そばへ行き、ブーツの爪先をそれにかけて登ると、キャンバスの幌の縁がロープで固定してあるのがわかった。彼はピストルをズボンのウェストバンドに突っ込んで、Ｋバーのコンバット・ナイフを抜くと、ロープを二、三本切って、幌の端が持ち上がるようにした。左手で持ち上げて内部をのぞくと、三人の男が左側を向いて、それぞれの銃で狙い撃ちをしているのが見えた。よし。彼らに声をかけたり叫んだりする気は毛頭ない。左手でめくった幌を押さえておいて、右手ひとつで銃を構えた。初弾はダブル・アクションだった。指が引き金をゆっくりしぼりこむと、いちばん手前の頭が右へがくんと動き、からだがくずれた。あとのふたりは自分の銃の発射音に耳がふさがれて、ピストルの銃声をきかなかった。ヌーナンはすばやく銃をにぎりなおし、次弾をつぎの頭に撃ち込んだ。三人目は、となりの男のからだにもたれかかられて、はっとふりむいた。褐色の目が大きくみひらかれた。男はあわててトラックの側面から向きを転じ、ライフルをこちらへ向けたが、間に合わなかった。ヌーナンは胸板をねらって二発、ピストルの反動を押さえつけ、そのつぎを鼻にぶちこんだ。ヌーナ弾が脳幹を貫いてうしろへ抜けたときには、もう男は死んでいた。ヌーナンは三つの標的をじっと見て、全員の死を確認すると、トラックからとびおりて、つぎの一台へ走った。途中立ちどまって、スペア・マガジンを装着したとき、頭のどこか隅のほうに、ティモシー・ヌーナンはオートパイロットで行動中、ほとんど無意識に動いているとつげる声があった。

グラディはアクセルを思いきり踏んで、ホーンを鳴らしつづけた。それが仲間への引き上げの合図だった。携帯電話で連絡できなかった病院内の男たちにも、それが合図になった。

「ジーザス・クライスト！」突如銃撃がはじまったのには、オニールは声をうわずらせた。

「いったいどうして——」

「文句をいってるひまはないぞ」サム・バリーがいい、双子の片割れにも手で合図しながら入口へ走った。そこにはジミー・カーがいて、十秒後、屋内グループの最後のひとりも非常階段口からかけつけた。

「引き上げるぞ」オニールが全員にいった。彼はふたりの大事な人質を見て、連れて行こうかとも思ったが、ヴァンまで三十メートルあるのに、妊婦がいっしょではもたつくだけだ。なぜかわからないが、作戦は失敗したのだ。いまは一刻もはやくここを出なくてはならない。

　三台目の軍用トラックは、ヌーナンの乗用車の数ヤード後方にとまった。ＭＰ10を持って最初にとびおりたのはエディ・プライスで、彼は身を低くして、銃声をききわけようと周囲に目を走らせた。なににせよ、あまりに急な出来事で、対応プランもない。一歩兵として銃撃戦の訓練を受けてはいるが、それは二十年も前のことだ。いまは特殊作戦部隊の兵士だから、どんな一歩も踏み出す前にわかっていなくてはならない。マイク・ピアスがそばにきてしゃがんだ。

「どうなってるんだ、エディ」

　そのとき、ヌーナンがボルボのトラックからとびおりて、ピストルのマガジンを交換するのが見えた。ＦＢＩ捜査官はふたりに気づいて、手で前進しろと合図をした。

「あそこへ行こう」プライスがいった。ルイ・ロワゼルがピアスの横にあらわれ、男たちはその場から移動した。パディ・コノリーも追いついてきて、ウェスト・バッグから閃光手榴弾（フラッシュ・バン）を取り出しにかかった。

　オニールほか四人は救急室の入口を出て、みつけられることも銃撃されることもなく、ヴァンに走り着いた。オニールはキイを差したままだったから、ぜんぶのドアがしまらないうちに発進させていた。

「緊急事態、緊急事態」フランクリンは無線でつげた。「犯人が茶色のヴァンで病院をはなれる。四、五人いる模様」それだけつげておいて、彼はライフルの銃身をまわし、左前輪のすぐうしろをねらって撃った。

大口径弾はフェンダーを新聞紙のように突き破って、六気筒エンジンのエンジン・ブロックにとびこんだ。シリンダーのひとつに貫入した弾は、瞬時にピストンの運動をとめ、ほぼ同時にエンジンを停止させた。不意にエンジン・パワーをなくしたヴァンは、左へ急転回し、右へ横転するかと思ったが、浮いた車輪をどすんと地面にもどした。オニールは大声でののしり、すぐさま再始動しようとしたが、エンジンはかからなかった。セル・モーターが、つかえたクランクシャフトを動かせないのだった。オニールにはわけがわからなかったが、もうこの車はどうにもならないと思った。逃げも隠れもならぬところでの立ち往生だった。

フランクリンは自分の射撃の結果にいささかの満足感を覚えながら、次弾を薬室に送り込んだ。今度は運転者の頭をねらった。十字照準線の中心を合わせて、引き金を引いたが、ちょうどそのとき頭が動いたために失中した。フレッド・フランクリンにはかつて経験のないことだった。一瞬呆然とみつめてから、また一発を送り込んだ。

オニールはガラスの破片で顔を切った。弾はわずか二インチのところであたらなかったが、衝撃は彼を運転席からヴァンの荷室へ放り出した。彼はそこですくんでしまい、つぎになにをすればいいのか、まるで考えがつかなかった。

ホーマー・ジョンストンとディーター・ウェバーは、まだ銃をキャリング・ケースから出さずにいたが、どうやらライフルを使う形勢ではないので、当面ふたりともピストルだけ持って動いた。チームのうしろをふりかえると、エディ・プライスが二台目のボルボ・トラックの幌に切り込みを入れるところだった。パディ・コノリーが閃光手榴弾の安全ピンを抜いて、そこから荷台に投げ入れた。二秒後、爆薬が炸裂して、キャンバスの幌はトラックから完全にはがれてふっとんだ。ピアスとロワゼルが銃を手に、ぱっととんだが、荷台の三人の男は爆発で意識をなくしていた。ピアスは荷台にとびのり、まず三挺の銃を車外に蹴りとばしておいて、男たちのそばにしゃがんだ。

三台のボルボ・トラックに乗ったそれぞれ三人の武装した男のうち、ひとりは運転手をかねていた。先頭車の運転手はポール・マーフィーといい、彼は最初から銃を撃つことと、ショーン・グラディのジャガーに目をくばることに、時間を二分していた。いまそのジャガーが動きだしたのを見ると、銃を置いて運転席に移り、ディーゼル・エンジンを始動した。そして前方に目を上げたとき、ロディ・サンズの死体が見えた。が、その死体には首がないみたいだった。どうしたことだ。ショーンの右手が窓から出てぐるぐるまわされ、トラックについてこいと合図した。マーフィーはギヤをつなぎ、あとを追って発進した。左へステアリングを切ったとき、ティモシー・オニールの茶色のヴァンが、病院の駐車場のまんなかで動かなくなっているのが見えた。瞬間的に思ったのは、行って仲間を乗せることだったが、おいそれとターンができそうになく、それにショーンがまだ手をまわしていたから、あきらめてリーダーに従った。荷台では射手のひとりが、AKMSを手に、後部幌を上げて他の二台のトラックを見たが、どちらも動きださず、そばには黒装束の男たちがいて――

黒装束のひとりはスコッティ・マックタイラー軍曹で、彼はMP10を構えて照準した。だいぶ遠いその顔に、三点バースト射を撃ち込んだ。ぱっとピンクのしぶきが散って、顔が視野の下へ消えるのを見とどけた。

「指揮所、マックタイラー。犯人を乗せたトラックが逃走する！」マックタイラーはさらに何発か撃ったが、目で見てわかる効果はなく、彼は向きを変えて、ほかにすることをさがした。

ポポフは戦闘を目のあたりにしたことは一度もないが、いま見ているのはまさしくそれだった。大勢が一見無目的に走りまわり、たんなる混乱のように見える。黒服の男たちはと見ると、最初に銃火を発したトラックのそばに三人いて、ほかにも何人か動いているのは、ジャガー――彼のレンタカーと同型同色――と、トラック一台が、いましも駐車場を出て行くのを追跡するらしかった。つい三メートル横で、テレビ・リポーターがマイクに早口でしゃべり、カメラマンは坂下の出来事にカメラを据えっぱなしだった。居間の視聴者にとっては、さだめしエキサイティングな見ものだろう。自分にとっては、ここが引き上げどきだろう。

ロシア人は車にもどってエンジンをかけると、急発進で砂利をはねあげて、リポーターにぶつけてやった。

「発見した。ベア、発見した」マロイは報告しながら、コレクティヴ・スティックを押し下げて、高度を約千フィートに落とした。彼の飛行士の目は、二台の走る車をじっととらえてはなさなかった。「だれかこの追っかけの指揮を執る者はいないのか」海兵隊員はつぎにたずねた。

「ミスター・クラーク」ディングがうながした。

「ベア、こちらシックス。わたしが指揮する」

クラークとシャベスはクラークの公用車に走ってもどり、ふたりが乗り込むと同時に、運転手はなにもいわれなくても追跡を開始した。彼はイギリス陸軍憲兵伍長で、これまで一度もレインボー・チームに加わったことがなく、いつもそれをいささか不満に思っていた。だが、いまはちがった。

バックミラーを見たとたん、ポール・マーフィーはめんくらった。うしろからやってくるのはジャガーで、型といい色といい——いや、ショーンのジャガーは前方を走っている。では、うしろのはだれだ。彼は荷台の仲間に大声で呼びかけようと、うしろをふりむいた。目にはいったのは、ひとりの倒れている姿だった。明らかに死んでいて、血だまりが荷台のスチール・フロアをねっとりと流れつつあった。もうひとりも、なんとかもちこたえているだけだった。

「こちらプライス。みんなどこだ。犯人はどこだ」

「プライス、こちらライフル12。病院の外の茶色のヴァンに、複数の犯人が乗っていると思う。エンジンをライフルで撃ち抜いたから、車はどこへも行かない」

「了解」プライスは周囲を見まわした。現場状況は沈静化したか、ないしはその方向に向かっているのかもしれない。まるで竜巻の来襲で目を覚まし、いつのまにか破壊された農場を見て、いったいなにがあったのか理解しようとしているというふうだった。ひとつ深呼吸をすると、指揮する者の責任感がよみがえった。「コノリーとリンカーン、右へ行け。トムリンソンとベガは坂を降りて左へ。パターソンはおれとこい。マックタイラーとピアスは捕虜を見張れ。ウェバーとジョンストン、チーム1の状況を見に行け。かかれ！」最後に掛け声を発した。

「プライス、こちらシャベス」無線にコールがはいった。

「はい」

「状況送れ」

「捕虜二、三名、人数不明の犯人が乗ったヴァン一台確保、それ以外はなにもわかりません。いま確認しています。アウト」それで交信はおわった。

「ドミンゴ、用意しろ」ジャガーの助手席から、クラークがうしろへ声をかけた。

「わかってます」シャベスは怒ったみたいに応じた。

「伍長——モール伍長だったな」

「そうです」運転手は目を一ミリも動かさずにこたえた。

「いいか、トラックの右に出ろ。右前輪を撃つ。そのときトラックにぶつけられないようにしろ」

「承知しました」伍長はいった。「行きます」

ジャガーはぐんと加速し、二十秒でボルボのディーゼル・トラックにならんだ。クラークとシャベスが窓を下げた。もう七十マイル以上のスピードを出している車の窓から、ふたりは腕をのばした。

百メートル前方を走るショーン・グラディは、怒りとショックの状態から抜けられずにいた。いったいなにがいけなかったんだ。味方の銃が放った最初のバースト射は、たしかに黒服の敵を何人か倒した。が、そのあと——そのあとはどうした。いい作戦計画を練りあげて、味方も最初は順調に事を進めたのに——あの電話だ！　あの携帯電話はいったいどうしたんだ。あれがすべてをぶちこわしにしてくれた。しかし、いまはまたいくらか状況は落ち着きをとりもどした。めざすショッピング・エリアまであと十分、そこの駐車場にはいって車を降り、人込みにまぎれてべつの駐車場へ行き、そこからべつのレンタカーでリヴァプールまで行く。そしてフェリーに乗って国へ帰る。この窮地は脱して見せる。なんだ、むろんうしろのトラックの若者たちもだ。そう思ってバックミラーに目をやった。なんだ、あれは！

モール伍長はうまくやった。最初トラックの左をうかがっておいて、減速から一気に右へ出た。これには運転手は虚をつかれた。

シャベスはバックシートから運転手の顔を見た。色白、赤毛、典型的なアイルランド人だ。そう思いながらドミンゴは、ピストルを持った手をのばして、右前輪をねらった。

「やれ！」助手席からジョンが声を発した。同時に、伍長は左へぐいと幅寄せした。

ポール・マーフィーは乗用車がつっかけてくるのを見て、本能的に回避の急ハンドルを切った。その瞬間、彼は銃声をきいた。

クラークとシャベスはそれぞれ数発ずつ撃ち、タイヤの黒いゴムまでは、射距離にしてほんの数フィートだった。全弾ホイール・カバーのすぐ外側にあたり、直径約二分の一インチの多数の穴は、たちまちタイヤをへこませた。ジャガーが加速して前へ出るか出ないかに、トラックは右へふれもどった。運転手はブレーキをかけて減速しようとしたが、その本能的反応はかえってよくなかった。ボルボ・トラックが右へ車体を下げたところへの無理なブレーキングだったからたまらず、右前輪のリムが路面をガリッと掻(か)いた。それがトラックに急制動をかけ、はずみで車体は右へ横転、六十マイル以上のスピードで路面を滑った。トラックの頑丈なボディも、こんなことのためにはできていないから、前へ転がり進む間に、ボディはばらばらに壊れはじめた。

モール伍長は、横転したトラックがバックミラーいっぱいに映ったのには肝をつぶしたが、距離がせばまる様子はなかった。それでも追いつかれぬよう、左へステアリングを切った。そこでようやく減速してミラーを見ると、ボルボはおもちゃのトラックのように転がり、転がりながらばらばらになった。

「ヘスクリスト!(訳注 スペイン語の「ジーザス・クライスト」)」ディングもふりむいて、思わず息をのんだ。人間のからだ以外のものではありえない物体が、ぽんととびだしたと見る間に、花火のようにくるくる緩慢に回転しながら、壊れたトラックとおなじスピードで路面を滑走するのが見えた。

「とめろ!」クラークが命じた。

モールは車をとめただけでなく、大破したトラックの数メートル手前までバックさせた。シャベスが先にとびだし、ピストルを両手でにぎってトラックに近づいた。「ベア、こちらシャベス。きこえるか」

「ベア、きこえる」すぐ応答があった。

「乗用車を追ってくれ。トラックはかたづいた」

「ラジャー、ベア追跡にかかる」

「中佐」ナンス軍曹がインターコムで呼びかけた。

「なんだ」

「いまのを見ましたか」

「見た。きみもあのまねができるか」マロイがきいた。

「ピストルは持ってます」

「よし、これより空対地攻撃に移る」海兵隊員はふたたびコレクティヴ・スティックを下げて、ナイト・ホークを路上百フィートの高度へもっていった。追跡する車の後方を太陽に向かって飛んでいるから、前方に機影を落とすこともない。やつはサンルーフから首を出さぬかぎり、ヘリがうしろについているとは知りようもない。

「道路標識！」ハリスンが叫んで、サイクリック・スティックを引いたから、機は高速道路のつぎの出口をしめす標識柱の上へ逃れた。

「ハリスン、きみは道路だ。わたしは車を追う。必要なときは思いきり引け」

「ラジャー」

「ナンス軍曹、行くぞ」マロイは速度計を見た。右外側車線の上を八十五マイルで飛んでいる。ジャガーの男はアクセルを相当踏み込んでいるはずだが、ナイト・ホークにはそれをはるかに上回る余力がある。僚機と編隊飛行をするのと似ていなくもないが、相手が自動車というのはマロイもはじめてだった。距離を約百フィートに詰めた。「右からだ、軍曹」

「了解」ナンスはドアをあけて、アルミの床に膝をつき、ベレッタ九ミリを両手でにぎった。「中佐、用意よし。行きましょう」

「攻撃準備よし」マロイは応じて、もう一度道路に目をやった。ハーキー・バードの給油ホースを受けるのと似も似たりというところだが、スピードはずっとおそく、高度はずっと低く……。

グラディはトラックがついてこないのを見て唇を嚙んだが、後方の路上にはほかの車も見えず、前方にも目下なにもない。安全圏まであとわずか五分。ようやくほっと息を洩らし、ステアリングにかけた指を屈伸させ、このすばらしい高速車をつくってくれたメーカーに感謝した。そのとき、右の周辺視野になにか黒いものがはいった。そちらへわずかに顔を向けると——なんだ、あれは——

「視認しました」ナンスは後部左側の窓から運転者を見ていい、ピストルを構えた。マロイ中佐が機をあと二、三フィート近づけるのを待って——

——左腕を膝にのせて固定し、親指で撃鉄を起こして撃った。にぎった銃がはねあがった。それを押さえて、引き金を何度も引いた。射場のようにはいかなかった。どんなに押さえても銃はおどった。が、四発目で目標が右へ急激にかたむくのが見えた。

周囲でガラスが砕け散った。グラディの反射行動はまずかった。急ブレーキをかければ、ヘリコプターは飛び越してしまうところだったが、こんな状況は、今日までの彼のどんな経験のなかにもなかった。彼はむしろスピードをあげようとしたが、ジャガーはもうあまり加速能力をのこしていなかった。不意に、左肩が灼熱（しゃくねつ）してはじけた。神経の反応で胸の上部が収縮した。右手が下がり、車は右へ急激に切れ込んで、スチールのガードレールに衝突した。

すくなくとも一弾の命中を見とどけて、マロイはコレクティヴ・スティックを引いた。ナイト・ホークは一気に三百フィートまで上昇した。右へ機首をふり、下を見ると、道路中央に大破した車が停止して煙を噴いていた。

「収容しますか」副操縦士がきいた。

「もちろん」マロイはハリスンにいって、自分のフライト・バッグをさがした。なかにベレッタがはいっている。着陸操縦はハリスンが受け持ち、シコルスキーを車から五十フィートの位置に降ろした。マロイはシート・ベルトをはずして、ドアへからだを向けた。ナンスが真っ先にとびだし、回転するローターの下をくぐって、車の右側へ走った。二秒遅れてマロイがつづいた。

「軍曹、気をつけろ！」マロイは大声をとばし、左側へまわって歩速を落とした。窓ガラスは砕け飛び、枠のところどころにかけらをのこすだけだった。車内の男が見えた。膨らんだエア・バッグのうしろでまだ息はしているが、ほかにはなにもしていなかった。むこう側の窓にもガラスはなかった。ナンスが手を差し入れ、ロックを解除してドアをあけた。運転者はシート・ベルトをしていなかった。からだは簡単に外へ出た。マロイはバックシートにロシア製のライフルがあるのに気づいた。取り出して安全装置をかけ、車の反対側へまわった。

「こいつ」ナンスはおどろいていった。「まだ生きてやがる」十二フィートの距離でどうして殺せなかったんだろう、と軍曹はいぶかった。

病院の駐車場では、ティモシー・オニールがまだヴァンのなかで、どうすればいいか考えていた。どうしてエンジンがとまったのかは察しがついた。助手席の窓に直径四分の三インチの穴があいていて、どうしてその弾が自分にあたらなかったのかはわからなかった。ボルボ・トラックが一台と、ショーン・グラディのレンタカーのジャガーが、どこにも見あたらない。ショーンは自分たちを置いて逃げたのだろうか。警告もなにもない、あっという間の出来事だった。なぜショーンは、自分の行動を知らせなかったのだろう。なぜ作戦は失敗したのだろう。だが、それらの疑問にたいする答えよりも、いま大事なのは、自分が駐車場で動かなくなったヴァンのなかにいて、周囲を敵に囲まれていることだった。その状況を変えなくてはならない。

「リーバー・ゴット！」受傷状態を見たウェバーは、思わず声に出していった。チーム1のひとりは側頭部に被弾して、絶命しているのは間違いなかった。ほかに負傷者は四人いて、うち三人は胸を撃たれていた。ウェバーには応急処置の心得はあるが、四人中ふたりには医師の早急の手当が必要なことは、医学知識がなくてもわかった。そのひとりは、アリステア・スタンリーだった。

「こちらウェバー。救急手当が必要だ、大至急！」彼は戦術系無線で報告した。「レインボー・ファイヴがやられた！」

「なに！」そばでホーマー・ジョンストンがいった。「ほんとだ。隊長、こちらライフル21、医師が必要、大至急必要！」

ぜんぶプライスの耳にはいった。彼はヴァンまで三十ヤードの距離にあり、ハンク・パターソン軍曹とともに、気づかれずに近づこうとしていた。左方にはフリオ・ベガの巨軀（きょく）が見え、彼はトムリンソンといっしょだった。右方にはスティーヴ・リンカーンの顔が見えた。パディ・コノリーがそばにいるはずだ。

「チーム2、こちらプライス。ヴァンの車内に犯人がいる。建物のなかはわからない。ベガとトムリンソン、建物にはいって調べろ——よくよく注意しろ」

「こちらベガ。ラジャー。建物へ行く」

オーソウは方向を転じて、トムリンソンとともに正面玄関へ向かい、他の四人は茶色のヴァンを監視した。軍曹ふたりは玄関にそろそろと近づき、角までくると首だけ出して、窓から屋内をうかがった。おびえた人の小集団が見えるだけだった。ベガ上級曹長は指で自分の胸をさし、その指を屋内に向けた。トムリンソンがうなずいた。ベガは今度は敏速に動いて、待合室にとびこむとすぐ周囲に目を走らせた。服装はちがうが、また銃を持った男を見て、ふたりが叫び声をあげた。彼は片手を立てた。

「心配ない、わたしは味方だ。だれか犯人がどこにいるか知らないか」その質問への反応は主として混乱だったが、ふたりの人が建物の奥のほう、救急室の方角をさした。それならわかる。ベガはそちらに通じるダブル・ドアへ進みながら、無線でコールした。

「待合室クリア。行くぞ、ジョージ」そして——「隊長、こちらベガ」

「ベガ、こちらプライス」

「病院待合室クリア。保護を要する民間人約二十人」

「そちらにはだれもやれない。こちらだけで手一杯だ。ウェバーの報告では味方に重傷者が出た模様」

「こちらフランクリン。きこえた。必要なら移動できる」

「フランクリン、こちらプライス。西へ移動しろ、くりかえす、西へ移動しろ」

「フランクリン西へ移動する」狙撃手はこたえた。「ただちに移動する」

「これで投手生命はおわりですね」ナンスが負傷者をナイト・ホークに運び入れながらいった。

「アウトだ、サウスポーなら。病院へもどるぞ」マロイは操縦席にはいってシート・ベルトを締め、操縦装置をにぎった。機はすぐに離陸し、病院に向けて方位を東に取った。後部ではナンスが捕虜をベルトで固定した。


無残だった。シャベスはひと目見て、運転者が生きていないことを知った。トラックがガードレールに突っ込んだときに、大きなステアリング・ホイールと座席のあいだでつぶされたのだ。目と口があきっぱなしで、口からは血が流れていた。荷台から投げ出された男も、顔面に銃弾二発をくらった死体だった。のこるひとりは両足が折れ、顔にむごい擦過傷を負っていたが、意識喪失のおかげで苦痛はないはずだった。

「ベア、こちらシックス」クラークがコールした。

「ベア」

「われわれを収容できないか。負傷者が一名いるのと、わたしも至急もどって状況を見たい」

「すぐ行く。こちらにも負傷者一名」

「ラジャー」クラークは西を見た。ナイト・ホークの機影がはっきりわかり、見守る間に機首を転じて、まっすぐこちらへ飛んできた。

シャベスとモールは、男を引っ張り出して路面にねかせた。両足が異様な角度にねじれているのが、見るだに無残だったが、これはテロリストなのだ。同情を寄せる余地はなかった。

「また病院へ？」ひとりがオニールにききかえした。

「それでは逃げられなくなる」サム・バリーが反対した。

「ここにいたって逃げられやしない」ジミー・カーがいった。「動かなきゃだめだ。いますぐに」

オニールもそう思ったのだ。「よし。おれがドアをあけたら、みんな玄関へ走れ。用意はいいか」男たちはうなずいて、銃をしっかり持った。「行け！」彼は声を発し、スライド・ドアを一気に引きあけた。

「くそっ！」まだかなり遠い距離から気づいて、プライスがののしった。「犯人が病院に逃げもどるぞ。五人かぞえた」

「五人だ、間違いない」無線にはいった声もつげた。

ベガとトムリンソンは救急室の間近に迫り、なかにいる人の姿は見えたが、外からの入口のガラス・ドアはまだ見えなかった。そのとき、また悲鳴がきこえた。ベガはケヴラー・ヘルメットを脱いで、廊下の角からそっとのぞいた。畜生、と無言でののしった。AKMSを持ったやつがいる。そいつは屋内の監視役で、そのうしろにもうひとり、からだを半分見せて、外を見張っているやつがいた。そのとき、肩に手がおかれ、オーソウはとびあがりそうになった。ふりむくと、フランクリンだった。あのモンスターのようなライフルを持たず、いまはベレッタのピストル一挺(ちょう)だった。

「いまきいた。犯人が五人逃げもどったって？」

「そのようだ」ベガはこたえて、トムリンソン軍曹に廊下の反対側へ行くよう手でしめした。「フレッド、きみはおれといっしょに」

「ラジャー。M60がほしいところだろう」

られた。
「そうなんだ」ドイツ製MP10もいい銃だが、彼の手のなかではおもちゃのように感じ

ベガはもう一度のぞいた。ディングの細君がいた。立ちあがって、犯人のいるあたりを見ている。白衣の下のおなかは、いよいよ間近らしい。自分とシャベスとは、かれこれ十年来の仲だ。彼女に万一のことなんか起こさせてたまるか。彼は角からうしろへ下がって、彼女に手で合図を送った。

医師パッツィー・クラーク・シャベスは、視界の端に動きをとらえ、そちらに目をやると、黒装束の兵士がいた。兵士は手をふりうごかしていて、彼女がそちらを向くと、手はこちらへこいという合図になった。いい考えだと彼女は気づいた。そろそろと、彼女は右へ動いた。

「こら、動くな!」ジミー・カーがどなった。そして彼女のほうへ歩きだした。そのカーからは死角になっている左方で、ジョージ・トムリンソン軍曹が、顔と銃口を廊下の角からのぞかせた。カーはライフルを持ち上げて、彼女に迫り——

——視野にはいるのを待って、トムリンソンはねらいをつけ、ディングの妻に向けられた銃を見ると同時に、引き金を軽くしぼって、三点バースト射を放った。

その無音は、どんな大きな銃声よりも、なぜかいっそう迫力があった。パッツィーが

銃を持つ男に向き直ったとき、男の頭部が破裂した。だが、きこえたものといえば、消音銃の、ブラシで軽くなでたような音と、頭蓋骨がぐしゃっとつぶれる濡れた音、ただそれだけだった。顔が消え、後頭部は赤いしぶきを散らしてはじけ、からだがすとんと真下に崩れた。いちばん大きな音は、ライフルが死者の手からはなれて床にあたった音だった。

「こっちへ！」ベガが大声で呼ばわると、パッツィーは背を低くして、彼のいるところへ走った。

オーソウは彼女の腕をつかんで、人形のように自分に引きつけると、いきなり横抱きに抱き上げて、タイルの床すれすれに廊下の反対側へ押しやった。それをフランクリン軍曹が受け取り、おもちゃでも持つように持って、廊下を走った。待合室に病院の警備員をみつけたから、彼女をあずけておいて、自分はすぐまた走ってもどった。

「フランクリンから隊長。ドクター・シャベスは無事だ。待合室へ運んだ。だれか待合室によこしてくれ。民間人をはやく避難させたい」

「プライスからチーム。みんなどこだ。犯人はどこだ」

「プライス、こちらベガ。犯人はあと四人。いまジョージがひとり倒した。全員救急室にいる。おそらくまだミセス・クラークもいる。気配からして民間人も何人かいる。犯人の退路をふさいだ。トムリンソンとフランクリンがいっしょだ。フレッドはピストルしか持っていない。人質の人数は不明だが、犯人はわかったかぎりでは四人だ、オーバー」

「わたしはあそこへ行くぞ」ドクター・ベロウがいった。ひどくショックを受けていた。数フィートとはなれていないところで、人が何人も撃たれたのだ。アリステア・スタンリーは胸を撃たれて倒れ、レインボーの隊員すくなくとも一名が死亡、負傷者はほかに三名いて、そのひとりは重傷らしい。

「あちらから」と、プライスは病院の正面玄関をさししめした。チーム1の隊員がひとりあらわれ、ベロウに付き添った。コヴィントンの突入員（シューター）のひとりで、ＳＡＳからきたジェフ・ベイツだった。フル装備だが、今日はまだ一発も撃っていなかった。ふたりは玄関へ走った。

なぜかカーは、ぜんぜん知らせずに死んだ。オニールがふりむいたら、そこで死んでいたのだ。汚いタイルの床の上に大きな赤い花が咲いて、彼のからだはその茎だった。状況はだんだん悪くなるばかりだ。武装した味方は四人に減り、二十フィート先の廊下の曲がり角のむこうは見えず、そこにはＳＡＳの武装兵士がいるにちがいない。どこにも逃げ道はない。近くにあと八人の人間がいて、それを人質に利用することはできるが、そんなゲームの危険性はあまりに明らかだ。逃げ道はない、と理性はつげるが、しかし感情はべつのことをつげる。彼は武器を持ち、敵は近くにいる。殺さなくてはならぬ敵だ。もしも死ぬなら、それは大義のため、人生を捧げた思想のために死ぬのだ。そのためなら命をすてても惜しくないと、今日まで何度自分にいってきかせたことだろう。くるところまできた。死は目前だ。死とは、ベッドで眠気がくるのを待ちながら考えることでも、パブで酒を飲み、永訣した同志を話題にしながら考えることでもない。勇気が必要ないときにかぎって、話なんて勇ましくなるのだ。煎じ詰めればこういうことではないか。いま、ここには危険がある。自分の勇気がただ言葉だけのものか、それともまさしく胆力なのか、いまこそ見きわめる時であり、感情は、自分が言葉どおり信念どおりの男であることを全世界に見せたがっている……が、その一方で、なんとか逃れてアイルランドに帰りたい、今日ここで、イングランドの病院なんかで死にたくないという気持ちもあった。

サンディ・クラークは十五フィートの距離から、男をじっと見た。ハンサムな顔立ち、きっと勇敢でもあるんだろう——犯罪者にしては、と彼女の頭はいいそえた。ジョンが一度ならずいっていたことを思いだす。勇気は怯懦よりもはるかに一般的であり、その理由は恥辱である、と。人は危険のなかにひとりではとびこまず、仲間といっしょに行くから、その仲間の前で弱さを見せたくない。怯懦を恐れるところから、正気とも思えぬ途方もない行為が生まれ、それが成功すると、あとで英雄的行為として称賛されるのだ、と。それをきかされたときは、ジョンのシニシズムの最たるものと思ったけど、しかし、夫は決してシニカルな人ではない。してみると、それは本当のことなのではないか。

いまのばあい、男は三十代前半、両手で銃をにぎり、もはやこの世に味方なんてひとりもいないような顔をして……。
が、そんなことよりも、サンディの母性は彼女に、もう娘が、孫ともども、おそらく危険を脱したとつげた。死んだ男は、直前に娘をどなりつけたが、いまその男は病院の床に、ぶざまな骸(むくろ)をさらしている。だからきっとパッツィーは逃げたのだ。今日いちばんうれしいことであり、彼女は目を閉じて、感謝の祈りをつぶやいた。

「ヘイ、ドク」ベガがあいさつの声をかけた。

「犯人はどこだ」

ベガはゆびさした。「ここを曲がった先に。ぜんぶで四人だと思います。ジョージがひとり倒しましたから」

「彼らと話をしたかね」

ベガはかぶりをふった。「いいえ」

「よし」ベロウはひとつ大きく息を吸って、「わたしはポールだ」と、大声で呼びかけた。「ティモシーはいるか」

「いるぞ」返事があった。

「大丈夫か――いや、怪我なんかしていないか」精神科医はたずねた。

オニールは顔の血をぬぐった。ヴァンのガラスの破片で、ところどころ切ったのだ。

「おれたちはなんともない。あんた、何なんだ」

「わたしは医者だ。ポール・ベロウという。きみの名前は」

「ティモシーでいい」

「わかった。ティモシー、きみはいまの状況を考える必要がある」

「わかってるよ、考えなくても」オニールはこたえた。声がとがってひびいた。


建物の外では、事態はすこしずつ収拾されていた。救急車がつぎつぎに到着し、イギリス陸軍の医務班もやってきた。これより負傷者は、外科医師団の待機するヘリフォードの基地病院へ移送される。SASの兵士も三十名、レインボー部隊支援にかけつけた。マロイ中佐のヘリコプターは基地のヘリ・パッドに着陸、捕虜二名は基地病院へ治療のため運ばれた。

「ティム、もうきみたちはここから逃げられない。それは承知と思う」ベロウはできるだけ穏やかな口調で話しかけた。

「おれたちを出て行かせなかったら、人質を殺す」オニールはいいかえした。

「むろんその手はある。そのときはこちらはそこへ突入して、そうはさせぬようにするが、いずれにしてもきみたちは逃げられない。だがな、ティム、人を殺してなんの得るところがある」

「祖国の自由を得る」

「それはもう実現しつつあるじゃないか」ベロウはいった。「和平交渉がはじまっているんだぞ、ティム。きくが、ティム、罪のない人を殺すことを建国の礎にした国がどこにある。きみたちが人質を殺したら、国の人はどう思うだろう」

「おれたちは自由の戦士だ」

「いいだろう、革命の兵士だな」医師は認めた。「だが、兵士は、真の兵士は、市民を殺しはしない。たしかに今日、きみたちは兵士と撃ち合った。あれは殺人ではない。だが、武器を持たぬ市民を殺すのは殺人だ。それはきみも承知と思う。いまそこにいる人たちのだれかひとりでも武装しているかね。ひとりでも軍服を着た人がいるかね」

「それがなんだ。彼らはおれの国の敵だ」

「どうして彼らが敵になるんだ。彼らの生まれたところがいけないのか。彼らのなかに、きみたちに害をなそうとした人がいるか。きみの国に害をなした人があるか。その人たちにきいてみるがいい」彼はうながした。

オニールは首をふりうごかした。これは投降させるのがねらいだ。それはわかっている。仲間全員が、たがいに目を合わせることをためらった。どこにも逃げ道はなく、それをだれもが知っている。もはや抵抗は、武器によるよりは精神だけのもので、いま、その精神にも疑念がわいていた。だれもまだ口にはしないが、だれの頭にも疑念があり、それをだれもが知っていた。

「ここを出るためのバスを用意してくれ」

「出てどこへ行く」医師はたずねた。

「いいからバスを用意しろ！」オニールは声を荒らげた。

「よし、その筋にかけあってみよう。しかし、どこへ行くのかわからなくては、警察はそのための道路をあけようがない」ベロウは理を説いた。ティム——正直に本名を名乗っているのかどうかわかれば、それだけでも大きな意味がある——は、いま、殺す話をしていないし、じっさい殺す気配を見せたことはなく、デッドラインをつげたり、死体を放り出してもいない。彼は殺人者ではない。すくなくとも謀殺者ではない。彼は自分を兵士だと思っており、それは犯罪者とはちがう。テロリストにとって、そのちがいの意味は大きい。彼は死をこそ恐れないが、失敗を恐れ、無辜の市民の殺害者として記憶されることをおなじほど恐れる。兵士を殺すのと、一般婦女子を殺すのとは、事はまるでべつだ。それはテロリストにとって、いまにはじまった葛藤ではない。人間だれしも、いちばん大事にするのは自己像である。人にどう思われるかが気になる者、鏡なしでひげを剃れない者――こういう相手には説得が可能である。ただ時間の問題だ。彼らは本物の狂信者とはちがう。この手合いなら持久戦で崩せる。「そうだ、ティム」

「なんだ」

「頼みがある」

「頼み？」

「人質が無事なことをたしかめさせてくれないか。上の連中に話をつけるには、それが必要だ。そちらへ行っていいかね」

オニールはためらった。

「いいだろう、ティム。きみにしなくてはならぬことがあるように、わたしにもしなくてはならぬことがあるんだ。わたしは医者だよ。銃もなにも持っていない。なにも心配しなくていい」なにも恐れなくていいといわれることは、不必要に恐れているといわれることで、これはふつういい切り札になる。つづく逡巡もふつうで、彼らがじつは恐れていることをしめした。ということは、ティムには理性があるということで、これはレインボーの精神科医にとってはいい材料だった。

「よせ、ティム、やめとけ」ピーター・バリーがとめにかかった。「なにもゆずるな」

「しかし、どうやってここを出る。どこかでゆずらなきゃ、バスはこないぞ」オニールはほかのふたりの顔を見た。サム・バリーはうなずいた。ダン・マコーリーもうなずいた。

「よし、わかった」と、彼は廊下へ大きな声を投げた。「きてもいいぞ」

「ありがとう」ベロウも大きな声を返した。彼はその場の最先任者のベガの顔を見た。

「気をつけて、ドク」上級曹長はいった。武装した犯人たちのなかへ丸腰ではいって行くのは、褒められたことではない。まさか医師にそんな度胸があったとは、今日まで思ってもみなかった。

「いつだって気をつけてるよ」ポール・ベロウはいった。彼はひとつ大きく息を吸い込むと、曲がり角まで十歩を進み、角を曲がってレインボーの隊員たちの視野から消えた。

いつもベロウは不思議な気がし、なんだか滑稽(こっけい)にさえ思うのだが、安全と危険のへだたりなんて、ほんの数歩と曲がり角ひとつなのだ。とはいえ、見あげる彼の目には、まぎれもない興味の色があった。こんな状況で犯罪者と対面するのは、はじめてといっていい。相手が武装し、こちらがしていないというのは、かえっていい。いまの彼らには優位の意識に伴う居心地のよさが必要で、自分たちは武装していても出口のない檻(おり)のなかにいるという事実が、それで減殺(げんさい)されるのだ。

「怪我をしてるじゃないか」ベロウはティモシーの顔を見ていった。

「なんでもない。かすり傷だ」

「手当てさせよう」

「なんでもないんだ」ティモシー・オニールはくりかえした。

「まあいい、きみの顔だ」ベロウはいって見まわし、ぜんぶで四人をかぞえた。皆おなじような銃を持っている。ＡＫＭＳ、と記憶が教えた。ついで人質の人数をかぞえた。サンディ・クラークはすぐにわかった。ほかに七人いて、見たところ皆ひどくおびえているが、それは当然だった。「さて、きみたちの望みはなんだね」

「バスだ、大至急」オニールがこたえた。

「わかった、それはかけあってみよう。ただし、いろいろ手をまわすには時間がかかるし、それなりの見返りが必要になる」

「なんだ、見返りって」ティモシーはききかえした。

「何人かの人質の解放だ」精神科医はこたえた。

「それはできない。八人しかいないんだ」

「なあ、ティム、わたしがかけあう相手——きみが望むバスの手配を頼む相手には、かわりになにかをさしださなくてはならない。でなきゃ、むこうだって、わたしになにも渡してくれないのは道理じゃないか」ベロウは理詰めに話した。「それがゲームというものだろう、ティム。ゲームにはルールがある。まさかそれを知らぬきみじゃないだろう。ほしいものを手に入れるには、手持ちのものと交換するのがルールだ」

「だから？」

「だから、誠意のしるしとして、人質を二、三人渡してもらいたい。通常は女子供だ——そのほうが印象をよくする」ベロウはもう一度目を向けた。女四人、男四人。サンディ・クラークを抜き出せる見込みは大きい。

「渡したあとは」

「あとはわたしが上の者に伝えよう——きみがバスを要求していること、誠意のしるしを見せてくれたことを。わたしはきみたちの代理をつとめる」

「おれたちの味方だってのか」べつの男がいった。ベロウは男の顔を見て、双子がいることを知った。すこしはなれて片割れが立っていた。双子のテロリストか。面白い。

「まさか、そうはいわない。それをいっては、きみたちの知能を見くびることになる。当然きみたちは、自分らがどんな窮地にあるかわかっている。しかし、なにかを手に入れようと思うなら、それには取引が必要だ。それがルールだ。なにもわたしがつくったルールじゃない。わたしの役目は仲介者だ。つまり、上の者にたいしてはきみたちの代理、きみたちにたいしては上の者の代理だ。考える時間が要るなら待とう。わたしは遠くへは行かない。ただし、事がはやく決まれば、それだけこちらもはやく動ける。その辺はよく考えてもらいたい」

「バスだ」ティモシーがまたいった。

「なにと交換に」ポールはきいた。

「女ふたり」オニールは首をまわした。「その女と、そっちの女」

「わたしが連れて出るが、いいかね」ティモシーがえらんだひとりは、サンディ・クラークだった。この若い男、オニールは、事態の重大さに圧倒されている。これまたおそらく好材料だ。

「いいが、バスをきっとだぞ」

「わたしは最善を尽くす」ベロウは約束すると、ふたりの女性に手で合図して歩きだし、いっしょに廊下の角を曲がった。

「お帰りなさい、ドク」ベガが小さな声で迎えた。「やあ、お見事」女性ふたりを見ていいそえた。「はじめまして、ミセス・クラーク。フリオ・ベガです」

「マム！」パッツィー・シャベスは安全な場所からとびだし、母親に駆け寄って抱擁した。SAS増援部隊の隊員がふたり、女性三人を連れて行った。

「ベガから隊長」オーソウがコールした。

「プライスからベガ」

「シックスに奥さんとお嬢さんを無事救助したと伝えてくれ」


ジョンはトラックで病院へ指揮を執りにもどるところで、ドミンゴ・シャベスがいっしょだった。ふたりの耳に無線コールがはいった。その瞬間、どちらも思わずほっとしてうなだれた。が、まだ六人が人質に取られているのだ。

「こちらクラーク。目下の状況を送れ」


病院でベガが、ドクター・ベロウに無線機を渡した。

「ジョン。ポールだ」

「ドク、現在の状況は」

「もう二時間くれたら、犯人をきみに引き渡せる。彼らは逃げ道がないことを知っている。あとは説得だけだ。四人いて、全員三十代、全員武装している。人質は六人。リーダーと話したが、なんとか説得できそうな相手だ」

「わかった、ドク、十分でそちらに着く。犯人の要求は」

「例のとおりだ」ベロウはこたえた。「どこへ行くつもりか、バスを要求している」

ジョンは考えた。外へ引き出せば、狙撃手（そげきしゅ）がかたづける。四発。わけはない。「手配するか」

「まだいい。リーダーをもうすこしとりなだめる」

「わかった、まかせる。そちらへ行ったら、また状況をきく。すぐ会える。アウト」

「よし」ベロウはベガ上級曹長に無線機を返した。曹長は一階の屋内見取り図を壁にとめてあった。

「人質はここだ」ベロウはしめした。「犯人はここと、それからここ。双子の兄弟がいて、全員白人、三十代の男、全員ＡＫ47の折りたたみ銃床型を持っている」

ベガはうなずいた。「よし。突入するとしたら――」

「しなくていい――と、わたしは思う。リーダーの男は殺人者ではない、というか、殺しをきらっている」

「ドクがそういうのなら」ベガはこたえたが、危ぶむ顔つきだった。だが、いざというときは、廊下の曲がり角から閃光手榴弾（フラッシュ・バン）を三つ四つ放り込んで、すぐあとから突入すれば、四人全員捕まえることも……ただし人質をひとりぐらい死なせる恐れはあり、それはなるべく避けたい。それにしてもオーソウは、この医者がああまでいい度胸をしていようとは思わなかった。武装した犯人四人のところへ行って話し合い、ミセス・クラークをあっさり連れてもどろうとは。いやもう。彼は六人にふえたSASのほうを見た。自分たちとおなじ黒装束、いつでもとびこむ用意はできている。建物の外にはパディ・コノリーが、商売道具を入れたバッグを持って待機している。ベガ上級曹長は一時間ぶりに、すこしリラックスした。

「よお、どうした、ショーン」ヘリフォード基地病院で、ビル・トウニーは写真で見知った顔を見ていった。「今日はおたがい大変な日だな」

グラディの肩は固定され、手術が必要だった。左肩口に九ミリ弾二発を受け、その一発が上腕骨最上部を砕いていた。十分前に鎮痛剤が投与されたが、激痛を伴う銃創だった。首が動いて、ネクタイを締めたイギリス人を見た。当然警察関係者と思ったのだろう、グラディはなにもいわなかった。

「ひと遊びするには、えらんだ場所が悪かったな」トウニーはいった。「参考までに、ここはヘリフォードの基地病院だ。では、ショーン、あとでゆっくり話そう」まずは壊れた腕の修復という、整形外科医の仕事が先だった。トウニーは陸軍看護婦がそのための注射をほどこすのを見守った。それから彼はべつの部屋へ、大破したトラックから救助された男に会いに行った。

今日は関係者全員にとって大いそがしの一日になりそうだ、と6課の男は思った。高速道路はふたつの自動車事故で閉鎖され、警察官は風景を黒一色に塗りつぶすかと思うほど出動し、それにSASとレインボーの兵士が加わった。このあとロンドンから5課と6課の合同チームも到着し、そのどこもが管轄権を主張するから、大変なことになるだろう。英米両政府間には、レインボーの地位に関する協定文書があるが、それはこういう状況を念頭においては作成されておらず、だがその保証するところにより、CIAロンドン・ステーションのチーフも、まもなくここへあらわれて公務を執行するはずだった。トウニーの推測では、そのステーション・チーフが、本日のサーカスのリングマスターをつとめることになり、それには鞭と椅子とピストルも使われることになりそうだった。

トウニーの意気込みに水を浴びせたのが、レインボー隊員二名の死と、さらに四名の負傷者が、いまこの病院で手当てを受けているという知らせだった。あまりよく知らぬ男たちだが、顔はよく見覚えている。そのうちふたつの顔は、もう二度と見ることがない。だが、その代償はショーン・グラディだった。PIRAの最も過激なメンバーのひとりが、いましも女王陛下の政府による終身拘禁の緒につこうとしている。彼は貴重な情報の宝庫であり、自分の仕事はその発掘をはじめることである。

「バスはまだか」

「上の者と話した。いま考えているようだ」

「なにを考えることがあるんだ」オニールは納得しなかった。

「それはわかってるだろう、ティム。われわれの交渉相手は政府の役人だ。彼らは自分の責任にならぬようにしてからでないと、どんな行動も起こしはしない」

「ポール、こちらには六人の人質がいるから、その気になれば――」

「そう、その気になればやれる。だが、じっさいには、やれることではないはずだ。いいか、ティモシー、もしもきみがそれをやれば、外の兵士がここへ一挙になだれこみ、この状況にピリオドを打つ。そしてきみは、罪なき市民の殺害者として、殺人者として、長く記憶されることになる。それでいいのか、ティム。ほんとにそれでいいのか」ベロウはそこで間(ま)をおいた。「家族のことは考えないのか。きみたちの政治運動が、世人にどう思われるかは考えないのか。この人たちを殺して、それを正当化するのは容易じゃないぞ。きみたちはイスラム原理主義者ではあるまい。きみたちはキリスト教徒だろう。それとも忘れたのか。キリスト教徒はそういうことはしないはずだ。要するに、その脅しは脅しとしては有効でも、道具としてはあまり役に立たないんだ。やってはいけない。結果は自分の死と、自分たちの政治的断罪だ。あ、それはそうと、ショーン・グラディの身柄を拘束したぞ」じゅうぶん計算されたタイミングで、ひとこと付け加えた。

「なに！」これにはティモシーが愕然(がくぜん)とするのがわかった。

「逃走を図って捕まったんだ。そのさいに撃たれたが、一命はとりとめるようだ。いま手術がおこなわれている」

大きな気球に小さな穴をあけるのに似ていた。いま相手の空気をすこしだけ抜いてやった。すこしずつ——これがやりかただ。いそいでは自棄を起こしかねない。すこしずつ弱らせていけば、かならず落ちる。ベロウはそれに関する本も書いていた。まず直接対面する。それによって相手の動きが封じられる。ついで情報をコントロールする。貴重な情報はほんのすこしずつ、ブロードウェイ・ミュージカル並みに演出効果を計算しながら出す。

「ショーンをおれたちに引き渡せ。いっしょにバスに乗って行く」

「ティモシー、彼はいま手術台に寝かされていて、手術には何時間もかかる。いま動かしては命にかかわる——おそらく命取りになる。きみがどんなに望んでも、それは無理だ。できない相談だ。折角だが、そればかりはだれにもどうしようもない」

自分たちのリーダーが捕虜になったのか。ティム・オニールは考えた。ショーンが捕まったのか。妙にそれは、自分のおかれた状況よりもまだ絶望的な気がした。自分が刑務所にはいったのなら、ショーンはなんとか救い出す算段をしてくれるだろうが、ショーンがワイト島へ行ってしまったら……なにもかもおしまいではないのか。いや、待て。

「ほんとかどうか、わかるもんか」

「ティム、この状況で嘘はつけない。しくじったらどうなる。上手な嘘をつくというのは、とてもむずかしいことなんだ。万一ばれたら、きみは二度とわたしを信じまいし、そうなったらわたしは、きみにとっても、こちらの上層部にとっても、無用の人間になってしまう。ちがうかね」ふたたびしずかな理性の声。

「あんたは医者だといったな」

「そうだ」ベロウはうなずいた。

「どこでやってる」

「いまはこちらが主だが、ハーヴァードで研修医をやった。その後四か所で働き、いくらか教えることもやった」

「医者の仕事ってのは、おれたちみたいなのを投降させることなのかい」ついに、明白なることへの腹立ちが出た。

ベロウはかぶりをふった。「いや、わたしは人を死なせないことが、自分の仕事だと思っている。わたしは医者だよ、ティム。人を殺すことも、人が人を殺すのを助けることも許されない。もう昔になるが、しかとその宣誓もしている。きみたちは銃を持っている。廊下の先の男たちも銃を持っている。もうそのだれひとり、わたしは死なせたくない。たった一日に、これ以上の人死にはもうたくさんじゃないか。それとも、ティム、きみは人を殺すことがたのしいのか」

「まさか――冗談じゃない、だれがたのしくて人を殺す」

「いるんだよ、なかには」すこし自尊心をふくらませてやろうと思い、ベロウはいった。

「そういう人たちをわれわれの言葉では社会病質人格と呼ぶが、きみはそれではない。きみは兵士だ。信じるもののために戦う兵士だ。むこうにいる男たちもおなじだ」ベロウはレインボー隊員のいるほうへ手を動かした。「彼らはきみを侮(あなど)ってはいないし、きみも彼らをばかにしてはいまい。兵士は人を殺さない。それをやるのは犯罪者であって、兵士は犯罪者ではない」事実であるだけでなく、これは対話の相手に伝えるべき重要なポイントだった。テロリストはロマンチストでもあり、並みの犯罪者とみなされることは、心理的に非常な侮辱だから、いっそう効果を持つ。ベロウは相手にやらせたくないことから、なんとか向きを転じるために、彼らの自己像(セルフ・イメージ)をきずきあげたのだった。おまえたちは兵士であって犯罪者ではない、したがって犯罪者ではなく兵士として振る舞わねばならない、と。

「ドクター・ベロウ」廊下のむこうから呼ぶ声があった。「電話です」

「ティム、電話に出ていいかね」なにをするにも相手の許可をもとめること。状況を支配するのは自分たちであると錯覚させること。

「ああ」オニールは手で行けと合図した。ベロウは兵士のあつまっているところへもどった。

ジョン・クラークが立っているのが見えた。ふたりは病院内のべつの場所まで五十歩歩いた。

「妻と娘を救ってくれてありがとう」

ベロウは肩をすくめた。「運がよかったんだ。相手は事の重大さにすこしひるんでいるし、思考力にも欠ける。バスを要求している」

「それはさっききいた」クラークは思いださせた。「出すか」

「その必要はなさそうだ。ポーカーなら、こちらの手はストレート・フラッシュだ。よくよくのしくじりがないかぎり、勝負はこちらのものだ」

「ヌーナンが外にいて、窓にマイクを仕掛けた。わたしも最後のところをきいた。見事だったぞ、ドクター」

「ありがとう」ベロウは顔をひとなでした。彼にしても緊張は本物だが、それを表に出せるのはここでだけだ。ティモシーの前では、氷の冷静を保ちつつ、立派な、生徒思いの教師然と振る舞わなくてはならない。「ふたりの捕虜については、その後どうだ」

「変化はない。グラディはいま手術中だ。二、三時間かかるらしい。もうひとりはまだ意識がもどらない。どのみち名前も身元もわかっていない」

「リーダーはグラディか」

「のようだ。情報部はそういっている」

「すると、相当しゃべってもらうことはありそうだ。手術室を出たら、わたしを呼んでもらおうか」ポールはレインボー・シックスにいった。

「その前に、こちらにけりをつけてもらいたい」

「わかっている。では、また行く」クラークに肩をぽんとたたかれて、ベロウはテロリストに会いにもどった。

「どうだ」ティモシーがきいた。

「まだバスのことが決まらないんだ。残念だが」ひとこと、ベロウは気落ちした声でいいそえた。「説得できたと思ったが、なかなか行動を起こしてくれない」

「いってやれ。いうとおりしなければ、おれたちはかならず——」

「いや、きみたちはやらない。きみはそれが自分でわかっている。わたしもわかっている。彼らもわかっている」

「わかっていて、なんでバスを出す」オニールはもう自制をなくす寸前だった。

「わたしが彼らに、きみが本気なことを教え、脅しをまともに受け取らなくてはいけないといったからだ。もしも彼らが、きみがやらないときめてかかっているのなら、やるかもしれないというぐらいのことは頭においておかないと、万一きみがやったとき、上の者にたいして面目を失うのは自分たちなんだ」ややこしい論理にティモシーは首をふり、もう怒りよりは困惑の色を見せた。「わたしを信じてくれ」ポール・ベロウはつづけた。「こういうことははじめてじゃないから、事情はわかっている。あの度しがたい官僚と交渉するよりも、きみのような兵士とのほうが、よほど話はしやすい。きみたちは決断が下せる。彼らは決断を下すことから逃げる。人が殺される心配よりも、新聞でみっともないことを書かれるほうが心配なんだ」

　そのとき、いい兆候があった。ティムがポケットに手を入れて、煙草（たばこ）を一本抜き出した。精神的重圧と、それを抑え込もうとする努力のあらわれだ。

「健康によくないぞ」ヌーナンが用意したテレビ画面を見ていたクラークがいった。突入作戦はできあがっていた。コノリーは窓に紐状爆薬（プライマコード）をセットしおえたから、突入経路をひらき、犯人の注意をそらす準備はなった。ベガ、トムリンソン、それにチーム1のベイツが、一斉に閃光手榴弾（フラッシュ・バン）を投げたあとへとびこみ、犯人をねらい撃つ。いつもながらその作戦の唯一（ゆいいつ）の気がかりは、犯人のひとりが、命あるうちの最後の行動として、人質のほうを向いて乱射するかもしれないことだった。あるいは、偶発的にそうなることもありうるが、結果はおなじように悲劇的だ。話の様子からは、ベロウはうまくやっていた。この犯人たちにいくらかでも思考力があるなら、もうあきらめどきだとわかるはずだが、しかしジョンは自分では刑務所暮らしを想像したことがなく、すくなくともいまの彼らほど近い将来のこととして考えたことはなく、きっとたのしくない想像なのだろうと思った。もう使える兵力はふんだんにある。SAS支援部隊も彼の指揮下にはいっていた。ただし、彼らの隊長も病院の待合室へ行ったのは、現場に口数がひとつふえることを意味した。

「だれにとってもくたびれる日だな、ティム」精神科医はいった。

「いい日ではない」ティモシー・オニールは同意した。

「この結末がどうなるか、きみならわかるだろう」川鱒(かわます)がとびつくかどうか、ひとつフライをキャスティングしてみた。

「ああ、わかる」間(ま)。「おれは今日、この銃を撃ってもいない。だれも殺してはいない。このジミーは殺したが」と、床の死体をゆびさした。「おれたちはだれもやってない」

いいぞ、とベロウは思った。「そのことはあとで有利になるぞ、ティム。大いに有利になる。戦いはもうすぐおわる。ついに和平が成立するだろうし、そのときは大勢の戦士に恩赦がおこなわれる。だからきみにも望みがある。きみたちみんなにある」ポールはあとの三人にもいった。三人ともじっとみつめ、じっとききいり、そして……リーダー同様、気持ちが揺らいでいた。もうどうにもならぬとわかったのだ。包囲され、リーダーは捕らえられ、もはやこの結末はふたつにひとつしかない——死か、刑務所か。逃走は現実問題として不可能であり、人質をバスに移すことは、あらたな形でやってくる確実な死へ、自分たちを追いやるだけとわかっている。「ティム」

「なんだ」紫煙から顔が上がった。

「銃を床に置いたら、きみたちにどんな加害行為もなされないと約束する」

「そして刑務所行きか」反抗と怒りをこめた返答だった。

「ティモシー、刑務所からはいつかは出られる。死からは出られない。そこを考えてみてくれ。頼むよ、わたしは医者なんだ」ベロウはもう一度いった。「目の前で人が死ぬのを見るのはたまらん」

　ティモシー・オニールは仲間のほうを向いた。三人の目が伏せられた。バリー兄弟までが反抗の様子を見せなかった。

「いいかね、きみたちは今日、だれにも危害を加えなかった。もちろん刑務所には行くが、しかし、いつか恩赦令が出たとき、きみたちが釈放になる可能性は大いにある。けれども、いまここで死ねば犬死にだ。祖国のためになんかならない。だれも民間人を殺す人間を英雄視なんかしない」彼は再度念を押した。何度でもくりかえせ。いやというほどたたきこめ。「兵士を殺すのならわかる。兵士たるもの、それをやらねばならぬこともある。しかし、無辜の人を殺しては、話はべつだ。どうする、犬死にするか。それとも、生きて、いつかまた自由の身になるか。決めるのはきみたち自身だ。銃ならある。だが、バスはこない。脱出はできず、そのかわり六人の人を殺すことはできる。だが、それで得るものはなんだ。地獄への切符だけじゃないか。もうやめにしろ、ティモシー」彼は説得の最後をその名でしめくくり、学校でカトリックの尼僧は、少年の彼をそう呼んだのだろうかなどと思った。

ティモシー・オニールにとっては、事はそう簡単ではなかった。鉄格子の奥に、つまらぬ犯罪者といっしょに閉じ込められて、そんな動物園の動物みたいな自分に、家族が面会にやってくるなんて、思っただけでも背筋が寒くなる。だが、現実にはその可能性もあるとは、年来わかっていたことだった。手にした銃で祖国の敵を撃ちまくって死んでゆく、そんな華々しい最期のイメージに未練はあるが、このアメリカ人医師のいうことは本当だ。イギリスの民間人六人を殺しても、なんの名誉にもならない。そんな手柄には、どんな歌も書かれず歌われず、アルスターのパブで自分の名にジョッキが上げられることもなく……のこされたのはそんな不名誉な死だけで……それよりはまだ、たとえ刑務所にはいろうとも、生きながらえたほうがいい。

ティモシー・デニス・オニールは、PIRAの同志たちのほうを向き、自分の顔にうかんでいるだろう表情とおなじ表情を見た。暗黙の了解があって、全員がうなずいた。オニールは銃に安全装置をかけて床に置いた。三人もそれに倣った。

ベロウはそばへ歩み寄り、ひとりひとりと握手をした。

「シックスからベガ、踏み込め!」小さな白黒画面の映像を見て、クラークは命じた。

　オーソウ・ベガはMP10を両手で持って、すばやく廊下をまわりこんだ。四人いた。ドクといっしょに立っていた。トムリンソンとベイツが四人を壁に向かって、そう乱暴にではなく押しやった。前者が見張り、後者がからだをあらためた。数秒遅れて制服の警察官がふたり、手錠を持ってはいってき、逮捕者の権利をつげたのには、兵士たちは唖然(あぜん)とした。大変な一日の戦いは、あっけなく、しずかにおわった。

第29章
回　復

ドクター・ベロウにとって、一日はまだおわらなかった。からからの喉に水一杯流し込むひまもなく、ヘリフォードの基地へ帰るイギリス陸軍のグリーンのトラックに乗った。あとにのこった者にとっても、まだ事はおわってはいなかった。

「ヘイ、ベイビー」ディングは声をかけた。ようやく病院の外で、ＳＡＳの兵士の輪に警護された妻をみつけた。

パッツィーは十歩駆け寄って、大きなおなかが許すかぎり、ひしと夫に抱きついた。

「大丈夫か」

彼女は目に涙をためてうなずいた。「あなたは」

「大丈夫だ。一時はだいぶ派手な騒ぎで――こちら側に倒れた者も出たが、もう収拾はついた」

「犯人のひとり――殺されて――」

「知ってる。そいつはきみに銃口を向けたから、死ぬ破目になった」シャベスはあの一弾を撃ってくれたトムリンソン軍曹に、ビール一杯の借りができたことを心覚えした。到底一杯のビールで間に合うことではないが、戦士の世界ではそれが借りの返しかたなのだ。だが、いまはパッツィーを両腕で抱き締めるだけで、それ以上には頭がはたらかなかった。彼の目にも涙がにじんだ。それをディングはまばたきで散らした。涙は自分のマッチョのイメージにはそぐわない。それにしても、今日の出来事が妻にどれほどの打撃をあたえたのかが気になる。彼女は癒す人であって、殺す人ではない。それがつい目の前で、殺害の現場を見たのだ。IRAの馬鹿野郎どもが、と思う。やつらはこのおれの生活のなかに闖入してきて、非戦闘員を襲い、チームのメンバーを殺した。だれかが彼らに、それをするのに必要な情報をあたえたのだ。どこかで情報の漏洩が、それも甚だしいのがあったのだ。それを突きとめることが、自分たちの最優先課題になるだろう。

「ちびはどうしてる」シャベスは妻にきいた。

「元気そうよ。ほんとに。あたしならもう大丈夫」と、パッツィーは安心させるようにいった。

「そうか、じゃ、おれはまだすることがあるから、きみはうちに帰れ」彼はSAS隊員のひとりを手ぶりで呼び寄せた。「家内を基地へ連れて帰ってくれないか」

「承知しました」軍曹はこたえた。シャベスは駐車場までついて行った。駐車場にはサンディ・クラークがいて、ジョンとやはり抱き合い、手を取り合っていたから、親子をジョンの家へ連れて行くのがいちばんいいことに思われた。SASの将校がその役をかってくれ、もうひとりほかの軍曹も護衛を申し出た。例によって、馬が小屋からいなくなってから、入口に鍵がかかり、番人がつくのだ。だが、それが人の世の常で、すぐにふたりの女を乗せた車は走りだし、警察の護衛まで一台ついた。

「どこへ行きますか、ミスターC」シャベスはたずねた。

「犯人ふたりは基地の病院へ運ばれた。ポールはひと足先に行った。グラディ、というのがリーダーだが、手術室を出たら、ポールが会いたいというんだ。われわれも立ち会ってみたい」

「了解。行きましょう」

ポポフはロンドンへ帰るドライブの大半、ずっとカー・ラジオをきいていた。だれがメディアに状況を説明しているのか、ばかに詳しく、必要以上にしゃべった。そのうち、IRAのリーダー逮捕の報がはいり、これにはドミトリの血が凍った。グラディを捕えたということは、すべてを知る男を捕らえたということである。彼の素性、偽装名はもとより、送金のこと、なにもかも知りすぎている。こうなったら、狼狽している時ではない。行動に踏み切る時だ。

ポポフは時計を見た。まだ銀行はやっている。彼は携帯電話をつかんで、ベルンにかけた。すこし待って、担当管理職が出ると、まず口座番号をいった。先方はそれを自席のコンピュータで呼び出した。つぎにポポフは利用コードをつげ、預金全額の他口座への振替を指示した。担当者はそれほど高額の引き出しにも、残念そうな様子もしめさなかった。それはそうだ、銀行の預金保有高は厖大なのだ。ロシア人はこれで五百万ドル以上を自分のものにしたが、そのかわり自分の偽装名と人相特徴は、まもなく敵の知るところとなるだろう。はやくこの国を出なくてはならない。ヒースロウ空港への出口で高速道路を降りて、4番ターミナルに車をつけた。十分後、レンタカーを返した彼は、英国航空シカゴ行きフライトの一枚だけあったファースト・クラスの切符を手に入れた。いそぎにいそぎ、からくも間に合うと、美人スチュワーデスが座席に案内してくれて、それから待つほどもなく747はゲートをはなれた。

「大騒ぎになったものだな」ジョン・ブライトリングは、部屋のテレビの音を消していった。ヘリフォードの事件は、全世界のテレビのトップ・ニュースだろう。

「不運だった」と、ヘンリクスン。「しかし、あのコマンド部隊はすごい。ちょっと隙を見せると、たちまち突いてくる。そんなのを相手に、なんと四、五人も倒したとはな。

あの部隊を相手に、あそこまでやった者はいない」

ブライトリングには、ビルの気持ちがこのミッションには二分しているのがわかった。彼は自分も力をかして襲撃した男たちに、いくぶんの同情を寄せているにちがいない。

「よくない結果が出るとしたら、なんだ」

「生かして捕らえたとすると、たっぷり締め上げるだろうが、しかしIRAの男たちは口を割らない。ぜったいに割らない。唯一われわれとのつながりをつかむとしたら、ドミトリだが、彼はプロだ。あの男のことだ、いまごろはもう飛行機に乗って、どこかへ逃走中にちがいない。何種類ものパスポート、クレジット・カード、IDを持っている。きっと彼は無事だ。KGBの工作員訓練は並大抵のものじゃない」

「万一捕まったとしたらどうだ。口を割るだろうか」ブライトリングはきいた。

「それはひとつのリスクだな。うん、割るかもしれない」ヘンリクスンも認めざるをえなかった。「もしもこちらへ帰ったら、どんな危険をかかえているか、ききだしてみよう」

「どうだろう、その……いっそ……始末するというのは」

その質問を出すのに、ボスがひどく逡巡しているのを見ながら、ヘンリクスンは慎重な、だが正直な返事を用意した。「確実性を考えればそれがいいんだが、じつはそれには危険があるんだ。彼はプロだ。おそらくどこかにメールボックスを用意している」ブライトリングの怪訝顔を見て、彼は説明した。「プロは自分が消される可能性にそなえて、すべてを書き記した文書を安全な場所にあずける。たとえば月に一度、そのボックスにアクセスすることをしなくなったら、前もっての手はずにしたがい、なかの情報が流されるようになっている。それは弁護士に依頼しておけばいい。われわれにとっては大きなリスクだ。生死にかかわらず、彼がわれわれを暴露する危険はあるが、このばあい、死んだほうが危険は大きい」ヘンリクスンはちょっと黙った。「あの男は生かしておく――われわれの管理下においてだ、ジョン」

「わかった、きみにまかそう」ブライトリングは椅子の背にもたれて、目をつむった。計画を目前にして不必要な危険はおかしたくない。いいだろう、ロシア人は自分たちがしっかり抑えつつ操る。案外それはポポフの命を救うことになるかも――いや、きっとそうなる。そのときはロシア人によくよく感謝されていい。が、ブライトリングも感謝すべきはしなくてはならない。いまやあのレインボー部隊は不具になった。すくなくとも大きな痛手を受けた。痛手でないはずがない。ポポフはふたつのミッションをやってのけて、テロリズムにたいし世界的危機感を煽るのを助け、それによってグローバル・セキュリティは首尾よくシドニー・オリンピックのセキュリティ契約を取り付けることができた。そして今度は、あたらしい対テロ組織に痛撃をあたえるのを助けて、もしかすると行動不能にしてやった。計画はいまや完全に準備整い、あとは発動の時を待つばかりだ。

もう目前だ、とブライトリングは思った。こういうときは、気持ちに落ち着きがなくて当然なのではないか。確信は距離に比例する。へだたりが大きいほど、自分は無敵だと思いやすいが、やがて距離がせばまると、危機感もそれにつれて増大する。だが、それによって変わることは、なにもないのではないか。ない、ひとつもない。計画は完璧だ。あとはただ決行あるのみ。

ショーン・グラディは午後八時すぎに手術室を出た。三時間半の手術だった。執刀医の腕が一流なのは、ベロウには見てわかった。上腕骨を固定したコバルト・スチールのピンは、生涯そこにとどまり、その大きさは、将来グラディが国際空港を利用したとき——まずありえないが——裸なら金属探知機が感知するかもしれぬというぐらいのものだった。さいわい体内にはいった二発の銃弾は、上腕神経叢を損なわなかったから、一生左腕の機能を失うということはない。胸部への二次損傷は、大したことはなかった。完治するだろう、とイギリス陸軍軍医は断定した。したがって、間違いなく待ち受ける終身の刑務所生活を、健全な五体でたのしめるはずである。

手術はむろん全身麻酔でおこなわれ、アメリカの病院同様、亜酸化窒素が使われ、それに最初に投与された鎮静剤バルビツールの残効も利用された。ベロウは回復室のベッドのそばにすわって、生機能モニターを見ながら、グラディの覚醒を待っていた。覚醒はある時点でおとずれるものでなく、継続的プロセス、それもおそらく長いものになりそうだった。

もう私服制服の警察関係者もきて、いっしょに見守っていた。クラークとシャベスも、じっと立ったまま、不敵にもチームの男たちを襲撃した男から目をはなさなかった。いや、女も襲ったのだった、とベロウは頭のなかで訂正した。とりわけシャベスは、顔の表情こそ落ち着いているが、その目は硬く、冷たく、そして暗く、まるで石のようだった。ベロウは彼らレインボーの幹部を、自分ではかなりよく知っているつもりだ。いかにもプロフェッショナルで、クラークとシャベスのばあい、長く秘密の世界に住んで、とびきり秘密なこともやってきた男である。自分などはその大半を知らないし、決して知ることもないだろう。だが、ベロウは、ふたりが多くの点で警察官に似て、秩序の守り手、ルールの監視者であることも知っている。ときにみずからルールを破ることもあろうが、それはルールを維持せんがためである。彼らはまた、テロリストとおなじほどロマンチストでもあるが、そのちがいは大義の選択にある。彼らの目的は保護すること、グラディのそれは破壊することであり、ミッションの差がそのまま人間の差である。簡明そのものだ。いま、この眠れる男にどれほど怒りを感じていようとも、彼らは男に肉体的苦痛をあたえはしない。懲罰はグラディが凶暴に襲撃した社会にまかせる。彼らはその社会のルールを保護することを——かならずしも順守はしないが——誓約しているのだ。

「そろそろだ」ベロウがいった。グラディの生命徴候(バイタル・サイン)は、一様に数値を上げていた。脳が覚醒しはじめるにつれ、肉体に小さな動きがあらわれた。そこここでのかすかな筋肉収縮である。肉体のどこかにあまり反応しない個所をみつけると、脳はなにが支障になっているのか見きわめようと、その部分に集中し、苦痛をさがすが、苦痛はまだみつからない。頭が動きはじめた。ゆっくりと、左に、右に、そしてほどなく……。

まぶたが、やはりゆっくりとまたたいた。ベロウはだれかが作成した人物リストに目をやって、イギリス警察と5課の資料がたしかなものであることを祈った。

「ショーン」と、彼は呼びかけた。「ショーン、気がついたか」

「だれだ……」

「おれだよ、ジミー・カーだよ。わかるか、ショーン」

「ここ……ここは……どこだ」声が喉にからんだ。

「大学病院だよ、ダブリンの。ドクター・マカスキーの執刀で肩の手術がおわったんだ。いまいるここは回復室だ。もう大丈夫だぞ、ショーン。だけど、ここまで連れてくるのに苦労したのなんの。肩、痛いか、ショーン」

「いや、もう痛くない。ジミー、何人……」

「おれたちが何人かってのか。十人だ、十人逃げた。皆隠れ家にいるよ」

「そうか」目がひらいて、手術用マスクをしてキャップをかぶった人を見たが、うまく焦点が定まらなくて、その姿はぼんやりかすんでいた。部屋は……うん、病院だ……天井は長方形のタイルが金属枠でとめてあって……電灯は蛍光灯。喉がからからで、挿管の跡がすこし痛むが、大したことはない。いまいるのは夢のなかで、これはなにひとつ現実に起きていることではない。白い、なんだかあぶなっかしい雲に乗ってただよっているが、ともかくもジミー・カーがそばにいてくれる。

「ロディは、ロディはどこだ」

「ロディは死んだよ、ショーン」ベロウはこたえた。「残念だけど、だめだった」

「くそっ……」グラディがひとつ息を洩らした。「あのロディが……」

「ショーン、知りたいことがあるんだ、いそぐんだ」

「知りたい……なにを」

「おれたちに情報をくれた男、あの男に連絡を取りたいんだが、どうすればいいのかわからないんだ」

「ヨシフのことか」

やった、とポール・ベロウは思った。「そう、ヨシフだよ、ショーン。至急連絡を取りたいんだ」

「金か。あれはおれの財布のなかだ」

ほう、と思って、クラークは首をふりむけた。ビル・トウニーはグラディの所持品をぜんぶ、折りたたみテーブルの上に置いていた。財布のなかには、現金が二百十英ポンドと、百七十アイリッシュ・ポンド、それに紙片が数枚あった。黄色のポスト・イットが一枚あって、それにふたつのナンバーが書いてあった。どちらも六桁で、なにも説明はない。スイスかどこかのナンバー口座だろうか、と情報官は思った。

「どうやってアクセスするんだ、ショーン。すぐにしなきゃならない。わかるだろう」

「ベルンのスイス商業銀行に……電話して……おれの財布の……口座番号と利用コードを……」

「よし、わかった。それから、ヨシフ……ヨシフなんだっけ……どうやって連絡するんだ、ショーン。いってくれ、ショーン、ちゃんとしたやりかたでないとだめだろう」べロウのアイルランド訛りはいい加減で、ふつうなら酔っ払いにも通用しないが、グラディの現在の状態は、アルコールが人間の精神におよぼす影響をはるかに超えていた。

「それは……知らない。むこうから連絡してくるんだ。ヨシフ・アンドレーエヴィッチからの連絡は……ロバートを通して……ネットワークを通してで……こちらから連絡する方法は教えなかった」

「ラスト・ネームはなんというんだ、ショーン、おれは一度もきいてないんだ」

「セーロフだ、ヨシフ・アンドレーエヴィッチ・セーロフ……ロシア人……KGBの男……ベカー高原で……昔……」

「あの男からはレインボー部隊について、いい情報をもらったよな、ショーン」

「あいつらを、何人……おれたちは、あいつらを何人……」

「十人だよ、ショーン、十人殺して逃げて、あんたは肩を撃たれたんだ、ジャガーで逃げる途中、覚えてないのか。けど、おれたちはやったぞ、ショーン、うんと痛めつけてやった」ベロウはしっかりいってやった。

「そうか……そうか……痛めつけたか……殺してやれ……皆殺しにしてやれ」グラディはベッドの上でささやいた。

「そうはいくか、馬鹿野郎」数フィートはなれたところで、シャベスが小さな声でいいかえした。

「女ふたりはどうした……ジミー、女をやったか」

「ああ、やったよ、ショーン、おれが自分で撃ってやった。それより、ショーン、あのロシア人のことだ。あの男のことをもっと教えてくれ」

「ヨシフか。いいやつだよ、KGBで、金と麻薬をちゃんと用意してくれた。金は大金だ……六百……六百万……それからコカイン」グラディはベッドのわきの三脚にのったビデオ・カメラに向かって付け加えた。「シャノンまで持ってきてくれただろうが。小型のジェット機に乗って、金も麻薬もみなアメリカから……いや、アメリカだと思うんだ……きっとそうだ……あのしゃべりかたはアメリカ風だよ、テレビできくのとおなじ……おかしいよな、ジミー、ロシア人のあのもののいいかたは……」

「ヨシフ・アンドレーエヴィッチ・セーロフだな」

ベッドの男はうなずこうとした。「そういう名前のつけかたをするんだよ、ジミー。アンドルーの伜のジョゼフだ」

「どんな男だ、ショーン」

「背はおれぐらい……髪は茶色、目も……丸顔、何か国語もしゃべり……一九八六年……ベカー高原……いいやつだよ、ずいぶんおれたちを助けてくれた」

「どうだ、ビル」クラークがトウニーにささやいた。

「法廷では使えませんが、しかし――」

「法廷なんかどうでもいい。それより情報としてはどうなんだ。なにか符節の合うことはあるのか」

「セーロフという名は思いあたりませんが、ファイルで照合してみます。このナンバーは調べがつくでしょう。少々書類追跡しなきゃなりませんが――」といって、彼は腕時計を見た。「明日まで待たないことには」

クラークはうなずいた。「こんな尋問法があろうとはな」

「まったくです。前代未聞です」

そのとき、グラディの目がみひらかれた。ベッドのまわりに、ほかにも大勢いるのを見て、顔がゆがんで不審の表情になった。「きみはだれだ」夢のなかに見知らぬ顔をみつけて、ぼんやりたずねた。

「わたしはクラークという。ジョン・クラークだ、ショーン」

一瞬、目がまるくなった。「しかし、きみは……」

「間違いない。わたしだ。いろいろしゃべってくれて礼をいう。ひとりも逃がしていないぞ、ショーン。十六人全員、死んだか、生きて捕まったかだ。きみはこのイングランドが気に入るといいな。この先ここで、長い長い暮らしになる。さあ、またゆっくり眠るがいい」口調がことさらていねいなものにされた。外道め、おれはおまえよりましな人間を殺している——と、胸の内ではいってやった。顔は自分では無表情のつもりだが、内心の思いがありありと出ていた。

ドクター・ベロウはテープレコーダーとメモをポケットにおさめた。たいていこうだ。全身麻酔のあとの薄明状態においては、どんな精神も誘導にたいして弱くなる。だから高度の機密関与資格を持つ者が手術を受けるときは、かならず所属組織の人間が付き添うのだ。このばあい、彼はおよそ十分、内面深くもぐりこんで、情報をつかみとってきた。法廷では決して証拠にはならないが、レインボーは警察官の集まりではないのだ。

「マロイがやったのか」玄関へ向かう途中でクラークはきいた。

「厳密にはナンス軍曹です」シャベスはこたえた。

「礼をしなくてはならない」レインボー・シックスはいった。「軍曹のおかげで、名前がひとつわかったぞ、ドミンゴ。ロシア名前が」

「あまり有益ではありません、どうせ偽名ですから」

「そうかな」

「だってそうでしょう。セーロフといえば、KGBの元長官ですよ、五〇年代だったと思います。なにかでしくじって更迭されたんです」

クラークはうなずいた。それでは、そいつの本物のパスポートにその名はない。残念だ。しかし、名前にはちがいなく、名前ならたどることができる。ふたりは病院からイギリスの涼しい大気のなかに歩み出た。ジョンの公用車が待っていて、モール伍長の顔はなんだかうれしそうだった。今日の活躍で勲章を授かり、アメリカの疑似将官から感謝状をもらえると思っているんだろう。ジョンとディングが乗り込むと、車は基地の営倉に向かって走り出した。地元の留置場は保安上の危険があるため、他の男たちはとりあえず営倉に入れてあるのだった。ふたりは取調室に案内された。そこにはティモシー・オニールが、椅子に手錠でつながれて待っていた。

「ハロー」ジョンが呼びかけた。「わたしはクラークという。こちらはドミンゴ・シャベス」

　捕虜はただじっとにらんでいるだけだった。

「きみたちはわれわれの妻を殺すために送り込まれた」ジョンはいった。そういわれても、まばたきひとつしなかった。「だが、見事にしくじった。十六人いたのが、のこったのは六人だ。ほかの者も、もうなにもできない。きみのようなのを見ると、わたしはアイルランド人の血筋が恥ずかしくなる。きみは犯罪者としてさえ程度が低い。それはそうと、クラークというのはわたしの任務上の名だ。それ以前はジョン・ケリーといい、妻は旧姓オトゥールといった。きみたちＩＲＡのちんぴらは、ついにアイリッシュ・カトリックのアメリカ人まで殺すようになったんだな。新聞に載ったとき、あまり体裁のいいことではないな」

「そのうえコカインの密売か。ロシア人がどっさり持ち込んだやつを」シャベスがいい足した。

「麻薬を？　そんなものは――」

「知らんとはいわさない。ショーン・グラディがすっかり吐いた。面白いようにぺらぺらしゃべってくれた。スイス銀行の口座番号もわかったし、そのロシア人――」

「セーロフ」シャベスが口を添えた。「ヨシフ・アンドレーエヴィッチ・セーロフ。ショーンのベカー高原以来の古なじみだ」

「おれはなにもいうことなんかない」なにもいわぬはずが、すでに口をきいていた。ショーン・グラディがしゃべった？　ショーンが？　そんなことがあってたまるか。しかし、ほかのどこからそんな情報を手に入れられる。世の中完全に狂ってしまったのか。

「おい」ディングがつづけた。「おまえが殺そうとしたのは、おれの妻だ。腹にはおれの子がはいっている。おまえ、まだまだ先があると思ってるのか。ジョン、この野郎が刑務所を出ることってあるだろうか」

「近い将来にはないな」

「よし、ティミー、おまえにいっておく。おれの生まれ育った国では、ひとの女に手を出したやつは報いを受けるんだ。なまやさしい報いじゃないぞ。それから、おれの育った国では、だれもひとの子には、ぜったいに、金輪際手を出さない。それをやったときの報いは、もっと大きいと知っておけ、このちびちん（リトル・ファック）野郎。ちびちん？」シャベスはちょっと思案した。「そうだ、ジョン、うまい手がある。二度と女にちょっかいを出せぬようにしてやろう」ディングはいって、ベルトにつけた鞘（さや）からマリン・タイプのKバー・ファイティング・ナイフを抜いた。刃面は四分の一インチ幅の光るエッジをのこして真っ黒だった。

「あまりうまい手でもないんじゃないか、ディング」クラークがさほど力のこもらぬ反対をした。

「どうして。いまはそれが一番という気がする」シャベスは椅子を立って、オニールの前へ行った。そしてナイフを持つ手を椅子に近づけた。「むずかしいことじゃない。さっとひとなでで、性転換手術の開始だ。おれは医者じゃないが、なに、前半ぐらいはなんとかやれる」ディングは腰をかがめて、鼻をオニールの鼻にくっつけんばかりにした。「ラティーノの女には、ぜったいに、ぜったいに手を出してはいかんのだ。おい、きいてるのか！」

ティモシー・オニールにとって、今日という日は、ここまででもさんざんだった。そのスペイン系の男の目をのぞき、アクセントをきいていると、男がイギリス人とちがうのはもとより、自分が知っているようなアメリカ人とさえちがうことがわかった。

「なに、はじめてじゃない。ふつうは銃でぶっ殺すが、下種野郎はナイフでやってやったことが、これまでにも一、二度ある。縮むのが見ていて笑えてくる。おまえは殺さない。女に変えてやるだけだ」ナイフが、椅子に手錠でつながれた男の股間にあてがわれた。

「やめろ、ドミンゴ」クラークが命じた。

「うるさい！　こいつはおれの妻をねらったんだ。このちびちん野郎を二度と女にわるさのできないからだにしてやる」シャベスは捕虜に目をもどした。「切り取るとき、おまえの目を見ていてやるからな、ティミー。女に変わりはじめるときの面を見ていてやる」

オニールは黒いスペイン系の目を見あげ、思わずまばたきした。そこに見いだしたのは、熱い、燃え狂う怒りだった。なによりも、その原因がよくなかった。自分たちは身重の女を拉致して、殺すことも考えていた。それは人倫にもとり、それゆえ目の前のその怒りには正当性があった。

「そんなんじゃないんだ！」オニールは息をあえがせた。「そんな気は――おれたちにそんな気は――」

「気はあったが、レイプするチャンスがなかったか。そうかい、そうだったのかい」シャベスはいった。

「ちがう、レイプなんて――おれたちの仲間にそんなことをしたやつはいない。おれたちは――」

「屑だよ、おまえたちは。ファッキン・スカムだ。だがな、いまからただのスカムになるんだ――二度とファックはできなくなるから」ナイフが小さく動いた。「ジョン、こいつは見ものだぞ。覚えてるか、二年前、リビアでやってやった男を」

「あれはいまも夢に出てきてうなされる」クラークはいって、目をそむけた。「おい、ディング、よせといってるんだぞ」

「うるさいというんだよ」あいたほうの手がのびて、オニールのベルトをゆるめ、ついでズボンのいちばん上のボタンをはずした。そしてなかにはいった。「なんだ、切り取るほどのものもないときてやがる。これでもちんぽこのつもりか」

「オニール、なにかいうことがあるなら、いまいっておけ。この若いのはもうわたしの手に負えん。前にもこれを目の前でやられて――」

「もうなにもきくことなんかないよ、ジョン。どうせグラディがぜんぶしゃべってくれた。こいつはおれたちの知りたいことなんか、なにも知るもんか。ちょん切って警備犬に食わせてやりゃいいんだ。生肉は好物なんだ」

「ドミンゴ、文明人がそれをやっては――」

「文明人？　おい、ジョン、こいつはおれの妻と子どもを殺そうとしたんだぞ！」

オニールの目がまた大きく剝かれた。「ちがう、そんなつもりじゃ――」

「なかったってのかよ」シャベスはせせら笑った。「じゃ、あの銃はなんだ。人心収攬のために持っていたってのか。女殺し、赤ん坊殺し」シャベスはぺっと唾を吐いた。

「おれはだれも殺してはいない、銃も撃っていない。おれは――」

「なにもしない能なし野郎かい。能なしはちんぽこをくっつけておいていいってのか」

「そのロシア人は何者だ」クラークがきいた。

「ショーンの友人だ。セーロフ、ヨシフ・セーロフ。金と薬を持ってきて――」

「薬？　おい、ジョン、こいつらは麻薬の密売までやってやがる」

「その金はどうした」

「スイス銀行のナンバー口座だ。ヨシフが口座をひらいて、六百万ドル振り込んで――それで――それからショーンが、コカインを十ポンド持ってきてくれといった。金に変えるんだ。活動をつづけるには金が要る」

「そのコカインはどこにあるんだ、ティム」つぎにクラークはきいた。

「農場――農場の母屋に」オニールが町の名と、町からの道順をいい、ぜんぶシャベスのポケットのテープレコーダーに録音された。

「そのセーロフとやらだが、どんな男だ」それもききだした。

シャベスはうしろに下がり、それまでの癇癪をすーっと引かせた。そして口元を笑わせた。「では、ジョン、ほかのやつらに会いますか。ティミー、ありがとうよ。くっつけておいてやるよ」

カナダ・ケベック州の上空で夕刻を迎えた。無数の湖の水面が夕日に輝き、なかにはまだ氷に覆われているのもあった。ポポフはフライト中ずっと眠れなくて、ファースト・クラスで起きているただひとりの乗客だった。おなじデータを頭のなかで何度も検討した。イギリスがグラディを捕らえたとすると、彼の一番の偽名で、パスポートにも記載されている名は、もう知られたと思っていい。パスポートは今日のうちに処分しよう。人相特徴もわかっただろうが、どうせ特徴らしい特徴はなにもないのだ。グラディはドミトリがスイス銀行にひらいた口座の番号を知っているが、すでに資金は他口座へ移し、その口座は自分までたどれないようにしてある。グラディは吐くにちがいなく――その点は瞬時も楽観していない――敵がその情報を追跡することは、理論的には可能であり、もしかしたら指紋を手に入れることも……いや、その危険はまずないと思ってよく、西側情報組織には照合すべきデータもないはずだ。そもそも西側の組織は、彼のことなんかなにも知りはしない――知っていれば、とうに逮捕されている。

　ということは、なにがある。じきに蒸発してしまうだろう名前、どこのだれにも合致する人相特徴、なくなった口座の口座番号。要するに、なにもないにひとしい。しかし、スイス銀行が資金の振替にどんな手続きを使ったかを調べ、その手続きが口座そのものを守る無記名保護法によって守られているかどうかを、早急に調べる必要はある。だが、法は法として、スイス人といえども良心の権化(ごんげ)ではないだろう。銀行と警察のあいだには、取り決めがあるのではないか。いや、きっとある。たとえその目的が、スイス警察に、外国警察にたいしうまく嘘(うそ)をつかせるためだけであってもだ。だが、第二の口座は〈影の口座〉である。彼はそれを弁護士を使って開設したが、弁護士は電話で知り合っただけの相手だから、かりに裏切ろうにもその能力がない。したがって、グラディの情報からいま彼がいるところまでは、どんな道筋もつきようがなく、その点は安心していい。第二の口座の五百七十万ドルへのアクセスには、よくよく頭をはたらかせなくてはならないが、なにか方策はあるだろう。またべつの弁護士、たとえば銀行法がスイス以上に厳しいリヒテンシュタインあたりの弁護士を使う手があるんじゃないか。それは調べなくてはならない。必要手続きはアメリカ人弁護士に、やはり完全匿名(とくめい)で依頼すればいい。

ドミトリ・アルカデエーヴィッチ、おまえは安全だぞ。そうポポフは自分にいいきかせた。安全にして裕福。だが、もう無理をしてはいけない。もうジョン・ブライトリングのために、作戦発動役なんか引き受けてはならない。オヘア空港に着いたら、いちばんはやい便でニューヨークへ飛び、アパートに帰って、ブライトリングに報告して、それからなにかすっきりした逃走路をさがそう。ブライトリングが逃がしてくれるだろうか。

逃がさないわけにはいかない。会長と大量殺人を結びつけることができるのは、彼とヘンリクスンだけである。もしかしたら、ブライトリングは彼を殺すことを考えるかもしれないが、たぶんヘンリクスンがとめるだろう。ヘンリクスンもプロだから、ゲームのやりかたはわきまえている。ポポフは日記をつけていて、それを安全な場所にあずけてあった。ニューヨークの法律事務所の金庫室に、子細な指示書とともに保管されている。だから、そのほうの危険はない――〝友人たち〟がルールを知っているかぎり。念のため、そこをはっきりさせておいてやろう。

なんだってニューヨークへ帰るのだ。このまま消えてしまったらどうだ。その誘惑はあるが……いや、やめておこう。なにはともあれ、ブライトリングとヘンリクスンに、自分には手出し無用であることを伝え、なぜそれが彼らのためでもあるか、ちゃんといっておかなくてはならない。それに、ブライトリングはアメリカ政府内に、おそろしくいい情報源を持っているようだから、ポポフとしてはあの男の情報を利用すれば、いっそうの身の安全をはかることができる。護身手段は多すぎて困ることはない。

それらをぜんぶ決めてしまうと、やっと気分がらくになった。シカゴまであと一時間半。眼下には無辺際の世界が広がり、身を隠すところなんかいくらでもあり、もうそのための金もできた。苦労のかいがあったというものだ。


「これまでに判明したことはなんだ」ジョンが幹部を前にしていった。

「ヨシフ・セーロフという名だが、われわれのロンドンのコンピュータにはない」国内保安部（セキュリティ・サービス）のシリル・ホルトが、最初に口をひらいた。「CIAにはどうだ」

クラークはかぶりをふった。「セーロフという男はふたり登録されている。ひとりは故人、もうひとりは七十前で、モスクワで引退生活を送っている。人相特徴のほうはどうだ」

「この男に合致する」ホルトはテーブルに写真を出した。

「見た顔だな」

「いつかロンドンでイワン・キリレンコと会っていた男だ。だとすると、ほかのことも辻褄（つじつま）が合う。あのときもいったように、われわれはその男が、きみたちの組織に関する情報を渡したと思っている。だったらそいつがグラディのところにあらわれるのは──これまた符節が合う、合いすぎるほど合う」

「その男の線を追う方法はあるか」

「ＳＶＲに依頼することはできるはずだ。われわれもＣＩＡも、セルゲイ・ゴロフコとは比較的いい関係にあるから、協力を得られるんじゃないか。わたしのほうは極力押してみる」ホルトは請け合った。

「ほかには」

「ふたつのナンバーですが」ビル・トウニーが発言した。「ひとつはおそらく銀行の口座番号、もうひとつはたぶん利用コード・ナンバーです。現地警察に調べてもらいます。なにかわかるでしょう。もちろん金がロンダリングされていなくて、まだ稼働（かどう）口座であればですが、口座はまだあると思います」

「銃は」と、同席した警察幹部がいった。「製造番号から判断すると、ソ連製、カザンの工場から出たものらしい。かなり古く、すくなくとも十年以上前の型だが、どれも今回はじめて使用されている。麻薬については、情報をアイルランド警察のデニス・マッガイア長官に伝えた。明朝のテレビが報じると思うが、アイルランド警察は純良コカイン十ポンドを発見、押収(おうしゅう)した。〝純良〟とは医薬品並みの品質ということで、製薬会社から購入したかと思うほどだ。末端価格は途方もないものになる。何百万」警視正はつげた。「アイルランド西海岸の農場の廃屋のようなところで発見された」

「捕虜六人中、三人まで身元が割れた」ホルトがつづけた。「重傷のひとりとは、まだ話ができない。あ、それから、彼らはたがいの連絡に、携帯電話をトランシーバーのようにして使っていた。その携帯をヌーナンが使用不能にしたのは大手柄だった。あれが何人の命を救ったことか」

会議テーブルのいちばん端で、それをきいたシャベスはうなずき、身ぶるいした。もしも彼らが連携行動を取っていたなら……ジーザス……味方にはとんでもない一日になっていただろう。いまでさえ悲劇なのだ。きっと合同葬儀になっていた。皆A式制服を着て整列し、弔銃が撃たれ……そして、死んだ隊員の補充をしなくてはならない。ここからほど近いところで、マイク・チンはベッドに寝て、被弾した足の片方は骨をやられたからギプスで固定されている。チーム1はよく反撃したが、それでも最低一か月は行動不能だ。ヌーナンは八面六臂(はちめんろっぴ)の活躍で、ピストルで三人の犯人を倒し、フランクリンはばかでかい愛銃マクミラン五〇口径で、ひとりの首をほとんどもぎとったあと、おなじモンスター・ライフルで茶色のヴァンを走行不能にし、テロリスト五人を車内にくぎづけにした。シャベスがテーブルに目を伏せて、首をふりうごかしたとき、ポケベルのコールがあった。持ち上げて画面を見ると、自宅の番号だった。彼は立って行って、壁の電話でかけた。

「はい、どうした」

「ディング、きて。はじまったの」パッツィーの声は落ち着いていた。ディングのほうは心臓がはねおどった。

「すぐ行く」電話を切った。「ジョン、帰らせてもらいます。パッツィーがはじまったらしいんです」

「いいとも」クラークの顔にようやく笑みがうかんだ。「わたしからの激励を伝えてやってくれ」

「ラジャー、ミスターC」シャベスはドアに向かった。

「こればかりは、かならず不意打ちですね」トウニーがいった。

「今日という日のせめてひとつだけ、めでたい出来事だ」ジョンは目をこすった。祖父になる実感さえわいた。部下を失ったことをいっとき忘れさせる。そちらのほうは、まだ本当に意識にしみこんではいなかった。部下。二名死亡。負傷数名。自分の部下が。

「よし」クラークはつづけた。「問題は情報漏洩（ろうえい）だ。われわれは仕掛けられて襲撃された。これはすておけない」

「ハロー、エド。あたし、キャロル」科学担当大統領補佐官はいった。

「ハイ、ドクター・ブライトリング。どうした」

「今日のイギリスの事件。あれ、うちの連中でしょう――レインボーでしょう」

「そうだ」

「どうだったの。テレビではよくわからなくて、それに――」

「死者がふたり、負傷者が四、五人出た」CIA長官はこたえた。「犯人は十人死んで、六人逮捕だ。リーダーも逮捕した」

「あの無線機、どうだった」

「さあ、どうかな。まだ報告を見ていない。ただ、彼らがいちばん知りたがるのがなにかはわかる」

「なんなの」

「だれが情報をリークしたかだ。ジョンの名、妻と娘の名、身分、勤務先――ぜんぶ知られていた。たしかな情報を得ていたということだから、ジョンは面白くない」

「で、妻子は無事だったの」

「うん、さいわい民間人に被害はなかった。しかしなあ、キャロル、わたしはサンディもパッツィーも、個人的に知っているんだ。これは相当の後遺症がのこるにちがいない」

「なにかあたしにできることあって？」

「まだわからないが、きみにそうきかれたことは覚えておこう」

「あたしが知りたいのは、あの無線機がどうだったかってこと。あたしがＥ‐システムズに、いちばん大事な部隊だから、真っ先にまわしてやってと頼んだんですもの。役に立ってるといいけど」

「きいてみるよ」長官は約束した。

「そう。待ってるわ」

「わかった。電話をありがとう」

第30章　展望

すべて予想どおり、いや、予想以上だった——といって、なにを予想したものか、よくわかっていたわけではない。すべてがおわったとき、ドミンゴ・シャベスの手のなかには、ちゃんと息子がいた。

「さてさて」これから自分が守り、教育し、やがて世に送り出すあたらしい生命を見て、彼はいった。ほんのつかのまなのに、ずいぶん長く感じられた時間が過ぎて、彼は新生児を妻の胸に返した。

パッツィーの顔は汗に濡れ、五時間の苦行で疲労の色が濃いが、すでに——よくしたもので——苦痛は忘れられていた。ゴールにたどりつき、彼女はわが子を得た。ちびはピンクで、毛がなくて、大きな声を出したが、声はパッツィーの左の乳房が寄せられると、しずかになった。ジョン・コナー・シャベスの、人の世で取るはじめての食事だった。だが、パッツィーはすっかり疲れていたから、じきに看護婦が新生児室へ連れて行った。ディングは妻にキスをして、部屋へ移される担送車のわきについて歩いた。部屋にはいったときは、彼女はもう寝入っていた。彼は最後にもう一度キスをして、部屋を出た。車でヘリフォード基地へもどり、レインボー・シックスの官舎へ行った。

「どうだ」玄関ドアをあけたジョンがきいた。

シャベスは青いバンドを巻いてある葉巻を黙ってさしだした（訳注　父親が配る葉巻のバンドや包装紙は、男の子なら青、女の子ならピンク）。「ジョン・コナー・シャベス、七ポンド十一オンス。母親も元気ですよ、おじいちゃん」ディングはいったが、なるべくにこにこしないようにした。なんといっても、パッツィーは苦しんだのだ。

どんなにタフな男をも泣かせる瞬間がある。いまがそうだった。ふたりの男は抱き合った。「そうか」一分かそこらたってジョンがいい、バスローブのポケットからハンカチを取り出して目をぬぐった。「だれに似ている」

「ウィンストン・チャーチルに」ドミンゴは笑ってこたえた。「いやあ、いままで気がつかなかったけど、ジョン・コナー・シャベスってのはまぎらわしい名ですね。でも、いろんなものをたっぷり受け継いでるちびですから、これでいいんです。五つ……いや、六つになったら、まず空手と銃をやらせます」口調がたのしげになった。

「ゴルフと野球のほうがいいが、まあきみの子だからな、ドミンゴ。それより、なかへはいれ」

「どうだった」サンディがたずね、シャベスはもう一度ニュースを伝えた。ボスは早速キューバ葉巻をつけた。日ごろ煙草(たばこ)をきらい、看護婦のサンディもいい顔をしないが、このときばかりはべつだった。ミセス・クラークはディングを抱擁した。「ジョン・コナー？」

「知ってるのか」ジョン・テレンス・クラークがききかえした。

サンディはうなずいた。「先週パッツィーにきいたの」

「秘密だったのに」あたらしい父親が文句をいった。

「母と娘はべつよ、ディング」サンディはいってきかせた。「朝食にする？」

男ふたりは腕時計を見た。午前四時をまわったところだった。はやすぎもしないということで三人の意見が一致した。

「しかし、ジョン、思えば不思議なものですね」シャベスがいった。義父はドミンゴが会話の性質に応じて、訛(なま)りをつけたり取ったりするのに気づいた。きのうＰＩＲＡの捕虜を尋問したときの彼は、まさしくロスアンジェルスの与太者で、スペイン語訛りと街の婉曲(えんきょく)表現がぽんぽんとびだすしゃべりかただった。それがいま、しんみりしたムードになると、いかにも大学でマスター位を取った男の、訛りなどこれっぽっちもない話しかたに変わる。

「このわたしが、パパです。一児の親です」そういったあとに、徐々に、うれしそうな、感にたえたような笑みが広がった。「いやもう」

「大冒険だよ、ドミンゴ」ジョンがいった。妻はベーコンの用意にかかり、彼はコーヒーをついだ。

「は？」

「人ひとりを一人前に育てあげること。こいつは大冒険であり、それを満足にやれなかったら、親じゃない」

「あなたがたは立派にやりましたね」

「ありがとう、ドミンゴ」調理台からサンディがいった。「懸命だったわ」

「わたし以上に彼女がな」と、ジョン。「わたしはひどいものだった、現場工作員で家をあけてばかり。クリスマスに家にいなかったことが三度――これはどんなに悔やんでも悔やみきれない」そう述懐した。「あれはかけがえのない日だ。家にいてやらなくてはいけないんだ」

「どこにいたんです」

「ソ連に二度、イランに一度――いずれも協力者（アセット）を脱出させるためだった。二度は成功したが、一度はだめだった。脱出できなかったんだ。ロシアは国家反逆罪を容赦しない。かわいそうに、その男は四か月後に処刑された。惨憺（さんたん）たるクリスマスだった」クラークは痛ましい出来事を想起していった。自分が立つところから五十メートルとない距離で、KGBが男を連れ去るのを見た。こちらに向けられた顔を見、その顔にうかんだ絶望の表情を見ながら、自分は背を向けて、ふたり分用意しておいた逃走路をひとりでたどった。どうすることもできないとわかってはいても、身を切られる思いだった。そして最後に、エド・フォーリーに事の顚末を報告する仕事があった。そのエージェントが、じつはCIA本部ビルのなかにいたKGBの〝もぐら〟により暴露された――婉曲語で〝売却〟されたとわかったのは、あとになってからだった。その糞野郎はまだ連邦刑務所にいて、ケーブル・テレビとセントラル・ヒーティング付きの生活を送っている。

「過ぎたことですよ」義父の表情が理解できて、シャベスはいった。ふたりとも似たような任務をたびたび経験しているが、クラーク－シャベス・コンビがしくじったことは一度もなかった。ただし、ふたりの仕事のなかには、危険というより狂気に近いものもあった。

「親になるというのは、一方で妙な気分ですね」

「どうして」ジョンはたずねて、自分のときとおなじだろうかと思った。

「わたしは自分が、やがて死ぬ人間だとわかっています。ちびはわたしより長生きします。親より長生きしなかったら、それは親がいけないんです。そうはさせられません。JCはわたしの責任です。彼が成長すれば、こちらは年を取り、彼がいまのわたしの年齢になるころ、こちらは六十すぎです。いやあ、年を取ることなんて、今日まで考えてもみませんでした」

クラークはおかしそうに笑って、「うん、わたしもそうだった。まあそう急くな。いまやこっちは――」もうすこしで〝ファッキング〟をつけそうになってやめた。その形容語をサンディがきらうのだ。「隠れようもないじいさまだ。わたしもそうなる日がくるとは考えもしなかった」

「それもまたたのし、よ」サンディが卵を割っていった。「孫を甘やかして親に返すんじゃないかしら。きっとそうなるわ」

　自分たちの子は、そういうふうにはならなかった。すくなくとも、ジョンの両親に関してはそれはなかった。母ははやくに癌で死に、父は一九六〇年代のおわり、インディアナポリスで、燃える家から子どもを救出しているときに、心臓麻痺で殉職した。ジョンは両親が、自分たちの息子が成長して、年を取って、いまや祖父になったのを見ているだろうかと思った。わからない。どうもこういうときは、人間の寿命とそれに付随する問題が話題になるものらしい。人の生は連綿とつづいていく。ジョン・コナー・シャベスは、なにになるだろう。金持ち、貧乏人、乞食、泥棒、医者、弁護士、インディアンの酋長。それはドミンゴとパッツィーの仕事だから、信頼してまかせるしかなく、じっさいふたりはちゃんとやるだろう。彼は自分の娘を知り、ディングのことも娘に劣らず知っている。コロラド山中ではじめて見たときから、この若造にはどこか人にないものがあると思ったが、年齢を重ねると、とびきり剛健な庭に咲く花のようにめざましく開花した。ドミンゴ・シャベスは若き日の彼であり、名誉を重んじ勇気を失わぬ男である。だから、立派な夫になって見せたように、きっと立派な父親になることだろう。そうやって人の生は脈々と受け継がれていくのだ、とジョンはもう一度自分の胸にいいきかせて、コーヒーを飲み、葉巻をふかした。これもまた死への旅の里程標かという気もするが、それでいいのだ。今日まで自分は、人に役立つ人生を送り、その人生をたのしんできた。ドミンゴもそうだ。ジョン・コナーもそうであってほしいと思うのは、自分だけではない。おいおい、とクラークは自分にいった。まだこっちだって人生がおわったわけじゃないんだぞ。

　ニューヨークへの航空券がおいそれと取れなかった。どの便も満員で、ようやくユナイテッド航空の古い７２７の最後部の補助席にすわることができた。窮屈だが、どうせ短時間のフライトだった。ラガーディア空港に着いたポポフは、タクシー乗り場に向かう途中、上着の内ポケットに手を入れて、大西洋を無事横断させてくれたパスポートを取り出した。ずいぶん役に立ってくれたが、もう持ってはいられない。タクシー乗り場の手前で屑(くず)入れにすてた。今日は一日がアメリカ東海岸時間で真夜中すぎにはじまって、大西洋横断飛行中もあまり眠れなかったから、からだがまるで、アメリカ語法でいう燃料切(ラン・オン・エンプティ)れだった。現場をはなれるとこれだ。

三十分後、ポポフがダウンタウンのアパートにさしかかるころ、ごみ収集員がユナイテッド航空ターミナルの収集袋を交換にまわっていた。機械的でけっこう体力の要る作業で、作業員は大半がプエルトリコ人だった。ひとつずつ缶の金属蓋をはずして、大型のビニール袋を取り出し、車輪付きの運搬車に放り込む。回収されたごみ袋は運搬車からトラックに移され、スタテン・アイランドの埋め立て地に運ばれる。上半身の運動にはいいが、退屈な仕事なので、作業員はたいてい携帯ラジオをききながらやっていた。

タクシー乗り場から五十ヤードはなれたところにある缶は、枠台にしっかりのらずにかしいでいたから、作業員が袋を引っ張り出したとき、金属のふちにひっかかってビニールが裂け、中身がコンクリートの歩道にこぼれた。これには作業員は声低くののしり、背をかがめて、手袋の手でごみをあつめにかかった。半分ひろったとき、ふと目をとらえた真っ赤な厚紙は、イギリスのパスポートの表紙のようだった。こういうものは、すてるものではないんじゃないか。ぱらぱらめくると、クレジット・カードが二枚はさんであって、名義はパスポートのものとおなじだった。セーロフ。めずらしい名前だ。作業員はぜんぶカバーオールの腿のポケットに入れた。あとで会社の遺失物係に届ける。ごみ缶のなかに大事なものをみつけるのはめずらしくない。いつだったか、弾が全弾装塡された九ミリ拳銃をみつけたこともあった。

もうそのころ、ポポフは自分のアパートの部屋にはいっていたが、くたびれて旅装を解く気力もなかった。服だけ脱いで、寝酒のウォトカもやらずにベッドに倒れ込んだ。反射運動のようにテレビのスイッチを入れると、またヘリフォード事件の報道をやっていた。画面には——くそっ、リポーターが彼のそばにきてインタビューしようとした、あのときの中継車が映っていた。インタビューの場面は出なかったが、リポーターがひとりでしゃべっているところから二十フィートはなれて、横向きの自分の顔が見える。いよいよ引き時だな、とうつらうつらしながら思った。テレビを消す余力もなく、つけっぱなしで寝入ったが、くりかえし報道される事件が頭のなかにはいってきて、夜どおし混乱した、いやな夢を見させた。

パスポート、クレジット・カード、その他貴重品と思われる何点かの品が、営業時間後にごみ処理会社のスタテン・アイランド出張所——といっても牽引してきたトレーラー・ハウスだが——に届いた。ごみ収集員はそれを担当者の机の上に置くと、タイム・カードを押してから自分の車に向かった。いまからクウィーンズの自宅に帰って、いつものようにおそい夕食だった。

トム・サリヴァンはおそくまで働いて、いまはローワー・マンハッタンのジェイコブ・ジャヴィッツ連邦ビルから一ブロック、FBI捜査官たちの行きつけのバーにいた。パートナーのフランク・チャタムもいっしょで、ふたりはボックス席でサム・アダムズを飲んでいた。

「その後なにか進展はないか」サリヴァンがたずねた。彼は朝から法廷に詰めて、詐欺事件で証言する順番を待っていたが、手続き上の処理が遅れて、結局証言台に立たずじまいだった。

「今日、ふたりの女に会った。どちらもカーク・マクリーンを知っていたが、デートまではしていなかった」チャタムはこたえた。「やはり見込み薄じゃないのかな。本人も協力的だったしね」

「消えたふたりに関して、ほかにだれかの名前は出なかったか」

チャタムはかぶりをふった。「ぜんぜん。彼がふたりと話しているところ、一度はひとりといっしょに店を出るところを見たといってるが——それは本人の供述どおりだ——しかし、どうということはない。シングル・バーではふつうのシーンだ。とにかく、彼の話とくいちがうことはなにもない。どちらもマクリーンにはあまりいい印象を持っていない。ただ近づいてきて、すこし質問して、それっきりはなれて行くらしい」

「なにを質問するんだ」

「名前、住まい、仕事、家族——ふつうのことだよ。通常われわれが人にきくようなことだ」

「今日会ったという女だが」サリヴァンが思案の面持ちで口にした。「そのふたりはどこの出身だ」

「ひとりはニューヨーカーで、もうひとりは川むこうのジャージー州」

「バニスターとプレットロウは遠くからきている」サリヴァンが指摘した。

「知ってるよ。それがなにか」

「連続殺人犯にとっては、身近に家族のいない女のほうがねらいやすいんじゃないか」

「それが選択要素になってるというのか。考えすぎだよ、トム」

「かもしれんが、ほかになんの手がかりがある」なにもないのだった。ニューヨーク市警が配布したチラシを見て、失踪人の顔に見覚えがあるという人間が十五人いたが、いずれも有益な情報にはつながらなかった。「マクリーン」が協力的だったのはたしかだが、しかし彼が女に近づき、この土地で育って家族もいることがわかると相手にせず、そのくせわれわれの被害者をアパートまで送っている。これはほかのどの男にもない手がかりだろう」

「もう一度あたってみるか」

サリヴァンはうなずいた。「うん」これはふつうの捜査手順でしかない。カーク・マクリーンはどちらの捜査官にも、連続殺人犯の可能性があるという印象をあたえてはいない。だが、最も巧みに偽装した犯罪者はそうしたものであることを、ふたりともヴァージニア州クウォンティコウのFBIアカデミーで学んでいた。彼らはまた、地道この上もない捜査活動が、ミステリ小説が得意とする奇跡より、はるかに多くの事件を解決することも知っていた。真の警察の仕事は、うんざりするほど退屈なくりかえしであって、それを執拗につづけていく者が最後に勝つ——通常は。

その朝のヘリフォードは奇妙なムードだった。一方で、チーム2は前日の出来事に萎縮していた。どんな部隊にも仲間の死はこたえる。が、他方、チームの隊長は今日からパパであり、それは男の一生でいちばん慶すべきことである。朝のPTに向かうとき、前夜一睡もしていなくてややばて気味のチーム2のリーダーは、チームのひとりひとりに握手され、それに祝いのひとことと、勝手知った笑みがついた。全員がすでに父親で、なかにはボスより若い男もいるからである。今朝のPTは彼の体調を考慮して短縮され、ランニングのあとエディ・プライスはシャベスに、いまの隊長の状態ではあまりだれの役にも立たないから、うちへ帰ってひと眠りしてはどうかと進言した。シャベスはいうことをきいて、昼すぎまで欲も得もなく眠り、目が覚めると頭が割れそうに痛かった。

ドミトリ・ポポフもそうだった。前日はほとんど飲んでいないのだから、その頭痛は理不尽な気がした。ロンドン西方の長い大変な一日に加えて、あいつぐフライトで酷使された肉体が、復讐に出たのだと思った。寝室のテレビのＣＮＮで目が覚め、バスルームへ行って、毎朝することのほかにアスピリンをのみ、それからキッチンでコーヒーを沸かした。それから二時間後には、シャワーを浴びて着替え、スーツケースをひらいて、ヨーロッパへ持って行った服を吊るした。しわは一日二日でのびるだろう。このあと、タクシーをひろってミッドタウンへ行く。

スタテン・アイランドの遺失物係は女子職員で、本来の職務とはべつのその仕事を彼女はきらっていた。机に届けられる品物はかならずいやなにおいがし、うっと息が詰まりそうになることもある。今日も例外でなく、人はどうしてこんなものを屑入れにするのだろうと思った。屑入れなんかでなく、もっと――もっと、なんだ。ポケットにしまっておけばいいのに。真っ赤なパスポートも例外ではない。ジョゼフ・Ａ・セーロフ。写真の男は五十がらみだろうか、マクドナルド・ハンバーガーほどにも特徴のない顔をしている。しかし、パスポートと二枚のクレジット・カードとくれば、これはだれかの持ち物にきまっている。彼女は机上の電話帳でマンハッタンのイギリス領事館を調べてかけ、交換手に用件をつげると、旅券審査課の担当官にまわされた。もとより彼女は知らないが、旅券審査課というセクションは、代々情報部の現場工作官たちの、なかば公然の偽装職務だった。簡単なやりとりがあって、マンハッタンに向かうトラックがあったから託し、封筒は領事館に届けられた。守衛が担当部署に電話をすると、秘書が取りにきた。彼女はそれをボスのピーター・ウィリアムズの机に置いた。

ウィリアムズは工作指揮官のようなもので、まだとしは若く、これが初の海外勤務だった。同盟国の大都市での安全快適な見本みたいなポストで、数人のエージェントを使い、全員外交官身分で国連に勤務していた。彼らから低レベルの外交情報をもとめ、ときに入手すると、それをホワイトホールに送る。すると外務省のおなじく低レベルの職員が、それを検討勘案する。

その悪臭のするパスポートは、ふつうではなかった。彼の仕事はこうした事柄を処理することなのだが、現実にいちばん多いのは、ニューヨークでパスポートをなくした人に、あらたにパスポートを発給する仕事だった。これが決してまれな出来事ではなく、再発給の必要な人にとっては、きまって厄介なことだった。このばあい、ウィリアムズがパスポート番号をロンドンにファックスで送ると、ロンドンの担当者が人物を確認し、ついで自宅に電話をかけて、家族や使用人にパスポート所有者がいまどこにいるかきいてみる。

ところが、今回はファックスして三十分たつかたたぬかに、ホワイトホールから電話があった。

「ピーターか」

「なんだ、バット」

「さっきのパスポート、ジョゼフ・セーロフ名義のものだが――妙なことになった」

「どうしたんだ」

「所有者のアドレスというのが、じつは遺体安置所で、電話もそこのものなんだ。きいてみたらジョゼフ・セーロフなんて職員は、現存者にも故人にもいないそうだ」

「ほう。偽造パスポートか」ウィリアムズはデスク・マットからそれを手に取った。偽造だとすると、おそろしく出来がいい。ひょっとしてこれは、めずらしく面白いことになるのではないか。

「いや、コンピュータにはそのパスポート番号も名義もはいっているのに、セーロフという男は住所地には住んでいないんだ。虚偽申告だな。こちらの記録では帰化市民になっている。そのほうも調べてみようか」

ウィリアムズは考えた。虚偽申告書類というのは彼も見たことがあり、SISの研修所では、じっさいにその作成法も練習した。よし、やってみるか。スパイかなにかをみつけださぬものでもない。「じゃ、バット、調べてくれないか」

「明日また電話する」外務省の男は約束した。

ピーター・ウィリアムズはコンピュータを立ち上げて、ロンドンにEメールを一通送った。初の海外任地における若い下級情報官の、いつもと変わらぬ一日である。ニューヨークは、なんでも高価で、人間味に乏しく、文化的に豊かな点ではロンドンに似ているが、彼のホームタウンにはある礼節が、ここでは悲しいほど欠けている。

セーロフ、か。ロシア名前だな。しかし、ロシア人なんかどこにでもいる。ロンドンにも多い。ニューヨークはもっと多いだろう。タクシー運転手のなかには、母なるロシアからの船や飛行機を降りたばかりで、英語もできず、ニューヨークの名所も知らぬなんてのがいくらもいるのだ。ロシア人名義のイギリスのパスポートの落とし物か。

三千四百マイルかなたで、〝セーロフ〟の名は6課のコンピュータにインプットされていた。もしかして該当者がいるのではと検索され、はかばかしい結果は出なかったが、エグゼクティヴ・プログラムには多数の名前とフレーズがはいっていて、それらすべてをあたった。〝セーロフ〟は三種類のスペリングでインプットされていたが、その名だけでじゅうぶんで、ニューヨークからEメールがはいると、コンピュータはただちにそのメッセージをキャッチして、担当者へ送った。担当者はヨシフがジョゼフのロシア名だと知っており、またパスポートの記載が該当年齢幅に一致したので、メッセージに分類表示をほどこして、〝セーロフ、ヨシフ・アンドレーエヴィッチ〟について、最初に照会してきた男の端末へ転送した。

ほどなくそのメッセージは、ビル・トウニーのデスクトップ・コンピュータに、Eメールとなってあらわれた。まったくコンピュータというやつは重宝なものだ。つくづく感心しながら、トウニーはメッセージをプリントした。ニューヨーク。こいつは面白い。彼は領事館に電話をかけて、ピーター・ウィリアムズと話した。

「セーロフという人物のパスポートですが、ほかになにか参考になることはありませんか」身分を明かしたのち、彼はたずねた。

「クレジット・カードが二枚はさんでありました。マスターカードとビザ、どちらもプラチナ・カードです」断るまでもなかったが、それは信用限度が比較的大であることを意味した。

「それは助かる。写真とクレジット・カード番号を大至急、機密回線で送ってくれませんか」トウニーは番号を教えた。

「承知しました。すぐ送ります」ウィリアムズはいきおいこんでこたえながら、これはいったいなんなのだろうと思った。それにこのウィリアム・トウニーというのは何者だ。何者であれ、イギリスはニューヨーク時間より五時間はやいから、ずいぶんおそくまで働いているということだ。こっちははやくも、晩はなにを食おうかと考えているというのに。

「ジョン」

「なんだ、ビル」クラークはくたびれた声でこたえて、机から顔を上げ、今日は孫に会う機会はあるだろうかと思った。

「セーロフがあらわれました」6課の男はいった。これには反応があった。即座にクラークの目が細まった。

「ほう。どこに」

「ニューヨークです。ラガーディア空港の屑入れから、イギリスのパスポートとクレジット・カード二枚が発見されました。それがですね」と、補足説明がつづいた。「パスポートもクレジット・カードも、ジョゼフ・A・セーロフ名義です」

「そのカードの利用状況を――」

「ロンドンのアメリカ大使館の法務アタッシェに連絡して、照会を依頼しました。じきになにかわかると思います。これは突破口になるかもしれませんよ」いいそえるトウニーの口調に期待がこもった。

「この件のアメリカ側担当者はだれだ」

「ガス・ワーナー、FBIのテロリズム担当副長官です。ご存じですか」

クラークはかぶりをふって、「面識はないが、名はきいている」

「わたしは知っています。優秀な男です」

ＦＢＩは各種企業と友好関係を持つ。ビザとマスターカードも例外ではない。捜査官はフーヴァー・ビルの自席から両社に電話して、それぞれのセキュリティ部長にカード番号をつげた。ふたりとも元ＦＢＩ捜査官であり――ＦＢＩは退職者をそういうポストに多数送り込んでいて、それが広範で多彩な人脈をこしらえている――すぐにコンピュータで検索し、住所氏名、クレジット・ヒストリーなど、利用者データを取り出したが、なかでも大事なのが最近の利用状況だった。英国航空のロンドン・ヒースロウ発シカゴ・オヘア空港行きフライトが、画面からとびだし、ファックス発信紙に移って、ワシントンの捜査官の机上に届いた。

「どうだった」若い捜査官が部屋にはいってくると、ガス・ワーナーはきいた。

「きのうおそい時間にロンドンからシカゴへ、シカゴからニューヨークへ飛んでいます。ニューヨークへはキャンセル待ちで補助席にすわりました。パスポートは着いてすぐにすてたんでしょう。これを」といって、捜査官はカード利用記録とフライト・データを渡した。ワーナーはすばやく目を走らせた。

「よーし」人質救出チームの元指揮官は低い声でいった。「こいつは当たりのようだぞ、ジョニー」

「そうですね」オクラホマ・シティの現場部門からきたばかりの若い捜査官はこたえた。

「ただ、ひとつ疑問がのこります。今回ヨーロッパへはどうやって行ったかです。ほかはぜんぶ記録があって、ダブリンからロンドンへのフライトもわかっているのに、ここからアイルランドまでの記録がなにもないんです」特別捜査官ジェイムズ・ワシントンはボスにつげた。

「アメリカン・エキスプレスのカードも持ってるんだろう。調べてみろ」ワーナーは部下に命じた。

「そうします」

「これをだれに知らせるんだ」

「この人です」ワシントンはいちばん上のシートに書かれた電話番号を指でしめした。

「ああ、この男なら知っている。ご苦労だった」ワーナーは受話器を取って、国際電話の番号をプッシュした。「ミスター・トウニーを」交換手にいった。「ワシントンFBI本部のガス・ワーナーです」

「やあ、ガスか。えらくはやいじゃないか」トウニーはオーバーコートに半分腕を通して、帰り支度をしているところだった。

「コンピュータ時代の驚異だよ、ビル。例のセーロフという男だが、どうやら尻尾(しっぽ)をつかんだぞ。きのうヒースロウからシカゴに飛んでいる。ヘリフォードの事件から約三時間後のことだ。レンタカー、ホテル、帰国してシカゴからニューヨークまでの航空券、ぜんぶわかった」

「住所は」

「そこまで幸運ではなかった。ローワー・マンハッタンの郵便局私書箱だ」副長官は大西洋のむこうの担当者にいった。「ビル、これは相当有望なのか」

「だんぜん有望だよ、ガス。ショーン・グラディがその名をしゃべり、捕虜のひとりも供述している。このセーロフというやつが、事件の直前に高額の現金とコカイン十ポンドを届けているんだ。金については、目下スイス警察と動きを追跡している。そいつがアメリカを本拠にしているらしいことが、これでわかった。大いに興味をそそるね」

「ほんとか。こいつはわれわれも追うぞ。やれるはずだ」ワーナーは考えながらいった。いまから着手する捜査に関して、管轄権は問題ないはずだった。テロ犯罪を取り締まるアメリカの法は国外にまでおよび、付帯する刑罰も非常に厳しい。それは麻薬犯罪についてもおなじだった。

「やってくれるか」と、トウニー。

「まかしといてくれ、ビル」ワーナーははっきり請け合った。「これは自分で手がける。ミスター・セーロフ追跡作戦、これより開始だ」

「ありがたい。頼むぞ、ガス」

ワーナーはコードワードをどうしたものかと、コンピュータでさがした。この事件は重要かつ秘密だろうから、ファイルに付するコードワードは、たとえば……いや、これではだめだ。彼はコンピュータにべつのをさがさせた。《プリフェクト》、うん、これがいい。セントルイスのイエズス会経営のハイスクールでなじんだ語だった（訳注　イエズス会系の学校の学事責任者をプリフェクトと呼ぶ）。

「ミスター・ワーナー」秘書の声。「ミスター・ヘンリクスンから3番に電話です」

「やあ、ビルか」ワーナーは受話器をつかむなりいった。

「可愛いでしょう」シャベスはいった。

ジョン・コナー・シャベスはプラスチックのバスケットに寝かされて、いまはすやすや眠っていた。前面に差し込まれた名札が二世のアイデンティティをつけ、そのうえ念を押すように、新生児室には武装警官一名が詰めていた。産科の階にもうひとりいるはずで、さらに病院構内にはＳＡＳ隊員三人が監視にあたっているが、彼らはミリタリー・ヘアカットではないので、すぐにはそれとわからない。これまた馬がいなくなってから鍵をかけるのくちだが、妻と子を守ってくれる男が身近にいてくれるのだから、シャベスに否やはなかった。

「小さいのは皆、可愛いものだ」ジョン・クラークは同意して、パッツィーとマギーのこんなときを思いだしていた。思いだすたびに、きのうのことのような気がする。男親はとかくそうだが、ジョンも自分の子どものことを思うとき、それはきまって赤ん坊だった。わけても病院のブランケットにくるまれたのをはじめて抱いたときのことは忘れられない。いまこうして、ディングの胸中を思うにつけても、またもほのぼのと満ち足りた気持ちになるのだった。ディングは父親になった誇らしさと、責任感にいささか身の引き締まる思いをしているに相違ない。まあだれしもそうしたものだろう。母親似だな——つぎに思ったのはそれだった。ということは、こちら側ということで、これまた悪い気はしなかった。しかし——と、ちょっと皮肉な笑みをうかべて考えた。このちびは、夢を見るときはスペイン語だろうか。スペイン語を覚えながら成長したら、バイリンガルということで、こいつは悪くないんじゃないか。そのとき、ポケベルが鳴った。ひと声うなって、ベルトからはずして見ると、画面に出ているのはビル・トウニーの番号だった。彼はズボンの尻ポケットから携帯電話を取り出して、番号をプッシュした。暗号システムが同期するのに五秒かかった。

「どうした、ビル」

「いい知らせです。ＦＢＩがセーロフの追跡をはじめました。三十分ほど前、ガス・ワーナーに電話をしたら、セーロフがきのうヒースロウからシカゴへ飛び、シカゴからニユーヨークへ飛んだことがわかったそうです。ニューヨークはクレジット・カードのアドレスです。ＦＢＩはじつに迅速な対応をしてくれています」

つぎは運転免許証の洗い出しだったが、その線は不発におわった。したがって、写真照合の望みは断たれた。オールバニーで調べていたＦＢＩ捜査官は肩を落としたが、予想外のことではなかった。つぎは翌日、郵便局の私書箱担当員に会うことだった。

「ドミトリ、ばかにいそいで帰ったじゃないか」ブライトリングがいった。

「いそいだほうがいいと思ったんです」ポポフはこたえた。「ミッションは失敗でした。レインボーはああいう襲撃がきく相手じゃありませんでした。ショーンたちも頑張りました。作戦も秀逸という気がしたんですが、敵ははるかに上手でした。あの男たちの技量は、これまでにも見たとおり、おどろくべきものです」

「それでもあの襲撃は揺さぶりをかけただろう」雇用者はいった。

「そうですね」ポポフは一応同意した。そこへヘンリクスンがはいってきた。

「よくない知らせだ」いきなりつげた。

「どうした」

「ドミトリ、きみはしくじったな」

「ほう。どこでどうしくじりましたかね」ロシア人の口吻には、すくなからず厭味がこもった。

「よくわからんが、レインボー襲撃にロシア人が噛んでいることが知れて、FBIが捜査をはじめた。きみがこちらにいることも、もしかしたら知っているかもしれない」

「そんなことはありえない」ポポフは反駁した。「そうか……グラディが捕まったから、あるいは彼が吐いたかも……彼はわたしがアメリカからきたことを知っていた、あるいは察しをつけただけかもしれないが、わたしの変名を知っており……しかし、そのIDはもうない——処分しました」

「そうかもしれないが、じつはいまガス・ワーナーと電話で話したんだ。なにか耳よりな情報がないかと思って、ヘリフォード事件について水を向けてみた。そしたら、ロシア人の名を追跡しているという。アメリカに居住するらしいロシア人が、PIRAと接触していたと思われるというんだ。ということは、ドミトリ、きみの名が知られているということであり、航空会社の乗客リストをかたっぱしから調べているということだ。FBIを甘く見てはいかんぞ」

「甘く見てはいません」ポポフはこたえたが、かすかに不安になった——ほんのかすかに。コンピュータ時代でも、大西洋横断飛行の乗客をぜんぶ調べるのは容易なことではない。ともあれ、つぎのID書類の名義は、ジョーンズ、スミス、ブラウン、ジョンソンなどというのにしようと思った。一九五〇年代の失墜したKGB長官の名はよろしくない。セーロフというID名義は、プライヴェート・ジョークだったのだが、いまになってみると感心しない。ジョゼフ・アンドルー・ブラウン。つぎはこれだ。最上階のオフィスにすわって、ドミトリ・アルカデエーヴィッチ・ポポフはそう決めた。

「そのことは、われわれにとって危険なことか」ブライトリングがたずねた。

「ドミトリがみつかればね」と、ヘンリクスン。

ブライトリングはうなずいて、すばやく思考をめぐらした。「ドミトリ、きみはキャンザスに行ったことはあるかね」


「ハロー、ミスター・マクリーン」

「やあ。わたしにまだなにか話でも」

「そう、迷惑でなければ」フランク・チャタムがこたえた。

「じゃ、どうぞ」マクリーンはいって、ドアをいっぱいにひらき、自分に落ち着けといいきかせながら居間にもどった。椅子(いす)にかけ、テレビの音を消した。「で、なにを」

「だれかほかにも、メアリー・バニスターと親しかった客に心あたりはないだろうか」

ふたりの捜査官は、マクリーンが眉根(まゆね)を寄せ、それから首をふるのを見ていた。

「特定できるほどの人はいないな。なにぶんほら、シングル・バーだから、出会って、しゃべって、仲よくなって――それだけのことだもの」そこでまたちょっと考えた。「そういえばひとり、名前は知らないけど、背の高い男で、としはわたしぐらいで、砂色の髪をして、筋肉労働者みたいな体格のいいのが……でも、名前を知らないんだ、折角だけど。メアリーはその男と踊ったり飲んだりしていたようだけど、それ以外はどうも、なにしろあの暗さと、あの込みようではね」

「きみが彼女を送って行ったのは、一回きりなんだね」

「そう。話をしたり、冗談をいったりはしたけど、気が合うというほどではなかったんだ。わたしは一度も、あー、口説くってのか、そういうことはしなかった。そこまではいかなかった。そう、送って帰ったけど、アパートの建物にもはいらずじまいで、おやすみのキスもなし、ただ握手しただけだった」彼はチャタムが手帳にメモを取っているのに気づいた。このあいだもこういっただろうか。いったと思うが、連邦捜査官ふたりに部屋にはいってこられては、思いだすのが容易じゃない。弱ったことに、あの女のことをあまり覚えていないのだ。白羽の矢を立てて、車に乗せた、ただそれだけなのだ。いまどこにいるのかも知らない。ただ、おそらくもう生きてはいない気がする。マクリーンは《プロジェクト》のその部分は承知しており、したがって法的には誘拐犯ならびに殺人従犯である。それだけはこのふたりのＦＢＩに知られてはならない。ニューヨーク州はいまや死刑容認州であり、よくは知らないが連邦政府もそうなんじゃないか。彼は無意識に唇をなめ、両の掌をズボンになすりつけながら、カウチの背にもたれた。それからまた立って、キッチンのほうを向いた。「なにか飲み物でも」

「いや、おかまいなく。きみはどうぞ」サリヴァンはいった。彼はたったいま、この前会ったときには見なかったものを見た。緊張である。だれでもFBIと会っているときに覚える不安だろうか、それとも、この男はなにかを隠そうとしているのではないか。ふたりはマクリーンが飲み物をこしらえてもどってくるまでを、じっと見ていた。

「メアリー・バニスターというのは、見た目どんな女性だね」サリヴァンがきいた。

「きれいだけど、すごい美人というほどじゃない。感じのいい、人あたりのいい——要するに、好感が持てるんだな、ユーモアのセンスというか、面白いところがあって。地方からこの大都会にはじめて出てきた女の子——要するに、ふつうの女の子だよ」

「それなのに、だれも親しくはしていなかったんだね」

「わたしの知るかぎりではね。というより、わたしはそんなに知っていたわけじゃないんだよ。ほかの人はなんといってる」

「バーの客は、きみが彼女とかなり親しかったと……」

「うんまあ、親しかったとはいえるかもしれないけど、それほどってわけじゃない。だって、べつに事は進展しなかったし、キスひとつしなかった」バーボンの水割りをちびちびやりながら、もういうことがくりかえしになっていた。「すればよかったのに、しなかったんだな」と付け加えた。

「きみはあの店ではだれと親しい」チャタムがきいた。

「おいおい、ずいぶん立ち入ったことをきくじゃないか」カークは文句をいった。

「捜査手順だと思ってほしい。あの店の感触をつかみたいんだ。みんなどんなふうにやっているのかとか、そういったことを」

「わたしは得々と吹聴なんかしない。趣味じゃないんでね」

「それはかまわないが」サリヴァンはいって、口の端で笑った。「シングル・バーにそういう客はめずらしいんじゃないか」

「いや、なかにはいるよ、戦果を自慢してきかせるやつも。わたし自身はしないというだけで」

「では、メアリー・バニスターがふっと消えたが、きみは気がつかなかった、と」

「気がついたかもしれないけど、深くは考えなかったな。だって、みんな行きずりの仲なんだ。ふらっときては、ふらっと去って行く。二度と会わない相手だっている。ただ消えて行くんだよ」

「彼女に電話をしたことは」

マクリーンは眉間にしわを寄せた。「いや、電話番号をきかされた覚えがない。電話帳に出てるんじゃないかな。いずれにしても、わたしはかけたことがない」

「送って行ったのは、そのとき一回きりなんだね」

「そう、それ一回きり」マクリーンははっきりこたえて、また酒をひとくち飲み、このうるさいふたりが、はやく帰ってくれないものかと思った。彼らはなにかつかんだのだろうか——というより、つかめるだろうか。なんだってまたやってきたんだ。しかし、このアパートには、自分が《タートル・イン》の女客をひとりでも知っている証拠なんか、なにもない。まあ電話番号ぐらいはあるかもしれないが、たまに連れ込む女たちの脱ぎすてた靴下ひとつありはしない。「あなたたち、このあいだきたとき、家のなかを見てまわったよね」マクリーンは思い切ってそのことを持ち出した。

「いや、あれはなんでもない。ふつうお願いすることでね。ほんの手順として」サリヴァンが説明した。「さて、この近くにもうひとつ約束しているんで、もう失礼する。ありがとう、付き合ってくれて。わたしの名刺、まだあるだろうか」

「あるよ、キッチンに。冷蔵庫に貼(は)りつけてある」

「そうか。どうも苦労している事件なんでね。もう一度考えて、なにか思いつくことがあったら——どんなことでもいい、そのときは電話してもらいたい」

「もちろんするよ」マクリーンは立って、ふたりをドアまで送ると、グラスを置いたところにもどって、またひとくち呷(あお)った。

「落ち着きがないな」路上に出ると、チャタムがいった。

「まるでない。よし、こうなったら経歴調査だ」

「すぐできる」

「明日にもかかってくれ」上席捜査官はいった。


マンハッタンの対岸、ニュージャージー州のティーターボロ空港へは、これが二度目だが、飛行機はこの前とはちがって、垂直尾翼に〈ホライゾン・コーポレーション〉の文字がはいっていた。ドミトリは、逃亡するときは合衆国のどこからでもできるし、ヘンリクスンがブライトリングに思いきったことはさせないとわかっているから、ここは示唆に従うことにしたのだった。このフライトに不安要素はないではないが、それよりも好奇心がまさったから、ポポフは左側座席におさまって、エンジンが始動してタキシングがはじまるのを待った。フライト・アテンダントまでいて、それも美人で、フィンランディア・ウォトカをくれたから、それをちびちびやるうちに、ガルフストリームVは動きだした。キャンザス、か。麦畑と竜巻の州だな。三時間とかからない。

「ミスター・ヘンリクスンですか」

「そうだが、どなた」

「カーク・マクリーンです」

「どうかしたか」相手の声の調子に不安を覚えて、ヘンリクスンはきいた。

T・クランシー
村上博基訳
容赦なく（上・下）
一瞬にして家族を失った元海軍特殊部隊員に「二つの任務」が舞い込んだ。麻薬組織を潰し、捕虜救出作戦に向かう〝クラーク〟の活躍。

T・クランシー
田村源二訳
日米開戦（上・下）
大戦中米軍に肉親を奪われた男が企む必勝の復讐計画。大統領補佐官として祖国の危機に臨むライアン。待望の超大作、遂に日本上陸。

T・クランシー
田村源二訳
合衆国崩壊 1〜4
国会議事堂カミカゼ攻撃で合衆国政府は崩壊した。イスラム統一を目論むイランは生物兵器で合衆国を狙う。大統領ライアンとの対決。

T・クランシー
平賀秀明訳
トム・クランシーの原潜解剖
米海軍全面協力の下、軍事小説の巨匠が原潜の全貌を徹底解剖。「独占情報満載」のミリタリー・ノンフィクション。写真多数収録。

T・クランシー
平賀秀明訳
トム・クランシーの戦闘航空団解剖
「戦闘航空団」への組織改革、F‐22までを含めた戦闘機の概要など、最新の米空軍の全貌を徹底解剖。軍事ノンフィクションの力作。

T・クランシー
S・ピチェニック
伏見威蕃訳
ノドン強奪
韓国大統領就任式典で爆弾テロ発生！ 米国の秘密諜報機関オプ・センターが、第二次朝鮮戦争勃発阻止に挑む、軍事謀略新シリーズ。

P・アードマン
森 英明訳
無法投機
身に覚えのないインサイダー取引容疑――米政府の要職にある主人公をはめたのは誰だ!? 国際金融のウラを徹底的に暴くサスペンス。

C・カッスラー
中山善之訳
死のサハラを脱出せよ
日本冒険小説協会大賞受賞（上・下）
サハラ砂漠の南、大西洋に大規模な赤潮が発生し、人類滅亡の危機が迫った――海洋のヒーロー、ピットが炎熱地獄の密謀に挑む。

C・カッスラー
中山善之訳
インカの黄金を追え
（上・下）
16世紀、インカの帝王が密かに移送のうえ保管させた財宝の行方は――？ 美術品窃盗団とゲリラを相手に、ピットの死闘が始まった。

C・カッスラー
中山善之訳
殺戮衝撃波を断て
（上・下）
富をほしいままにするオーストラリアのダイヤ王。その危険な採鉱技術を察知したピットは、娘のメーブとともに採鉱の阻止を図る。

C・カッスラー
C・ダーゴ
中山善之訳
沈んだ船を探り出せ
自らダーク・ピットとなってNUMAを設立し、非業の艦船を追いつづける著者――。全米第1位に輝いた迫真のノンフィクション。

C・カッスラー
中山善之訳
暴虐の奔流を止めろ
（上・下）
米中の首脳部と結託して野望の実現を企む中国人海運王にダーク・ピットが挑む。全米で爆発的セールスを記録したシリーズ第14弾！

P・カー
東江一紀訳
殺人探究
孤独な哲学者〈ウィトゲンシュタイン〉は、犯罪候補者を葬るべく処刑を繰り返した。近未来のロンドンを背景に描く強力サイコ長編。

P・カー
東江一紀訳
殺人摩天楼
ロサンゼルス都心部に建設中のインテリジェント・ビル〈グリッドアイアン〉が、次々と人間を襲う。パニック・ホラー決定版！

P・カー
後藤由季子訳
密送航路
大西洋を横断する豪華ヨット運搬船をシージャックし、極秘に運び込まれた麻薬売上金を強奪！ 迫真の海洋ピカレスク・ロマン。

A・J・クィネル
大熊栄訳
イローナの四人の父親
誘拐された娘を取り戻せ！ 百戦錬磨の〝父親〟たちによる救出作戦が始まった。異色のスパイ小説、世界に先駆けて日本版刊行。

A・J・クィネル
大熊栄訳
パーフェクト・キル
愛する妻子を爆弾テロで失った元傭兵クリーシィ。孤児マイケルを右腕として鍛え上げ、復讐に立ち上がった。迫真のサスペンス。

A・J・クィネル
大熊栄訳
燃える男
誘拐・惨殺された少女の復讐に燃え、たったひとり敵地に乗りこむ元外人部隊兵士クリーシィ！ クィネルのデビュー作、待望の登場。

R・ハーマンJr
大久保寛訳
最終作戦トリニティ

大量破壊兵器の使用に動くイラクと、核による報復を決意したイスラエル。二〇世紀最後の危機を救うため、第四五航空団は翔んだ！

R・ハリス
後藤安彦訳
暗号機エニグマへの挑戦

一九四三年三月、ブレッチレー・パークの暗号解読センターは戦慄した……天才暗号解析者が謎の暗号に挑む。本格長編サスペンス。

フリーマントル
戸田裕之訳
報復（上・下）

冷戦構造が崩れ、新人教育という仕事を押しつけられたチャーリー。拘束された弟子を追って北京に赴いた彼は隠蔽された秘密を暴く。

フリーマントル
松本剛史訳
猟鬼

モスクワに現れた連続殺人犯は、髪とボタンを奪っていった。ロシアとアメリカの異例の共同捜査が始まったが——。新シリーズ誕生。

フリーマントル
真野明裕訳
屍泥棒（しかばね）
—プロファイリング・シリーズ—

連続殺人、幼児誘拐、臓器窃盗、マフィアの復讐……EU諸国に頻発する凶悪犯罪にいどむ女性心理分析官の活躍を描く新シリーズ！

フリーマントル
戸田裕之訳
流出（上・下）

チャーリー、再びモスクワへ！　世界中に流出する旧ソ連の核物質を追う彼は、単身ロシア・マフィアと対決する運命にあった……。

レインボー・シックス　3

新潮文庫　ク－28－14

Published 2000 in Japan
by Shinchosha Company

平成十二年一月一日発行

訳者　村上博基（むらかみひろき）

発行者　佐藤隆信

発行所　株式会社新潮社

郵便番号　一六二―八七一一
東京都新宿区矢来町七一
電話　編集部(〇三)三二六六―五四四〇
　　　読者係(〇三)三二六六―五一一一
振替　〇〇一四〇―五―八〇八

価格はカバーに表示してあります。

乱丁・落丁本は、ご面倒ですが小社読者係宛ご送付ください。送料小社負担にてお取替えいたします。

印刷・株式会社光邦　製本・憲専堂製本株式会社

ISBN4-10-247214-2 C0197